漫時光 010

長公主 六

墨書白　著

高寶書版集團

◆目錄◆

第一百五十三章　身橋

李蓉沉吟著沒有說話。

蕭文是蕭肅的兒子，李明這個時候將蕭文召入宮中，蕭文出宮後就有人出了華京，那有極大可能是李明透過了非常規管道聯繫蕭肅。

什麼情況下，一個帝王要去透過這種最隱密、最不容易出錯的管道，避開層層耳目去聯繫一個邊關將領？

李蓉和裴文宣心裡都很清楚。

兵變一事，他們不是第一次經歷。

無論是當年李川被廢，世家清君側廢李明，還是後來世家幾次試圖宮變謀反，三十年政治風雨裡，這並不是讓他們驚慌失措的一件事。

只是這畢竟是一件大事，於是兩人都沉默著。

上官雅見氣氛低沉，她也知趣，拱手行禮後，便轉身走出去。

等房間裡只剩下李蓉和裴文宣兩個人，裴文宣終於開口：「須得早做決定了。」

「這麼著急嗎？」李蓉聲音很輕，她思索著，「父皇是怎麼想的？」

上一世，李明對李川動手，似乎並沒有這麼提前。

李蓉覺得有些荒唐，忍不住勾起嘴角：「莫非父皇還真的衝冠一怒為紅顏，非救柔妃不可？」

「聽說如今，陛下病情越發嚴重了。」

李蓉動作頓了頓，裴文宣坐到李蓉對面，緩聲道：「陛下想早點扶穩肅王的位置，也可以理解。」

畢竟自從上官氏內部清查後，在朝堂上的實力削減了許多，現下世家和李蓉也是剛剛結盟，從朝堂實力來看，李蓉和世家如今占了上風，可如果是要發動兵變的話，卻是未必。

李明手中有蕭肅在西北的軍隊，和自己多年經營的李氏嫡系軍隊，加起來總共將近十萬的軍隊數量，無懼於單獨面對任何一個世家。

他害怕的只是世家結集之後，以李川為代表整合出一支新的軍隊。

如今世家亂成一團，督查司建立之後，雖然看似團結一起懲治柔妃，實際早已各有異心。

如果李川手裡沒有足夠的軍隊，這時候發動兵變，李明倒的確有足夠的優勢。

「陛下手中一共將近十萬的人馬，蕭肅手中五萬，京中一萬，華京各地零散加起來共計四萬。」裴文宣說著，從桌下取出一張地圖，鋪在桌面，抬手點在地圖西北角上，然後一路劃往華京的方向，「如果陛下現在開始從西北調兵，蕭肅從準備到行軍到這裡，快馬加鞭不眠不休，也至少要一個月。」

「但西北距離華京，中間隔著蘇氏和謝氏。」李蓉思索著，「如果他們稍加阻攔，怕是需要兩月不止。」

「可他們會嗎？」裴文宣反問，李蓉頓了頓，抬眼看向裴文宣，裴文宣認真提醒，「知道未來的，不止妳我。」

如果蘇容卿早已回來，那麼他不可能坐以待斃。

謝家自從謝蘭清被流放後，雖然一直默不作聲，但對李川怕是早已離心。西北中間隔著蘇氏和謝氏，那麼蕭肅過境，最壞的結果，或許是帶著蘇氏和謝氏的軍隊一起來華京。

「蘇容卿……」李蓉輕敲著桌子，忍不住念出蘇容卿的名字。

裴文宣聽著她喃喃，抬手喝茶，漫不經心道：「怎麼，想人家了？」

「可不是嗎？」李蓉感慨出聲，「我還是小瞧他了。謝蘭清流放之事，他怕是布局得很早了。」

如今回想，謝蘭清當初身為刑部尚書，這麼處處針對她，她一開始只當是因督查司與刑部利益衝突，可如今想來，怕是蘇容卿在後面有了什麼動作。

蘇容卿早早逼著她廢了謝蘭清，也就斷了謝氏和李川的路，除非李川當真決定不要她這個長姐。

可李川不可能這麼做。

而謝氏和李川的不和，平日不會有什麼，到今日，卻成了關鍵。

如果蕭肅到華京可以長驅直入、毫無阻礙，那麼，無論她從哪裡抽調兵力，都不可能比蕭肅提前到。

一旦蕭肅大軍臨京，李川也就再無活路。

李川死了，世家失去了領頭的人，除非再推選出一個領頭人來謀反，否則就是一盤散沙。以世家的性子，大概就是退而自保，這時候李明再恩威並施，趁機拔除上官氏，也就沒人再敢多說什麼。

李蓉輕輕閉眼，抬手捏了捏睛明穴：「先讓趙重九即刻傳話去西北，讓秦臨盯著蕭肅，一旦蕭肅軍隊往華京……」李蓉猶豫了片刻，她心裡有些不安。

這時候動武，對於他們而言的確太早了一點，而且秦臨直接動手攔截蕭肅的軍隊，無論如何都是謀逆之舉。

「那就必須要攔下了。」裴文宣看出她的猶豫，他果斷道：「殿下，是用藺飛白的時候了，將他召回京來吧。」

「回京做什麼？」

李蓉皺起眉頭，裴文宣抬手輕敲在地圖上：「認祖歸宗。」

李蓉立刻反應過來，藺飛白哪怕是戴罪之身，甚至親口將謝蘭清供了出來，可他畢竟是謝蘭清的兒子。

一旦謝家嫡子不在，他就有了繼承謝家的機會。

若是以前，哪怕謝蘭清的兒子死光了，也輪不到藺飛白這個私生子。

可如今藺飛白有了兵權。

有了兵權，又有謝蘭清兒子的身分，藺飛白繼承謝家，也就是稍稍運作的事。

「謝家雖然和殿下有矛盾，可是納稅一事，事關整個世家上下，謝家不可能是一塊鐵板。現下藺飛白有兵權，只要謝家家主謝春和死了，那麼藺飛白成為新任謝家家主，也不過就是稍稍運作之事。所以我們要做的第一件事，是殺了謝春和。」

李蓉聽到這裡，抬眸看向裴文宣：「那何不如直接殺了李誠呢？」

李誠一死，李明如果再殺李川，李氏當真就要旁落了。

「以前殺李誠，父皇怕想著自己還能再生一個兒子，趁機趕緊廢了川兒。可如今，他大約也沒有這個再生一個兒子的能力和時間了。」李蓉聲音平緩：「我若出手，他大約饒不了我，可既然他已經做好了叫蕭肅從西北過來的打算，可見他也不打算饒了我和川兒。李誠留下來，也沒什麼必要。」

「若殿下如此打算，」裴文宣聲音很輕，「倒也不無不可。」

「殺了李誠與謝春和，」裴文宣的手在地圖上輕輕打著轉，「蘇容卿如果還不想讓川兒登基，那只有謀反一條路，蘇閔之不會同意。」

「如此一來，」裴文宣定下聲，「蕭肅就算進京，也再沒了作用。可這樣一來，唯一的風險就是，」裴文宣抬眼看著李蓉，「陛下為了洩憤，可能會殺了您和皇后。」

李蓉沉默不言，裴文宣看著她：「只動謝春和，陛下或許還不會意識到我們真正意圖，他心中的目標是太子，不會為了打草驚蛇，為了一個謝春和就動您。若動了李誠，固然可以一勞永逸，可殿下，」裴文宣聲音很輕，「到時太子殿下是陛下唯一的繼承人，他為了將上官家對太子的影響縮到最小，他必然會採取一些非常手段。無論是為了私仇還是為了太子的未來，陛下都會不計代價殺了您和皇后。要不要為太子做到這一步，」裴文宣認真道，「您再好好想想。」

「你是在勸我嗎？」李蓉聽著裴文宣分析，徑直詢問。

裴文宣輕笑：「我哪裡勸得住妳？」他緩慢抬頭，目光裡全是包容：「我也不過就是陪著妳罷了。」

李蓉和裴文宣交談時，華樂手裡抓著柔妃給她的權杖，克制住身上的顫抖，急急回了蕭家。

她不斷安撫著自己。

她不能慌，不能在這時候慌亂。

她必須鎮定一點，不要讓任何人看了她的笑話，以為柔妃沒了，她就軟弱可欺。

華樂到蕭府時，整個人鎮定下來，她緊握著柔妃給她的權杖，從馬車上走了下來。

蕭家多年經營，一共提拔上來可用的，就兩個舅舅。

一個是在西北的大舅舅蕭肅，一個是在御林軍的三舅舅蕭明。

華樂進了屋中，看見蕭明，整個人便差點軟了下來，但她強撐著自己，紅著眼行禮：「三舅舅。」

「妳先別慌，」蕭明抬手讓人扶著華樂坐下，端了茶杯，緊皺著眉頭道，「妳母親可留了什麼話？」

「留了。」華樂趕忙點頭，她將手中的權杖拿出去，遞給蕭明，擦了擦眼淚，急道：「母親說將這個權杖交給我，讓我去殺李川，能殺李蓉更好。」

「殺太子？」

蕭明滿臉震驚，華樂點了點頭，她怕蕭明不敢，又補充道：「舅舅，如今母親已經保不住了，現下我們唯一的出路，就是趕緊殺了李川，這樣一來皇子只剩下誠兒，誠兒就是唯一的繼承人。父皇已經不行了，他一死誠兒就可以登基，到時候您就是陛下的舅舅，我就是長公主。您看看現下上官氏多風光，不就是因為他們是父皇的母族嗎？」

蕭明沉默不言，華樂有些急了，她趕緊道：「舅舅，這是唯一救母親和弟弟的辦法。等李川登基，你以為他和李蓉會放過我們嗎？上官氏看我們不順眼很久了，你就打算這麼坐以待斃？你……」

「華樂。」蕭明打斷她，緩慢道，「這事太大了，妳讓我想想，妳先回去吧。」

「舅舅？」華樂震驚看著蕭明，「你就打算這麼看著我母親去死嗎？」

「就算殺了李川，也救不了妳母親。」蕭明嘆了口氣，「舅舅不是不幫妳，只是在想一個萬全之策，妳先回去休息，我再想想。就是時間太緊了，」蕭明喃喃了一句，「也不知道能不能等到今年冬狩，這倒是個好機會。」

華樂聽到這話，眼睛微亮。

蕭明瞟了華樂一眼，便讓人送著華樂出去。

等華樂出去後，管家到了蕭明面前，給蕭明倒茶，低聲道：「您說娘娘也是，讓華樂殿下去刺殺太子，這不鬧著玩嗎？若太子殿下這麼好刺殺，還能等到今日？」

「一個人不好刺殺，倒不是沒有機會，機會都是人做的，只是害怕代價罷了。」蕭明用手輕輕貼了貼茶杯邊緣：「我那妹妹能走到今日，又不是個傻的，妳以為她當真指望華樂去刺殺李川？」

蕭明嗤笑出聲：「她是給有心人找個替死鬼，如今想讓李川死的不少，只要華樂願意當這個出事後的背鍋人，大家都願意幫她一把。」

「那……」管家皺起眉頭，「娘娘，是打算不保華樂殿下了？」

「用一個女兒，換一個兒子的皇位，」蕭明端起茶杯，「在娘娘眼裡，也並不吃虧。等未來肅王殿下登基，追封華樂殿下，也是一種安慰。這一家子啊，沒有一個好東西，妳看華樂張口、閉口長公主，妳以為她是多關心自己母親？」

蕭明眼裡帶了幾分嘲諷：「一個女兒想讓她母親去死換長公主的位置，一個母親想著用自己女兒去死換自己太后的位置，有意思得很。」

「那，老爺就這麼看著？」管家遲疑著：「娘娘與蕭氏畢竟一榮俱榮，一損俱損。」

「自然不是看著，趕緊讓個人，將消息傳進宮裡去給陛下，就說，華樂情緒激動，想刺殺李川。哦，記得，」蕭明捏著茶碗，囑咐道，「只能讓陛下知道，可別讓他身邊的太監聽了去，誰知道他身邊什麼牛鬼蛇神？」

「是。」管家恭敬應聲。

華樂想刺殺李川的消息，當夜就傳到了李明的耳中。

李明一個人在大殿裡想了半夜，等第二日上朝，李明就定了冬狩的日期。

冬狩是大夏習俗，說是冬狩，其實是每一年華京內部軍隊演練比賽的時候。

華京共有六支軍隊，皇帝手裡的御林軍、太子手中的羽林衛，剩下分別是看守四城門的東西南北四軍。

四軍長官分別來自上官氏、蘇氏、裴氏、以及李明的嫡系寧王。

每年冬狩，這六支軍隊都會在林中進行演練，以防軍隊鬆懈。

李蓉聽著李明定下了冬狩的日期，心裡就有了打算，等下朝之後，裴文宣就走到李蓉身側來，他們並肩而行，看著前方。

「冬狩時間定在十日後，殿下的想法定下來了嗎？」

「藺飛白還有多久回來？」

「他一個人，快馬加鞭，三日可到。」

「先準備殺謝春和。」

「這是小事。」裴文宣輕笑：「冬狩之事，我會安排。」

李蓉應了一聲，兩人一起走出宮門，裴文宣恭敬行禮：「殿下，我先回去了。」

李蓉點了點頭，裴文宣不由得多看了她一眼，見李蓉沒有留他，心中還是頗有幾分遺憾。

如今他和李蓉的關係，對外都是李蓉纏著他，雖然柔妃一事後，李明對他可能有所懷疑，但是面子還是要做到底，或許李明也未有那麼聰明呢？故而李蓉不留他，他也不能留下，於是他行禮之後，便故作冷漠回了自己馬車。

只是剛上馬車，他方才坐下，一回頭，就看見李蓉扒著馬車跳了上來。

裴文宣微微一愣，李蓉往他邊上一坐，挑眉一笑：「怎麼，我坐不得？」

裴文宣緩過神來，他壓著笑意，往自己腿上一拍：「來，這裡坐。」

李蓉腰身一旋便坐在裴文宣的大腿上，抬手勾著他，對外道：「走吧，本宮送裴大人一程。」

裴文宣坐得端端正正，李蓉卻好似沒了骨頭。

車夫不敢看裡面的情況，只猶豫道：「大人？」

「走吧。」裴文宣聲音從馬車裡傳出來，帶了些冷，「聽殿下的。」

車夫只當裴文宣無奈，有些憐憫看了裴文宣一眼，駕著馬車往裴府過去。

馬車嘎吱嘎吱響起來，裴文宣一手攬了李蓉的腰，輕聲道：「我以為殿下回府去了。」

「你可是我的心肝小寶貝，」李蓉靠在裴文宣胸口，「我怎麼捨得你？」

裴文宣笑而不語，聽著李蓉胡說八道，李蓉靠了一會兒後，就聽裴文宣詢問：「殿下決定不下？」

「裴文宣。」李蓉低低出聲：「如果我殺了李誠，父皇真心要殺我，華京必然兵變。川兒手裡有五千羽林衛，我手裡有督查司一千人，上官氏和你有四千人，一共不過一萬。可父皇光是御林軍就過萬，若蘇容卿和寧王聯手，你覺得川兒會願意保我，與父皇出手嗎？」

裴文宣沒說話，他抬手撫著李蓉的背。

「如果他不願意為了我拚命，我會死。」李蓉抬起頭，看著裴文宣：「我會像柔妃一樣為了一個皇子的皇位而死。」

「殿下信不過太子殿下。」裴文宣肯定出聲，他想了想，聲音平穩：「殿下如果想殺了李誠，裴家在城中有兩千軍隊，還有自己一千府軍，我自己私下的人手遍布華京，到時候，若太子棄了殿下，我會護送殿下出城，殿下出城一路逃往青州，您在那裡有駐軍，到時華京奪嫡是首位，沒有人會去追究您的去向。如果太子贏了，您就回來；太子輸了，您就棄青州，遠渡東瀛，可保性命。」

李蓉不說話，裴文宣撫著她的動作頓了頓，片刻後，他不由得失笑：「妳也不信我。」

「裴文宣，」李蓉聲音有些啞，她偎依在裴文宣懷裡，「對不起。」

裴文宣深吸了一口氣，他抬手將李蓉緊緊抱了一下。

「不是妳的錯，是這世間沒教會妳信一個人。無妨，」裴文宣親了親她，「妳若害怕，就先殺謝春和。藺飛白拿到謝家掌控權後，謝家攔住蕭肅進京，秦臨背後追擊蕭肅，妳和上官氏的軍隊聯手入華京，我們按部就班來就好。」

「代價太大了。」李蓉閉上眼睛：「而且，若蘇容卿和父皇聯手，西北出任何岔子，我們都完了。」

「我們得殺了李誠。」李蓉聲音很平靜：「可是，我一閉眼，就會想起上一世。」

「上一世我最後和川兒見面，他約我下棋。他沒有和我說任何關於我的事，也沒有問我身體如何。他就說他新得了一種仙丹，吃後可以長生不老。他問我立儲的事，問我李平如何。」

「他眼裡什麼都沒有，全是棋子。」李蓉恍惚睜眼：「文宣，雖然我恨川兒和母親，他們是我的家人，可是其實我內心深處，一直很害怕。」

李蓉神色平靜，可裴文宣卻從李蓉那份鎮定裡，看到了她內心深處隱藏了多年，不敢言說，欺騙著自己也欺騙著他人，讓她整個人都忍不住微微顫抖的苦痛。

「他們沒有那麼愛我，我也沒那麼愛他們。」

「我母妃會為了川兒讓我死。」

「我為川兒所做的一切，是為他，也是為了我自己。」

「而川兒……」李蓉眼裡有了一瞬的茫然：「如果是上輩子的他回來，我殺了李誠之後……」

「他會讓我死。」

用姐姐和母親，換取大局穩妥，換取和父親之間的協議，換取高座王位，換取這天下絕對的掌控權。

如果是上一世的李川站在這裡……

李蓉心中有那麼幾分發寒——他會讓她死。

在這一點浮現時，李蓉手足冰涼。

裴文宣靜靜注視著李蓉，李蓉有些勉強笑起來：「抱歉，讓你看到這麼醜惡的事情。」

家不成家，國不成國。

這宮廷裡的每一個人，都彷彿成了一隻異化的惡獸，被困在這片鬥獸場裡。

「殿下，」裴文宣握著李蓉的手，「試一試吧。」

李蓉茫然抬頭，看著裴文宣：「妳所害怕的，是被辜負。可妳若不給一個機會讓大家證明自己，那麼妳永遠不會知道，這世上有人可以給妳信任。」

「妳試一次。」裴文宣看著她，眼裡帶著疼惜，「我保證，妳不會有事。」

他不知道李川會做什麼選擇。

可是只要他活著，以身為橋，以骨作輪，他都會將她好好送出華京。

「我們已經活過一輩子，蓉蓉，」裴文宣將她抱進懷裡，「我不想讓妳像上一世一樣，再心懷絕望過一生。」

第一百五十四章　絕交

李蓉被裴文宣抱著，這種擁抱給了她一種莫名的安慰。

她沉默著，許久後，她緩慢出聲：「我們上輩子，是不是都過得不好？」

化作上官氏家族權杖的上官雅，修仙問道二十年的李川，抱劍入棺的秦真真，自盡牢獄中的蘇容華。

相守而不相得的蘇容卿，望月三十年卻不可及的裴文宣，以及一個人跌跌撞撞走到頭破血流的李蓉。

上一世走到最後，宮廷中的他們猶如一個輪迴，只是在三十年後，把三十年前李明身邊人相關的一生，用另一個方式重演。

這樣的過往令所有已知的人膽寒，忍不住拚了命去阻止，他從李蓉身上汲取著溫度，低低出聲：「所以這輩子，我們不能這麼過了。」

「如果殿下要殺李誠，那麼這事我去安排，出了事，我同妳一起死。殿下，」裴文宣將頭放在她肩膀上，「妳信不過我，妳也該相信利益。」

「裴文宣，」李蓉聽著裴文宣的話，忍不住笑起來，「你當真不怕死啊？」

「死了一次，也失去過一次，」裴文宣抱著李蓉道，「相比之下，還是失去妳，更可怕一些。」

一個是乾脆俐落的死亡，一個是橫跨於整個生命的凌遲。

李蓉靜靜聽著，她沉默了很久，終於道：「好。布置下去，」李蓉不由自主握緊了手心，「殺李誠。」

做下決定，李蓉當天便吩咐了下去，當天夜裡，李蓉就入宮，將所有打算和上官玥說了一遍。

等說完之後，李蓉輕聲道：「屆時我與母后怕是難逃父皇盛怒，不知母后打算如何應對？」

「我是皇后，」上官玥聲音很輕，「走不出去。到時候該下獄下獄，該如何如何。至於妳，」上官玥抬眼看向李蓉，「如果當真出事，妳便從城中密道裡逃出去。」

「密道？」李蓉有些好奇，「母后是說……」

「城東的胭脂鋪。妳去找老闆，」上官玥端著茶杯，垂下眼眸，「拿我的權杖，告知她身分，到時候她會帶妳離開。妳出了城就去青州，等川兒登基了，妳再回來。」

「那您呢？」李蓉皺起眉頭：「我走了，您怎麼辦？」

上官玥沉默著，許久後，她伸出手，輕輕拍在李蓉手背上：「妳和川兒活得好，我便放心了。」

李蓉愣了愣，她鮮少聽到上官玥說這樣的話，而上官玥說這些，似乎也覺得尷尬，她忍不住收了手，有些尷尬道：「妳也不必操心我，我畢竟是妳母親，有自己保命的手段。」

李蓉靜靜注視著上官玥，許久後，她站起身來，上官玥還沒反應過來，李蓉就上前抱了抱她。

「母親，」她聲音很輕，「妳不會有事的。」

她願意為了兒女赴死，她就願意為了保她拚命。

李蓉自己都沒察覺，那一刻她所閃過的念頭，與她一貫行事，早已大不相同。

李蓉從宮裡出來，便立刻聯繫上官雅，將一切布置下去。

第三日，藺飛白也從西南趕了回來。

藺飛白入京當日就直接奔赴督查司，李蓉出去接待時，就看見一個極高的黑衣青年站在大廳中。

他身上帶著在屍山血海裡淌過才有的肅殺之氣，李蓉進入大堂時，藺飛白單膝跪下，乾脆俐落道：「見過殿下。」

李蓉和藺飛白大概聊了一下西南的事，便讓上官雅送著他出去。

上官雅送著藺飛白出督查司時，忍不住笑話他：「軍營去一趟，倒成了個啞巴了，可見軍營生活苦悶得很。」

「還好，」藺飛白聲音很輕，「大小姐給的葉子牌，倒也有點意思。」

上官雅愣了愣，沒想到藺飛白會說這個，兩個人一起跨過門檻，藺飛白平淡道：「謝氏規矩森嚴，僅靠我的兵權要得到他們的認可太過困難，上官小姐不如想想，」藺飛白轉頭看她，「借您的身分，幫幫我？」

這些話太出乎上官雅的意料，她待在原地。

「我不會約束妳任何事，我手中的兵權就是妳手中的兵權，妳助我得到謝家，我成為妳的基石。若什麼時候妳不樂意這門婚事，和離也行。」藺飛白說得很平穩：「妳好好想想，我先回去。」藺飛白說完，拱手行了個禮，便轉身離開。

他來如雷霆，走得也乾脆果決，一人一馬駕離督查司，像是一匹行走在華京的孤狼。

上官雅緩了片刻，才收回神來，轉身回了大堂。

李蓉在大堂裡看著地圖，聽上官雅進來，她也沒抬頭，繼續觀察著地圖上的路線。

等過了許久，她抬頭看了上官雅一眼，就看見上官雅正在發呆。

李蓉不由得笑起來：「發什麼呆？」

上官雅被李蓉嚇了一跳，回過神來，下意識道：「殿下。」

「少見妳發呆，」李蓉圍著地圖換了個方向，上官雅跟在她身後，李蓉緩慢出聲道，「是藺飛白同妳說了些什麼？」

「他說了些話，屬下不由得多想了一下。」上官雅跟著李蓉，不等李蓉多問，上官雅便徑直道：「他同我說，僅憑兵權想得到謝家的認可太難，想借我的身分一用。」

「身分？」李蓉皺起眉頭，看了上官雅一眼，「妳的身分，他想怎麼用？」

「殿下，」上官雅聽李蓉的問話，不由得失笑，「我畢竟是上官家的大小姐。」

如果藺飛白能迎娶上官家的大小姐，哪怕他是個私生子，在謝家也要多幾分敬重。

只是聽到這話，李蓉果斷出聲：「有病。」

「殿下？」上官雅得了這個評價，詫異出聲。

李蓉徑直道，「區區一個謝家就想娶妳，他算老幾？」

「殿下，」上官雅哭笑不得，「謝氏也是七大姓，哪裡有您說得這麼不堪？」

「和川兒比起來，我還當真看不上謝家。」李蓉看了她一眼，用「有病」的眼神匆匆掃過：「若是要為了這些成婚，當初怎麼不入宮去？」

「入宮和外嫁，自然是不一樣的。」上官雅聲音很輕，「宮裡進去就出不來，宮外再怎麼嫁，都還能回頭。」

「聽妳這意思，」李蓉撐在桌前，手指無意識輕敲著桌面，「妳好似也不反對此事？」

「都是嫁人。」上官雅恭敬道，「首先要我順心，其次要有價值。我年紀也不小了，也是時候考慮這些了。」

「蘇容華呢？」

李蓉抬眼看她，上官雅沉默著，好久後，她才道，「不過就是一起玩耍圖個樂子，他若幫不了我什麼，也沒什麼價值。」

李蓉聽到這話，她平靜看著她。

上官雅恭敬站著，有那麼一瞬間，她感覺自己好似被人看透了所有，她不由得尷尬地笑起來：「殿下……」

「年輕人，總是嘴硬。」李蓉輕輕笑了笑：「總說得自己好似什麼都不在意，妳若當真什麼都不在意，倒也好。」

「殿下，我不是……」

上官雅急急開口，想改變李蓉的想法，李蓉擺擺手：「妳不必同我解釋，妳自己心裡也有底就是了。」

上官雅動作頓住，李蓉看了看天色，覺得該吩咐的也吩咐得差不多了，便轉身道：「行了，我回去了，妳自個兒忙。」說完之後，李蓉讓人收拾了摺子，便走了出去。

她出門後，就看見蘇容華站在門口。

他靠在門口石獅子邊上，漫不經心轉著扇子。

李蓉走出門去，看見蘇容華，她笑起來，拱手道：「蘇大公子。」

「殿下？」蘇容華笑起來：「殿下走得這麼早？」

「今日事少。」李蓉解釋著，看了一眼督查司：「蘇大公子等著阿雅呢？」

「約了她一起搓牌，」蘇容華提到上官雅，眼裡就帶了笑，「反正也是無事，就在門口等她了。」

李蓉點了點頭，只道：「那你慢慢等，我先回去了。」

「恭送殿下。」

蘇容華恭敬行禮，等送走李蓉後，等了許久，蘇容華才看見上官雅走了出來。

他一見上官雅就直起身來，帶了笑道：「妳可算出來了。」

上官雅站在大門前，她靜靜看著他，好久後，她笑了笑，提步走了出來。

她走到蘇容華面前，蘇容華雙手抱胸：「今個兒想去哪裡？」

「有點累，」上官雅低下頭來，「我先回去吧。」

「那我送妳。」

蘇容華似乎是做好了所有準備，面對她爽約也一點脾氣都沒有，上官雅應了一聲，她想了想，只道：「走回去吧。」說著，上官雅就轉過身，走向上官府。

蘇容華跟在她身後，雙手攏在袖中，彷彿是一個無聲的影子，默默陪著她、守護她，她一回頭，就可以看見這個青年站在燈火下，笑意盈盈看著她。

所以她不敢回頭，他們倆走過大街小巷，終於到了上官府，這時候，上官雅停住了腳步，她背對著蘇容華，仰頭看著上官家的牌匾。

「路走到頭了。」

她聲音很輕，蘇容華笑了笑：「妳先休息吧，我明日再來。」

「蘇容華，」上官雅背著手，轉過身來看他，蘇容華側了側頭，就聽上官雅詢問道，「你為什麼不當蘇家家主呢？」

蘇容華愣了愣，隨後有些尷尬摸了摸鼻子：「妳怎麼問起這個來？」

「就好奇呀。」上官雅似是漫不經心，「你是蘇家的大公子，論長嫡，都該是你當家主才對，怎麼讓蘇容卿成了繼承人呢？」

「唉，一言難盡。」蘇容華嘆了一口氣，「反正我打小就不是當家主的料，我也不想當。」

「那你想做什麼呢？」上官雅背著手，笑著看著蘇容華。

蘇容華搖搖頭，「也沒想過，就現在這樣，我就覺得挺好。凡事都由我二弟和我爹撐著，我就賭錢、遛鳥，吃喝玩樂，」蘇容華手裡扇子一張，露出上面「逍遙」二字，「不很快樂嗎？」

上官雅沒說話，笑著看著他。

蘇容華看了看上官府門口一直看著他們的人，擺手道：「行了，趕緊回去吧。」

「好。」上官雅點點頭，她便轉身走了進去。

等進門前，她還是忍不住回頭看了他一眼。

蘇容華站在不遠處，見她回頭就笑了。

上官雅注視著他，好久後，她平和道：「日後，別來找我了。」

蘇容華愣了愣，上官雅笑起來：「我年紀也不小了，不能總和你這麼瞎混。回去吧。」

上官雅說完，便果斷轉身，提裙進了大門。

蘇容華反應過來時，趕忙上前，急道：「等等，妳什麼意思，上官雅……」

「蘇大公子。」門房攔住蘇容華，蘇容華只來得及看上官雅消失在院子裡的背影，門房為難道，「夜深了，您請回吧。」

「我就問一句話，」蘇容華急急出聲，「你們放我過去……我……」

「蘇大公子！」門房提了聲：「我們大小姐畢竟是個姑娘，您稍稍收斂些。」

蘇容華得了這話，不由得愣在原地。

他驟然意識到，其實上官雅和他之間，並沒有任何聯繫。

她想見他就見他，有一日不想見了，也就不必再見。

這個認知讓蘇容華心臟驟然縮緊，他站在門口，靜靜看著院子裡，走過庭院，漸行漸遠的姑娘。

他站了片刻，等看不見人了，深吸了一口氣，終於才轉身離開。

* * *

隔天早上，蘇容華大清早就蹲守在督查司門口，上官雅早讓人打聽了蘇容華的行蹤，他在正門，她就從後門走。

蘇容華在門口等了一天，李蓉出來時，看見蘇容華板著臉站在門口，不由得有些疑惑：

「蘇大公子怎麼還在這兒？」

蘇容華看見李蓉，他勉強笑了笑：「我在等阿雅小姐。」

「阿雅？」李蓉茫然，「她不是早走了嗎？」

蘇容華面色微變，他保持著笑意，恭敬道：「這樣，那我明日再來。」

李蓉被蘇容華這一出搞得有些疑惑，等回了府裡，她坐在床邊，跑著腳看一旁還在審批摺子的裴文宣，將事情說了一遍。

她緊皺著眉頭，疑惑道：「他們這個一個找、一個躲，是唱什麼戲？」

「阿雅小姐二十歲了。」裴文宣批著摺子：「她的婚事早就被朝臣盯著，既然早晚要嫁，不如嫁一個合適的。」

「為權勢嫁人，」李蓉皺起眉頭，「那她還不如入宮。」

「這不一樣，」裴文宣抬頭笑起來，「入宮，是為了上官氏。可如今若是嫁藺飛白，那阿雅小姐就是為了自己了。」

裴文宣說著，站起身來，走到李蓉面前，抽了一個小凳子坐下，將李蓉的腳用帕子擦乾，緩慢道：「您也別操心她，年輕人總要撞幾堵南牆，撞疼了才知道回頭。」

「你又知道她撞的是南牆？」李蓉挑眉。

裴文宣哭笑不得，「操心的不是妳嗎？我還以為妳不同意呢。」

「我是不同意她，」李蓉理直氣壯，「但我更不同意你。」

「妳又不同意我什麼？」裴文宣讓她睡到床上，喚人進來將洗腳水端出去，吹了燈回來，躺在李蓉身側。

李蓉在床上認真想了想：「我覺得，我似乎也不是不同意你的觀點。」

「嗯？」

裴文宣皺皺眉頭，隨後就聽李蓉有些疑惑道，「我好像就是不同意你這個人。你只要說點什麼，我都想反駁。」

「這樣麼？」裴文宣斜眼看她，頗為挑釁。

李蓉撐起半個身子來，指著裴文宣道，「對對對，就是這種樣子，我就特別看不慣。」

「有一件事，我想殿下一定是同意我的。」裴文宣看李蓉的樣子，面上帶笑。

李蓉「嗯？」了一聲，裴文宣撐著自己起身，被子從他身上滑落下來，他湊近李蓉。

「夜深了，」裴文宣聲音很輕，「我不想同殿下睏覺，殿下同意嗎？」

李蓉一聽這話，頓時虛了。

「同意，」李蓉趕緊點頭，「這事我同意。」

「巧了。」裴文宣聲音溫和，「我和殿下一個脾氣，殿下同意的，」裴文宣說著，抬手直接將人推著壓了上去，李蓉驚叫了一聲，裴文宣按著她，笑出聲來，「我不同意。」

第一百五十五章　冬狩（一）

李蓉和裴文宣耍鬧玩，躺在床上有些累了，李蓉靠在裴文宣懷裡，方才想起上官雅的事情來。

「我勸她，是因我知她。」李蓉閉著眼睛，聲音平緩：「她還太年輕，好似什麼都明白，卻不知道，權勢可以爭，感情卻不能。」

「我年輕時候，就是嘴硬，碰到顆釘子就後退，美名其曰是自己不看重感情，其實是看得太重。」李蓉有些累，聲音很緩，「所以太害怕付出，也太害怕失去，便連爭一爭的勇氣也沒了。」

「蘇容華和上官小姐立場相左，」裴文宣拍著她的背，思索著，「上官小姐有顧慮，也是正常。除非蘇容卿回頭，或者蘇容華為上官小姐爭蘇家的掌控權廢了蘇容卿，可無論哪一件，現下來看，都不可能。」

李蓉沒有說話，裴文宣想了想：「如果蘇容華真的喜歡上官小姐，他會自己想辦法。殿下不必憂心，最近事多，殿下好好睡吧。」

李蓉應了一聲，便閉眼睡過去。

第二日起來，到督查司門口，又看見蘇容華站在門口。

見李蓉來了，他抬起手，笑意盈盈叫了聲：「殿下。」

好似沒事人一般。

李蓉猶豫了片刻，點了點頭，便走了進去。

後面幾日，蘇容華每天都來督查司門口守著，而上官雅則帶著藺飛白出入各大貴族圈裡的場合。

只要上官雅沒在督查司辦事，便帶著藺飛白，詩會清談，出入幾次，所有人也都知道了。但這種事大家不好多說，更不好同蘇容華說，於是蘇容華還每天在督查司門口站著，而貴族中許多人已經開始偷偷議論著，上官家的大小姐，是不是相中了謝家那個私生子謝飛白。

以上官雅的身分，如果嫁給謝飛白，那明擺著是用身分給謝飛白抬轎。

謝飛白手裡有西南兩萬人馬，但身分的確上不了檯面，如果上官雅嫁給他，有上官氏在後面作為支撐，那謝飛白在謝家也就不可同日而語。

只是上官雅為什麼要用一門婚事做這個抬轎人，眾人就想不明白了。

畢竟以她的身分，太子妃都做得，除了蘇氏兩位嫡公子，整個華京難有可匹配之人。嫁給謝氏已是屈尊，更何況還是個私生子？

眾人想來想去，便覺估計是上官雅心許謝飛白。

除了愛情，再沒有什麼理由，能得這麼一門荒唐的婚事。

轉眼就到了冬狩，冬狩前一夜，李蓉拿到了整個冬狩流程。

這時候天已經徹底冷下來，屋裡點了炭火，上官雅、藺飛白、裴文宣、李川等人齊聚一堂，看著李蓉從趙重九手裡接過冬狩整個計畫安排。

「明日冬狩，會分為三個環節，先由川兒問候六軍，許以嘉賞。」李蓉轉過頭來，看向李川。

李川點頭：「禮部知會過我，我已知曉。」

「而後六軍會各派一百人，在山林之中設七面旗，每軍一旗，再在林深處設一面大旗。六方互相埋伏，按照規則奪取林中大旗競賽，時限兩個時辰，酉時計算獲得旗子的數量，數多者為勝。」李蓉看著紙頁，走回桌邊。

桌面上鋪著地圖，她坐下來，將整個流程放在桌上。

「清點勝出之人後，按理該是父皇來給獲勝者嘉獎，但今年父皇想給李誠個面子，」李蓉笑起來，「換成了李誠。」

「屆時獲勝者會在這個位置領賞，」李蓉抬起手來，輕點在地圖一個高臺上，「這個高臺會將李誠澈底暴露出來，我們在這三個點設弓箭手，」李蓉說著，看向裴文宣，「再在李誠附近設兩個殺手，以保萬無一失。」

「那謝春和呢？」

上官雅皺起眉頭，裴文宣的話，笑起來道：「這是小事，我近日已在謝春和常去的外室家中下了慢行毒藥，等到當日，會有小廝將藥引放入茶水之中，只要謝春和喝了茶水，從毒發到死，不出一刻鐘。」

「你是下毒？」藺飛白有些詫異，「這些世家大族對下毒之事把控極其嚴格，你是怎麼做到的？」

下毒這件事，且不說買通人十分困難。就算買通了人願意下毒，這些貴族過口的食物，都要一層一層驗毒才會到他們跟前。若是真的有毒，還在驗查之時，便已經暴露了，故而明明下毒之事殺人最為容易，各家卻還是要千辛萬苦謀劃刺殺之行。

「藺公子可曾聽過，」裴文宣笑著給藺飛白倒茶，聲音平穩，「有一種毒，名為香美人。」

李蓉抬頭看了裴文宣一眼。

香美人這種毒，直到當年蘇容華帶入宮中毒殺秦真真，才被人所知。

「此毒一共有十一種變法，都是用普通的香料製成，放入常用熏香之中。長年累月接觸，會慢慢積累入骨，以癆症為表症，三年必亡。若短暫接觸一段時間，再輔以藥引，便會立刻毒發。此毒最難防範之處，在於它每一種材料都十分常見，並無毒性的。包括藥引，也是再常見不過的食材。很難防範，事發之後，哪怕查起來，也很難尋找到毒從何來。」

當年如果不是李川遍尋天下異士，秦真真之死，怕也只是會當急症處理。

而在秦真真死之後，香美人之毒便被皇室所收納，知道這種毒藥方子的人，天下不超過三個——和蘇容華接觸過的蘇容卿、辦案之人裴文宣，以及將藥師收入宮中同他一起修仙煉丹的李川。

如今重生而來，只要蘇容卿沒有過多干預，香美人幾乎無人可解。

「那萬一，下毒沒有成功呢？」李蓉轉頭看向裴文宣，裴文宣得了李蓉的目光，便知她的顧慮。

裴文宣笑了笑：「肅王殿下出事，必有謀逆之人在場，屆時校場大亂，死幾個人，不也正常嗎？」說著，裴文宣看向藺飛白，「藺公子對於此道，應比我精通。」

藺飛白本就是殺手出身，趁亂悄無聲息殺個人，再簡單不過。

「不過，為保萬無一失，」裴文宣笑起來，「明日校場，還是越熱鬧越好，大家注意力放在什麼東西上，總容易做事。」

「這事，我同姑母說過了。」上官雅突然開口，所有人看過去，目光帶了幾分疑惑。

「明日六軍比賽時，姑母會勸說陛下臨時加一場馬球賽，許諾奪得頭籌者可以得到一個獎賞，到時候藺飛白會上，你們若是擔心蘇容卿有什麼動作，就讓藺飛白挑他出戰，把他逼上賽場，等眾人目光都在賽場上時，」上官雅看向裴文宣，「你就出手。」

「好。」裴文宣鼓掌：「就這樣。」

「到時候，若我能贏，」藺飛白神色平靜，「我就求娶上官小姐。謝春和一死，葬禮之前，上官小姐助我拿下謝家。」

「若你不能贏呢？」

上官雅似笑非笑，裴文宣也有些好奇，藺飛白斜睨看向上官雅，「我就犯規，打他。」

「好！」裴文宣聽到這話，十分高興，「飛白兄，你若當真打了他，我送你一把寶劍……」

「咳咳。」李蓉輕咳了一聲，裴文宣面上笑容僵住，而後從容收起那份克制不住的欣喜，平和道，「一切就交給藺公子了。」

「好說。」藺飛白點點頭，「日後裴大人在殿下面前多多美言，多給軍餉就是了。」

幾個人在李蓉家商議著明日行程時，華樂披著斗篷，在夜色中穿過狹長的甬道，走到盡頭處停下，面對著牢房裡一身囚衣，看上去有幾分疲憊的女子，低喚了一聲：「母妃。」

柔妃抬起頭來，看著華樂掀下頭上帽子，露出堅毅神色：「一切準備好了，等明日我殺了李川，就救您出來。」

「好孩子。」柔妃眼裡露出愛憐的目光，她站起身，走到門前，伸出手去，握住華樂冰冷的手，「妳受苦了。」

華樂搖搖頭：「能保住誠兒最重要不過，這點苦算不得什麼。」

「妳是如何安排的？」

「蘇侍郎幫了我，」華樂說著，面上露出幾分羞怯來。

柔妃動作僵了僵，就聽華樂輕聲道，「女兒拿了您的權杖，但也沒個頭緒，蘇容卿找到我，說可以幫我，明日刺殺李川都安排好了，就是……」

華樂皺起眉頭。

「就是什麼？」

柔妃有些憂慮，華樂眼中露出不滿，「他不讓我動李蓉，說李蓉還有其他用處。李川一死，李蓉還能有什麼用？我看他莫不是昏了頭，看上李蓉那張臉了吧？」

華樂說著，又有些不舒服，接著補充：「不過蘇侍郎這樣的人，也不是個看臉的，也不知道李蓉是有什麼用……」

柔妃靜靜看著華樂一會兒罵一會兒又要為蘇容卿說好話，她笑了笑，抬手拂過華樂的頭髮：「不管他要做什麼，人妳的，妳做不就行了？」

華樂詫異抬頭，柔妃看著她，輕聲道：「傻孩子，別什麼都聽男人的。這些男人啊，嘴上說一套，心裡想的是誰，妳可不知道。妳想殺李川，最好的辦法不是直接刺殺他。」

「那是？」

「明日校場，所有人都護著李川，因為大家都知道，李川是靶子，所以大家都會在意李川。而李蓉是女眷，肯定第一時間要脫身。到時候，妳把所有精銳都調到李蓉身邊去，逼著她進林子。讓人放話給李川，他不去救他姐，就殺了李蓉。」

「李川會救嗎？他又不是傻子。」華樂有些不可思議。

柔妃笑了笑：「他會去的。」柔妃眼裡帶了幾分憐憫，「死在對苦難一無所知的年紀，對他來說，也是一種幸運。」

「好。」華樂點了點頭，她皺起眉頭，「只是，我怕沒有這麼多人手……」

「妳去做就是了。」柔妃聲音溫和，「會有人幫妳的。」

「有人？」華樂迷茫看著柔妃，「誰？」

柔妃笑著轉向皇宮的方向，皇宮最高的北燕塔上掛著燈，燈火在遠方輕輕搖曳，和天空上的星辰相映成輝。

華樂跟著看過去，柔妃靜靜看了一會兒，轉頭看向華樂：「去吧，別耽擱了。」

華樂點點頭，不疑有她，抬手戴上帽子，輕聲道：「那我走了，母妃，妳好好保重。」說著，她就轉過身，又走入了那漫長的、如同一條巨蛇之口的甬道。

柔妃看著女兒一點一點隱入黑暗之中，許久之後，她閉上眼睛，深吸了一口氣。

她知道她會成功。

會有人幫她，會有無數想讓李川死的人在暗處，幫著她做一切。

他們不需要華樂做什麼，他們需要的，只是當李川死後，由華樂來承受一切。

只是人總有選擇，她選擇了權勢，那就註定這條路上，要捨棄一些東西。

華京天空上的星辰在雲層後忽隱忽現，西北邊境，當夜也是月朗星稀的好天氣。

秦臨領著崔清河站在山崖上，遠遠眺望著遠處蕭肅駐軍的方向。

風吹得兩人衣衫呼呼作響，崔清河看著遠處燈火，輕聲道：「方才士兵通報，說蕭肅點了兵馬，今夜往華京方向出發了。」

「多少人？」秦臨沒有回頭，神色平穩。

「三萬，留兩萬駐守西北。」

「三萬啊。」

秦臨悠悠開口，崔清河垂眸看著地上輕拂的青草：「你真打算按照平樂殿下所說攔截蕭肅嗎？」

「不然呢？」秦臨轉頭看向崔清河，輕笑，「你以為平樂殿下幫我們這麼多，是沒有代價的嗎？」

「可蕭肅拿的是陛下的旨意。」崔清河皺起眉頭：「到時候，你就是謀反。」

「又如何呢？」

崔清河面色平靜，他靜靜注視著秦臨：「阿臨，我是擔心你。」

「擔心我，幫我把放在西北的兩萬人盯住就是了。」秦臨轉頭看向遠處：「殿下救我秦氏，我自然不能辜負於她。」

崔清河沒有說話，他上前一步，站在秦臨身後。

「而且，以殿下和裴文宣的才智，我信他們。清河，你放心吧，如果當真出了事，你就從西北直接出大夏，往西邊去。」

「抱歉。」崔清河聲音很低，秦臨察覺異樣，只是他還沒來得及回頭，一把利刃驟然貫穿他的身體。

崔清河手微微發顫，他紅著眼眶，死死盯著他，「我不想走。」

話音剛落，秦臨抽刀直揮而去，崔清河疾退數丈，數十人從密林中跳了出來，朝著秦臨就撲了過去！

兩個侍衛護在崔清河面前，崔清河盯著和十幾個殺手且戰且退的秦臨，秦臨狼一樣掃了他一眼，摀著傷口便衝入了密林。

「崔公子，」護著崔清河的侍衛恭敬道，「接下來該怎麼辦？」

「回營。」崔清河抬手擦了一把臉上的血痕，看著秦臨逃走的方向，提著劍轉過身去，冷靜道：「清理門戶。」

說完之後，崔清河便帶著人提劍下山。

沒過多久，正在屋中給李蓉寫著信的荀川便聽到一聲疾呼。

「大人！」一個侍衛提劍急入，「秦將軍在山崖遇刺墜崖，崔大人說是有內應害了將軍，封了軍營，現下朝著我們過來了，大人快走吧！」

荀川的話，手上一顫，只來得及寫下一句「秦臨遇刺」，便聽外面傳來腳步聲。

荀川將信一折，急急交給侍衛，低聲道：「趕緊走，將信加急送給殿下。」

說完，荀川從旁邊取劍，便領著人衝了出去。

他剛衝出營帳，就看崔清河領著人站在營帳前。

崔清河神色平穩，冷淡開口：「荀大人，將軍遇刺，本官奉命監軍，捉拿所有嫌犯。還請荀大人配合，卸甲棄劍，軍營走一趟。」

荀川沒有說話，他靜靜注視著崔清河：「崔大哥，我是誰，你不知道嗎？」

崔清河神色微動，卻只是抬了抬手。

士兵得令，立刻朝著荀川砍殺過去，荀川面色微變，只道：「你背叛了大哥。」

「抱歉。」崔清河語調平靜：「我想回到崔氏，你們幫不了我，只有一個人可以。」

說話間，荀川一劍挑開撲過來的人，三步做兩步，彎腰抬劍砍斷拴著馬匹的韁繩，馬驚叫奔馳而出，他一腳踩在旗杆上，藉著旗杆的力奮力撲到馬上，然後在眾人驚呼之間，朝著外面疾馳而去。

崔清河沒想到荀川竟然直接衝了出去，他頓時變了臉色，大喊出聲：「追！把他給我追回來！」

荀川聞聲沒有回頭，他看向華京方向的明月，朝著遠處密林急奔而去。

他必須把他哥找回來。
華京還在等著秦臨。
殿下還在等著秦臨！

第一百五十六章　冬狩（二）

李蓉一覺睡到天亮，清晨起時，她看了看窗外，見陽光甚好，不由得有些高興，轉頭看了靜蘭一眼：「今日天氣倒是不錯。」

「欽天監選的日子，自然是好的。」靜蘭給李蓉梳好頭髮：「殿下，可以動身了。」

「該帶的東西都帶了嗎？」

李蓉背對著靜蘭，端詳著鏡子裡的自己，靜蘭聲音應了一聲：「傷藥、毒藥、匕首，能想到的都帶了。」

李蓉點頭，她看著鏡子裡姑娘年輕的眉目，片刻之後，她站起身來，轉身平和道：「走吧。」

李蓉坐上馬車出門時，蘇容卿也已經穿戴好，正要出去，就聽身後傳來蘇容華一聲高喚：「容卿！」

蘇容卿回過頭去，看見蘇容華急急從內院小跑出來，蘇容卿皺起眉頭：「大哥？」

「我同你一起去。」

蘇容華將落到身前的頭髮扔了回去，抬手搭在蘇容卿肩上，高興道：「走。」

「大哥，你不是一向不去這種場合嗎？」

蘇容卿被蘇容華拖著往外走，帶了幾分疑惑。

蘇容華笑著同他一起上了馬車，隨手抓了一把桌上放著的瓜子，吊兒郎當靠在桌邊，笑咪咪開口：「這不好多年沒同你一起出去耍玩，找點樂子嗎？你瞧瞧你，也不知道怎麼回事，這兩年總悶悶不樂的。」

蘇容卿沒有說話，低頭端茶，蘇容華想了想，湊上前去：「還想著公主吶？」

「大哥慎言。」蘇容卿瞬間抬頭，警告看著蘇容華。

蘇容華趕緊張開手，示意認輸退開，蘇容卿倒了茶，平淡道：「大哥是為了上官小姐嗎？」

這話一出，蘇容華僵住身子。

蘇容卿想了想，緩慢道：「既然喜歡，大哥為何不直接提親呢？」

「就……覺得有些冒昧。」蘇容華思索著，他想了想，緩慢道：「兩個人在一起，還是應當先認識、瞭解、相愛，然後覺得到了可以過一輩子的時候，再說一輩子。」

蘇容華說著，忍不住笑起來，帶了幾分嚮往。

他想了想，又道：「加上這些年時局不好，上官家被陛下盯著，我要開口提親，在所有人眼裡，這都是蘇氏和上官氏聯姻。要麼就得匆匆忙忙趁著陛下沒發現趕緊成親，要麼估計陛下得趕緊下個賜婚聖旨，把我和阿雅小姐給拆了。這兩條路我都不想走，我要同誰成婚，那必須要八抬大轎，風風光光，顧及這、顧忌那，我也不願意。就想著還是等著太子登基之後，我再上門提親。」

「你不怕上官小姐等不了你嗎？」

蘇容卿將倒好的茶推給蘇容華，蘇容華搖搖頭，「她現下還管著上官家，一時半會兒怕是不想嫁人。」

「萬一她想嫁人了呢？」

這話把蘇容華問住了，他想了想，笑起來：「那就嫁吧，只要她一句話，我就回去找老頭子，給他打一頓，立刻上門提親。不過，你也別催我和她的婚事了。」蘇容華擺擺手，「你還為肅王這傻子和人家鬥呢，太子不登基，我怎麼好去提親？」

「你這麼肯定太子會登基？」

蘇容卿語氣很淡，蘇容華轉著手裡的茶杯，答得漫不經心：「皇子就兩個，肅王和太子，想都不需要想。」說著，蘇容華看他一眼，頗為嫌棄：「也搞不清你是哪根筋出了岔子吊死在肅王這根繩子上，不過聽哥哥一句勸，」蘇容華身子往前探了探，將扇子壓在桌上，壓低了聲，顯出幾分認真，「適可而止，回頭是岸。」

蘇容卿低頭不言，片刻後，他輕聲一笑：「大哥不用擔心，很快就結束了。」

「那就好。」

「不過，」蘇容卿抬眼看向蘇容華，「如果我與上官小姐的立場一直相左，大哥怎麼辦？」

蘇容華得了這話，頓住動作，緩慢抬起眼皮，注視著蘇容卿。

「你是我弟弟。」蘇容華聲音很平靜：「我會一直規勸你，到我死那天。」

蘇容卿愣了愣，蘇容華突然伸手，拍了拍他的肩：「所以呢，你要當真為了我好，就好好做人，別找事，嗯？」

蘇容卿沒有說話，許久後，他喃喃出聲：「你們會在一起的。」

「嗯？」蘇容華有些聽不明白，「你說什麼？」

蘇容卿抬眼笑起來，將他手推開：「我說，等時機成熟，我親自幫你提親去。」

說完之後，蘇容卿笑著岔開了話題，兄弟倆說說笑笑，到了郊外。

李蓉早他們一步入場，進去之後，便看見上官雅早早坐在女眷坐的高臺上，裴文宣也已經入場，見她進來，在人群中遙遙朝她看過來，輕輕點了點頭。

李蓉提步到了上官雅邊上，用扇子拍了拍她的肩頭：「去我的位置去？」

李蓉作為皇嗣，她的位置挨著李川，就在李明下方的一個小亭裡，正對著校場，視野絕佳。

上官雅得話，起身跟著李蓉到她在的位置，跪坐在李蓉身後。

李蓉落座後不久，李明便領著上官玥到了校場，所有人起身迎接李明入席，而後六軍挑選出的士兵出列，分別穿成六種顏色的衣服站在校場。

禮官領著李川起身上了高臺，李川焚香告祭山神之後，轉頭表達了對士兵一年來守護華京的慰問，而後由李明起身，宣布整個冬狩正式開始。

「今年冬狩，分六隊人馬，每隊一支軍旗，山林深處，有一支軍旗，酉時之後出林，手中軍旗最多者為勝。林中有野物，若能獲得獵物，亦可加分，五十隻野物等於一旗。過程中不可傷人，如有故意傷人者，按律處置。」李川說著，看了一眼下方的太監，隨後繼續道：「現下分旗，鼓聲響起後，從左側起按列入林，酉時擊鼓鳴號，聞聲則歸。」

太監扛著不同顏色的旗子小跑入場，將旗子交給每隊領隊。

旗子分發完畢，鼓聲擂響，士兵駕馬入林，校場逐漸變得空曠起來。

蘇容華同蘇容卿坐在世家席位上，取了一個橘子，看著賽場，漫不經心道：「你們一年年的，就來這地方看這種熱鬧？這有什麼好看的？」說著，蘇容華假作無意看了高臺一眼，遠處上官雅跪得端正筆直，正低頭和李蓉說著什麼。

「等一會兒，陛下下令之後，各家會四處走動，」蘇容卿知道他在等什麼，低聲提醒，「到時候你可以去找上官小姐。」

蘇容華挑眉看向蘇容卿，蘇容卿面色不變，片刻後，他笑起來：「鬼機靈。」

李川將一切安排好，便回了自己的位置。所有士兵入林，也沒什麼熱鬧可看，等李明說讓所有人自行活動之後，大家便都散開，各自找起了熟悉的人聊起天來。

蘇容華看了看周遭，湊到蘇容卿面前去，有些忐忑道：「我就這麼過去嗎？」

「去吧。」蘇容卿點頭，笑道，「直接走過去就行了。」

蘇容華問完這話，也覺得自己有點傻，他輕咳了一聲，不好意思面對蘇容卿，便轉頭疾步離開。

他故意放緩自己可能不夠穩重的步子，繞過長廊，上了臺階，到了上官雅席位邊上，只是他還沒走到，就看見藺飛白從另一側走到李蓉面前。他朝著李蓉行了個禮，也沒聽清是說了些什麼，就看上官雅對他笑起來。

上官雅朝著藺飛白招了招手，藺飛白似乎有些不好意思，最後還是彎下腰去，由上官雅取了手帕，輕輕擦拭他額頭的汗。

蘇容華一時愣在原地。

他從未見過上官雅這麼溫柔的樣子，藺飛白雖然沒有笑，他甚至有些窘迫，可他小心翼翼彎著腰，怕上官雅抬手累著的模樣，卻也昭示了他對上官雅那份無聲的體貼。

他們兩個人好像就成了一個世界，悄無聲息將他排除在外。

蘇容華頓住步子，他靜靜看著他們，片刻後，藺飛白似乎也注意到蘇容華的存在，他正和上官雅說著話，一側頭，就頓住了動作。

藺飛白突然止聲，李蓉和上官雅都覺得奇怪，兩人一同看過去，就看見蘇容華站在不遠處，他靜靜看著藺飛白，目光微冷。

藺飛白直起身，迎向蘇容華的目光，周邊人都竊竊私語著，蘇容華便隱約從中聽到隻字片語：「蘇大公子好像不知道啊。」

「也就幾天的事。」

蘇容華沒說話，他靜靜注視著兩個人，片刻後，他驟然提步，疾步走到上官雅面前，只是他還沒走到，藺飛白便上前一步，擋在他身前。

「讓我同她說一句。」蘇容華克制著情緒，盯著藺飛白，壓低了聲。

「回去說，」藺飛白聲音很冷，「別在這裡讓人看笑話。」

這話提醒了蘇容華，蘇容華盯著上官雅，他深吸了一口氣，閉了閉眼，等睜眼時，他冷靜了許多，只道：「我就說幾句話，不會讓人看了笑話。」

藺飛白猶豫了一下，上官雅看著校場，淡道：「那就說吧。飛白，讓開。」

藺飛白回頭看了看上官雅，終於還是讓了步。

蘇容華提步到上官雅面前，他半蹲下身，盯著上官雅：「為什麼？」

「什麼為什麼？」上官雅轉頭看他，「該說的，我不是說過了嗎？」

「妳打算嫁他？」

蘇容華問得直接，上官雅應了一聲：「嗯，如何？」

「為何不同我說？」

「蘇容華，」上官雅忍不住笑了，「你我什麼關係？我要做什麼，難道還要同你上個摺子不成？我想嫁誰嫁誰，想喜歡誰喜歡誰，我如今不想見你，還望蘇大公子自持身分，日後別找我了。」

蘇容華沒說話，他盯著上官雅。

上官雅端了茶杯，挑眉一笑：「不是說不讓人看笑話嗎？蘇大公子，你要繼續在我面前這麼蹲下去，可就真成個笑話了。」

「上官雅，別做讓自己後悔的事。」

「我做事，」上官雅微微抬頭，眼帶了幾分挑釁，「從不後悔。」

蘇容華輕笑了一聲，他撐著自己站起身來，他目光從上官雅一路挪到藺飛白，看了幾眼之後，他笑著點了點頭，而後提步走了下去。

等他回了位置上，李蓉目光看向上官雅：「好生生的，激他做什麼？」

「煩。」上官雅將茶一飲而盡：「他以前從來不來這種地方，也不知今日來做什麼。」

李蓉看上官雅生氣的模樣，她端起茶杯，慢慢悠悠道：「我呀，就看你們這些年輕人的熱鬧。」

上官雅扭頭過去，李蓉朝她拋了個媚眼：「口是心非，跌宕起伏。」

上官雅被她說得一哽，憋了半天，她扭過頭去，只道：「殿下妳也煩死了。」

李蓉笑出聲來，便是這時，就聽李明聲音響了起來：「諸位。」

李明聲音一出，全場就安靜了下來。李明聲音帶笑，似乎很高興：「閒來無事，讓年輕人組一局，打個馬球吧。」

李明說著，提了聲：「誰贏了，朕許他一個願望。不過你們得答應朕，要打得漂亮，要好看！」說著，李明環顧四周：「有誰想上場的，站出來讓朕看看。」

皇家做事，從來不會毫無緣由，尤其是許下一個願望這樣的重諾，在場都是混跡朝堂多年的高門貴族，自然知道這個道理，不敢貿然出列。

藺飛白從人群中走出來，單膝跪下：「陛下，微臣請戰。」

「你是……」李明想了想，有些詫異，「啊，你是那個謝蘭清的兒子！」

「稟陛下，微臣充軍西南，這些年斬敵殺寇，立功升任正五品鎮南將軍。最近戰事剛歇，思念故土，故而告假回京。」

「你竟有如此際遇，果真乃非常人。知錯能改，便是好事。你既請戰，可有想要的對手？」

「微臣素聞，京中蘇二公子球技甚佳，今日既有機會，」說著，藺飛白看向蘇容卿，「還望蘇侍郎，不吝賜教。」

聽藺飛白選的是蘇容卿，眾人面面相覷，一時都搞不清楚，這葫蘆裡買的是什麼藥。

蘇容卿聽藺飛白的話，靜靜看著藺飛白，不等他開口，就聽一個懶洋洋的聲音響起來。

「打馬球這種事，你找我二弟就錯了。」眾人尋聲看去，就看蘇容華懶洋洋起身，提步從席上走下來，「這京中打馬球，我蘇容華算不上數一數二，但也略有薄名。謝將軍，」蘇容華抬手，「我替舍弟賽上一局，想必將軍，不會見怪？」

「好。」不等藺飛白答應，李明便一口應下，他轉頭看向蘇容華，笑著道，「蘇大今日也來了，朕向來喜歡你這性子。你與謝將軍都是妙人，這一局，朕很期待。」

李明既然開口，藺飛白也不好推辭，只能恭敬行禮，同蘇容華一起退下去換衣衫。

他們一走，上官雅立刻站了起來，李蓉端了茶杯，吹著茶杯上浮著的茶葉：「去做什麼？」

「讓他腦子清醒些。」上官雅扔下一句，就急急往換衣服的帳篷趕了過去。

她趕到帳篷時，蘇容華剛換了衣服出來，上官雅見得他，立刻迎了上去：「蘇容華！」

蘇容華斜睨她一眼，從小廝手裡取了球杆，也沒搭理她，直接往前走。

他腿長步子大，沒有刻意等上官雅，上官雅只能小跑跟著他：「你和藺飛白較什麼勁兒，發什麼瘋！」

「你們明明白白算計著我弟，當我傻子呢？」蘇容華看她一眼，「況且，妳我什麼關係？我愛打馬球就打馬球，難道還得給妳上個摺子？」

上官雅的話他原原本本還了她，上官雅一時語塞，就看蘇容華提步走了出去。

李蓉慢慢悠悠喝了杯茶，就看上官雅氣勢洶洶衝了回來，一坐下就開始灌茶。

李蓉斜眼看她，忍不住笑出聲來：「碰釘子了？」

「殿下，現在不是笑的時候。」她有些著急，「蘇容華上了場，蘇容卿還在下面待著，不把他調開，對謝春和動手又怕出什麼岔子。」

「沒事。」李蓉聲音很輕，她笑著看了眼場上還平穩不動的裴文宣，「裴文宣也坐著呢。」

李蓉的態度讓上官雅稍稍安心，這時候，藺飛白也回到校場，他們各自領了四個人，翻身上馬，提了球杆來到賽場中間。

一聲令下之後，蘇容華在藺飛白反應之前球杆一甩，便將球擊打出去，而後駕馬從藺飛白領著的人中間直衝而去，藺飛白也反應極快，瞬間回頭，駕馬急追而上，在蘇容華把球擊打入球門之前反手一球杆，又將球擊打回去。

開局就如此激烈，全場瞬間沸騰起來，兩隊人馬在賽場上開始來回追逐。

藺飛白本身殺手出身，身手自不必說，但他畢竟不經常打馬球，規則之下，倒不比打慣馬球的蘇容華靈活。

只是他身手還是敏捷，蘇容華每每要進球之時，都被他攔下來。

於是雙方僵持了整個上半場，竟是一個球都沒進去。

球雖沒進，但這種勢均力敵狀態讓整個賽場十分緊張，便就是連看慣了馬球賽的李明，也忍不住盯著賽場上交鋒的兩人。

童業端著茶壺到裴文宣身後，跪坐下來，低聲道：「公子，蘇容卿的人一直礙事。得把蘇容卿支開，讓他不能再在後面管事。」

裴文宣端過茶，看著賽場，沒有說話。

眼看著上半場時間臨近，蘇容華突然加快了攻勢，藺飛白嚴防死守，見蘇容華換了一種不管不顧的打法，他忍不住皺起眉頭，交錯之間開口道：「你在爭什麼？」

「你在爭什麼，」蘇容華追著馬球而去，「我就在爭什麼。」

「她又不喜歡你。」藺飛白在蘇容華即將把馬球擊入球門之時反手一揮，馬球又折了回去，「你的身分，再找一個貴族女子，也是輕而易舉。蘇大公子何須置氣？」

「你當我在置氣？」蘇容華冷眼看他，側身從馬上滑到一半，懸在空中，從四個人圍堵之間敏捷過，一球棍將球擊飛向遠處。

「本就是個花花公子，又裝什麼一往情深？」蘭飛白追上他，「喜歡她，何不早點娶她？」說著，蘭飛白的隊友便衝上來將他一阻，蘭飛白便衝上前去，守在球門之前，抬手就將球反擊回去。

便就是這時，結束三聲鑼響，第一聲響起！

眾人站起來，歡呼出聲。

蘇容華繞過人群，朝著蘭飛白衝去。

而蘭飛白也追著球來，朝著蘇容華衝去。

球就在球場中間，只要補最後一下，就有進球的可能，端看兩個人，誰先補的那一下。

兩個人騎馬對衝而去，李川不由得露出驚詫表情：「他們這是做什麼？」

鑼響第二聲！

李蓉沒有回他，上官雅不由自主捏起拳頭。

眼見兩匹馬越來越近，直到最後一刻，兩匹馬狠狠衝撞在一起，馬球球杆也敲打在一起，而後在第三聲鑼響之間，伴隨著兩匹馬的嘶鳴之聲，兩個人都被馬猛地一甩，從馬背上滾了下來！

蘇容卿豁然起身，大喝了一聲：「御醫！」說著，便朝著賽場上趕了過去。

而裴文宣也站起身來，急急走到蘭飛白身邊。

藺飛白如今在華京並沒有什麼根基，今日來的謝家人也與他不甚交好，若當真出了什麼事，他不管，怕就死在賽場上了。

御醫一路小跑而來，蘇容卿和裴文宣各自先檢查了兩人的傷勢，確認沒有大礙時，御醫也趕了過來。

兩個人都受了不同程度的傷，御醫一番診治之後，便讓人扶著兩人離開。

不想裴文宣才扶著藺飛白剛轉身，就聽身後傳來蘇容華的聲音：「還有下半場。」

藺飛白頓住步子，回過頭去，就看見蘇容華手上滴著血，平靜看著他：「我還沒贏。」

「大哥。」蘇容卿皺起眉頭：「你先去休息。」

「好。」藺飛白迎著蘇容華的目光：「我奉陪到底。」

兩人僵持著，便就是這時，裴文宣輕笑了一聲：「打個馬球而已，又不是不能換人。」

裴文宣說著，便從藺飛白手中提過球杆，轉頭看向蘇容卿，似笑非笑：「蘇二公子，你說？」

蘇容卿冷眼看著裴文宣。

裴文宣挑眉：「我都上場了，二公子還怕什麼？」

聽到這話，蘇容卿笑了笑。

「裴大人說得是。」蘇容卿從蘇容華手上取走球杆，抬眸凝望，眉眼含冰：「下半場，就由我替大哥，向裴大人，請教一局。」

第一百五十七章 香囊

「那再好不過。」裴文宣笑著頷首，算做行禮。

而後兩人便將球杆如劍一般執在身後，背對而行。

裴文宣路過謝春和時，他從他身上聞到了一股極淺的、若有似無的香味。

那香味讓裴文宣頓住腳步，他忍不住回頭看了一眼謝春和，謝春和見他停下來，頗有些意外，笑著道：「裴大人可是有事？」

裴文宣掃了謝春和一眼，目光落到謝春和的腰上：「謝大人今日戴這個香囊，很是別致。」

「你說這個？」謝春和低頭，看向腰間的香囊，他笑了笑，「今日路上遇到一個江湖術士給我的，說是消災去難，求個平安。」

裴文宣得了這話，笑了起來：「原來如此。我也就是覺得這個香囊有些好看，在下還要打球，等回來再同謝大人聊聊。」說著，裴文宣拱手行禮，便退了出去。

等了片刻，蘇容卿和裴文宣便駕馬而出。

「蘇容卿上了。」上官雅舒了口氣，李蓉用小扇敲著手心，看著不遠處被人扶著離開的蘇容華，又看了看旁邊正故意看著賽場不肯挪眼的上官雅。

她想了想，輕咳了一聲，吩咐道：「妳去看看蘇大公子吧。」

「不去。」上官雅一口拒絕：「這種時候，殿下切勿感情用事。」

「現下所有事都是安排好的，」李蓉看著裴文宣和蘇容卿都換好衣服，翻身上馬折回賽場，緩慢開口，「妳留在這兒就看個馬球，去看看他，又耽擱什麼了？」

上官雅端正坐著不言語，李蓉側頭：「妳不去和他說清楚，他不會甘心。阿雅，他畢竟是蘇氏的大公子，再如何浪蕩，」李蓉一字一句，加重了語氣，「那也是蘇氏的大公子。」

蘇氏這樣盤踞於大夏幾百年的龐然大物，改朝換代都不損半分的真正名門權貴，哪怕是個浪蕩放肆的大公子，也要讓李明高看幾分，費心拉攏。

「妳若不妥善處置，」賽場上一聲鑼響，兩隊人馬在賽場上瞬間交織，李蓉聲音平淡，「那才是妳因逃避，感情用事。」

上官雅抿了抿唇，片刻後，她站起身來，恭敬道：「是。」

說完，上官雅便起身離開，也就是在這時，人群一陣驚呼，李蓉輕輕抬眼，就看賽場之上裴文宣單手拉著轠繩，整個人懸掛在馬的一邊，好似馬上就要墜下來一般，橫穿過蘇容卿的球杆，揚手漂亮一擊，馬球劃過球洞，之前尚未收回的驚呼便成了歡呼之聲！

李川端著茶杯正要喝茶，聽到聲響，瞬間抬頭，詫異出聲：「這麼快？」

上半場僵持這麼久，沒想到下半場裴文宣一上場，就直接進了球。

李蓉面上沒說話，她看著賽場上的青年駕馬回到發球的位置，青年似乎也察覺到她的目光，在人群中回過頭來，隔得老遠，面上彷彿落了光一般，朝她揚眉一笑。

那一笑裡帶了幾分挑釁和張揚，好似邀功一般。

李蓉暗中捏著的手不由得放鬆了些許，她神色仍舊平穩，不帶半分情緒，緩慢道：「他在學院裡時，什麼都是第一的。」

大夏世家子弟培養並不僅僅只是讀書。

文能定國，武能安邦。

有匡扶社稷之志，又有調香撫琴之雅。

這些以整個大夏最頂尖資源傾力培養出的年輕人，被給予了無數期望。

就連馬球賽事，也要求奮力以搏。

裁判再次開局，球往上一拋，還未落地，就看蘇容卿球杆瞬間旋出，往著裴文宣那一隊的球門飛砸而去，他用的力道極大，似乎馬上就要飛離球場，然而不等所有人反應過來，他駕馬靈巧繞過幾個人的防守，追著那球抬手又補一杆，轉了球的方向。

入門！

「這蘇容卿也不錯呀。」李川聽著整個賽場上震天響著的歡呼聲，饒有趣味剝著橘子，塞了一瓣橘子進嘴裡，含糊著道，「聽說他以前也是他們學院的第一？他們這些第一打球都這麼厲害的嗎？」

「你還好意思說？」李蓉抬起扇子，指了指賽場，「你學的還沒他們多，君子六藝不說樣樣拔尖，連個文章都寫不好。等你姐夫回來……」

「停停停。」李川趕緊抬手止住李蓉的嘮叨，「姐，看球賽，妳趕緊看看賽場，兩個這麼好看的男人打球，妳不快樂嗎？」

李蓉嗤笑一聲，也沒為難他，轉頭看向賽場。

和上半場的全場不進一個球的僵持截然不同，下半場的兩位，都是馬球場上極擅進攻的高手。

分數一路你追我趕，連李明都忍不住頻頻鼓掌，回頭朝上官玥高興道：「朕生平頭一次看這麼漂亮的賽局，精彩！」

全場的視線都被賽場上的兩個人所吸引，李蓉漫不經心看了一眼旁邊坐在位置上，聚精會神看著賽場的謝春和。

謝春和整個人目光都凝在賽場上，根本不關注旁邊小廝任何動作，見全場注意力都被分散了，李蓉放下心來，轉過頭去，隨著再一次進球，跟著抬起手來，輕輕鼓掌。

「我本以為，蘇大人不會上場。」裴文宣抬手一擊將球擊打出去，蘇容卿同他並肩而行，一起追著球過去。

「裴大人都上場了，我又何不敢？」

「蘇大人自信得很，」裴文宣笑著斜睨他一眼，「不知蘇大人可知道我要做什麼？」

「你要殺謝春和。」蘇容卿抬手一擊，進球！

兩人駕馬折回，裴文宣心中了然：「看來陛下給了你消息，讓蘇氏放蕭肅過境。」

蘇容卿提前知道蕭肅要入京的消息，而蕭肅過境兩個區域，一個屬於蘇氏，另一個屬於謝氏，這時候藺飛白入京，必然是為了爭奪謝氏的掌控權，以截斷蕭肅入京的路線。

而要奪得謝氏的掌控權，謝春和非死不可。

球再一次拋出，這次裴文宣先搶發一球：「那你可知我要如何殺他？」

蘇容卿衝在裴文宣前方，及時一球打出老遠，聲音平淡：「香美人，今日你會將藥引加入茶水，讓他毒發。」

「所以你臨時換了謝春和的茶童，保證他的茶從茶葉到茶具都單獨另煮。」

裴文宣面上帶笑，蘇容卿瞬間反應過來什麼，驟然抬眼：「水！」

話音剛落，裴文宣一杆將球擊入球洞之中，抬眼輕笑道：「今日糕點偏鹹，謝春和素愛點心，難免口渴。你們帶的水，怕是不夠用啊。」

「啊！」話音剛落，人群中就傳來了一聲驚呼，李蓉抬眸看去，就看謝春和突然倒了下來。

賽場上激烈競爭著時，上官雅找到蘇容華休息的帳篷，她讓人通報了一聲，便掀起簾子進了帳篷。

進去之後，她掃了一眼，就看蘇容華躺在床上，旁邊跪著一個下人，正為他包紮著手。

「大公子還好吧？」上官雅笑著進屋，坐到位置上，蘇容華沒有說話，他淡淡看了她一眼，又收回目光。

旁邊侍從進來，給上官雅倒了茶，上官雅端起茶抿了一口。

蘇容華候了一會兒，輕聲開口：「妳來做什麼？」說著，蘇容華嘲諷出聲：「莫不是我壞了大小姐好事，來興師問罪？」

「喲。」上官雅抬眼，「你也知道壞了我的事啊？」

聽到這話，蘇容華目光驟冷，他將手從小廝手裡抽出來，揮了揮手，小廝便無聲退了下去。

上官雅看了一眼，漫不經心：「素聞蘇氏百年名門，規矩森嚴，果然連下人都這麼懂事。」說著，她抬頭看向蘇容華：「就不知道，為何蘇大公子，這麼不懂事？你我好友一場，你這麼壞我婚事，」上官雅端了茶，笑中帶了幾分警告，「是不是太不仗義了些？」

「朋友？」蘇容華聽到這話，仰頭輕笑。

「上官雅，」蘇容華嘆了口氣，他掀開被子起身，赤足落到地毯上，走到她面前。

上官雅面色不變，他彎下腰，帶著傷的雙手撐在椅子扶手兩邊，盯著上官雅的表情，面上帶笑：「妳是不是把我當傻子？相處這麼久，妳當真把我當朋友，妳又當真以為我把妳當朋友嗎？」

上官雅沒說話，他身子往前輕探，靠在她耳邊，輕聲道：「我從未把妳當朋友，妳也如此。」

上官雅抓緊扶手，蘇容華往後退了退，與她拉開距離，眼裡帶了些玩味：「起初妳不過是想利用我，後來呢？妳還敢說妳只是想利用我？」

「為何不敢？」

「利用我，妳到監獄裡對我道歉？利用我，妳在知道我去替容卿頂罪時來宮城接我？利用我，知道我和容卿起了衝突，帶我去看日出、陪我喝酒，一起走過大半個華京城回家？」

「我不過是喜歡玩鬧，」上官雅聲音很淡，「大公子太容易認真。」

「玩鬧？」蘇容華嘲諷出聲，「若妳真只當我是個玩伴，我絕不糾纏妳。可上官雅，」他盯著她，「妳看著我，妳再把這話說一遍。」

「有何不可？」上官雅輕笑抬頭，她盯著蘇容華，張口就要放狠話，「我就只是把你……」

「妳要的權力我可以給妳。」蘇容華突然開口，上官雅愣了愣。

蘇容華注視著她，難得認真：「我知道妳要上官家、要自由，要一直是上官家的掌權者，我可以自請逐出蘇氏，入贅於妳。」

上官雅震驚睜大眼，見到她的反應，蘇容華忍不住笑起來。

「我入贅之後，妳就可以一直是上官家的大小姐。我名下有自己的產業，這些年經營得很好，可供糧草。我有蘭郡為封地，早些年先帝賞賜，妳可在那裡建軍。若妳和妳兄弟要爭上官家，妳要朝廷助力，我可以出仕。妳若不願我出仕，我也可以一直待在上官家，輔佐於妳。」

「上官雅，」蘇容華慢慢收斂了笑容，他認真看著她，「妳要什麼，我都可以給妳，可以給得更多。」

「我之前不提親，是因為時局不合適。陛下如今盯著你們上官氏，為分化世家，讓我擔任肅王老師。蘇氏是陛下心中平衡上官氏的棋，我現下提親，陛下不會應允。而妳如今也剛剛拿到上官氏掌權不久，我入贅，我能扛住蘇氏的壓力，妳卻不一定扛得住上官氏。所以我未曾開口，不是我無心，而是我猜想，妳應當知道還不合適。」

「那什麼時候合適？」上官雅語帶嘲諷。

蘇容華得這話，微微俯身，用兩人聽見的語音，壓低了聲：「太子登基之後。」

「太子登基？」上官雅嗤笑，「太子登基，你蘇氏焉有命在？蘇容卿在做什麼，你不知道嗎？」

「容卿在做什麼我知道，可是，」蘇容華抬眼看她，「我父親出手了嗎？」

上官雅愣了愣，蘇容華直起身，雙手攏在袖中：「阿雅，無論誰登基，蘇氏都不會有事，蘇家從不捲入奪嫡之爭。當初陛下欲拉攏蘇氏扶持肅王，家中就推我成為他的老師，其實就是為了用一個慣來不求仕途的我搪塞陛下。」

「容卿現下也不過是陛下一顆棋，有家中規束，他會點到即止。太子有世家扶持，上官氏如今只需蟄伏，等陛下百年歸天，太子登基，妳我結親。妳願意，我八抬大轎迎妳為我蘇氏大夫人；妳不願意，我自請逐出蘇氏家門，入贅於妳。」

「蘇容華，」上官雅聽到這話，緩慢笑起來，「你真的一點都不瞭解蘇容卿。」

蘇容華愣了愣，便就是這時，賽場上傳來一陣驚呼，似乎是有了什麼騷亂。

蘇容華臉色驟變，轉身穿鞋，便趕緊衝了出去。

賽場賽事已臨近末尾，剩下不到一刻時間，雙方始終還是平局，可這時候，所有人的關注點早已不在賽場。

眾人都小心翼翼窺探著突然倒下的謝春和，李川趕緊起身，往謝春和的方向趕過去處理。

李蓉悄無聲息跟在李川身後，來到謝春和面前。

謝春和臉色發青，但並不是香美人發作時直接吐血的模樣。

李蓉皺起眉頭，她靠近了些，就聞到了一股若有似無、極為熟悉的氣息。

這味道她印象太深，上一世最後一次見裴文宣，裴文宣入屋之時，便帶著那股味道。

裴文宣說那個香囊是蘇容卿給他的，她身邊所有人都佩戴著，只是裴文宣戴的那個香囊味道濃郁，所以被她察覺。

她並不是一個對香味敏感的人，和裴文宣這種調香高手不同，對於香味，她幾乎是聞過就忘。

可這香味是她最後一次見裴文宣、是她死亡最重要的線索，所以哪怕重生，她依舊死死牢記。

裴文宣用來刺殺謝春和的香美人，應該就是這股香味。

李蓉不著痕跡退了一步，看著旁邊人急急忙忙把謝春和抬走。

賽事還在繼續，全場所有人都累了，但裴文宣和蘇容卿仍舊在膠著。

「二公子，如果你再不進球，」裴文宣和蘇容卿追逐著馬球，他聲音很輕，「這局你就輸了。」

「你為何覺得，我還會進球呢？」

蘇容卿用球杆攔住裴文宣的球杆，裴文宣駕馬和蘇容卿分開，繞球而過，雙方將球來回擊打，在賽場上反復交錯而過。

「謝春和，現在還沒死。」

如果中了香美人，不可能這麼久了還沒死。

裴文宣說話時，謝春和被人抬進帳篷，李蓉看著大夫圍著他，她雙手環胸，靠在一邊，暗暗觀察著謝春和。

他為什麼還沒死？

「那畢竟是我大哥從江湖術士手中找到的毒，你能下，我就能解。」

蘇容卿從裴文宣手中劫走馬球，一杆擊入球洞。

李蓉在帳篷裡，看著謝春和輕輕抽搐著，他身邊的小廝一把拽下他腰間的香囊，急忙去從旁邊取了茶水，將香囊裡的東西全部倒入水中，急急給謝春和端了過去。

李蓉見狀，手疾眼快衝上前，一把抓住小廝，喝道：「你這是做什麼！」

李蓉這麼一罵，所有人回過頭來，都盯向這小廝。

話音剛落，謝春和一口血就噴了出來，李蓉一眼掃向小廝手中的香囊，又回頭看了一眼情況迅速惡化的謝春和，瞬間反應出這香囊的作用！

不是毒藥，這是解藥，這是香美人的解藥！

她腦子突然有些亂，她不敢在此刻深想，只是死死捏住小廝的手，小廝苦苦哀求：「殿下，今個兒路上有個江湖術士，說我家公子今日會有大劫，贈了這個香囊，說如果出了事，就將香囊放入茶水之中，浸泡後給公子喝下。殿下，如今已經出事，您快讓讓，人命關天啊！」

「我看看，」大夫一聽這話，趕緊上前，將茶杯裡的藥材拿出來看了看，點頭道，「都不是什麼要緊的材料，先試試吧。」說著，大夫一把奪過茶杯，就直接端到謝春和面前，讓人扶住謝春和，將茶水給謝春和餵了出去。

李蓉呆呆看著這個場景，而賽場之上，結束賽事最後三聲鑼響，第一聲響起。

「果然。」裴文宣笑起來，和蘇容卿爭奪著最後一球，「你是能解香美人的。所以我今日用的毒，不是香美人。」

蘇容卿一聽這話，便知不好。

如果裴文宣用毒不是香美人，那他還能從哪裡下手？

所有的食物都需要先驗毒，用活人試毒，除了……

蘇容卿猛地睜眼——除了藥！救命的藥！

沒有任何人，會在關鍵時刻，去驗證救命之藥有沒有毒。

第二聲鑼響響起。

李蓉看著謝春和將水杯中的解藥一口一口飲下，她不由自主捏緊了拳。

她突然意識到，她需要一個答案，一個真相！

裴文宣的馬靠近蘇容卿的馬，他盯著蘇容卿：「所以我有一個問題，想問問蘇大人。」

蘇容卿沒有回頭，他捏著韁繩的手微微顫抖。

裴文宣一球杆擊打向馬球，球體在空中劃過漂亮的弧度。

裴文宣仰頭看著馬球，詢問出聲：「當年你給我的香囊，到底是毒藥……」第三聲鑼響響起，裴文宣轉頭看向蘇容卿，「還是解藥？」

蘇容卿沒說話，他仰頭望著馬球在夕陽光輝下緩慢而過，躍過球門。

而帳篷之中，謝春和一口黑血噴湧而出。

大夫急急按住謝春和，大喝出聲：「把人參取來！銀針，銀針給我！」

人群慌亂無主，一把長劍從人群中朝著李川直刺而去，也就是那片刻，帳篷中爆發出激烈的尖叫聲，李川躲過第一劍，疾退到李蓉身前，長劍擋在身前，同侍衛一起圍在李蓉身邊，拽著李蓉就往外一路狂奔。

他們從帳篷外一路砍殺而出，李川意識到這些人就是衝著他來的，他將李蓉往旁邊一推，急喝出聲：「護住公主先走！」說完，他便帶著人朝另一邊逃開。

侍衛得話，立刻護住李蓉往另一邊走去。

李蓉跟著侍衛疾步離開，抬頭看了一眼人群中早已埋伏好的殺手，朝著對方點了點頭。

殺手得令，迅速脫離人群，沒有片刻，便有羽箭朝著站在長廊上觀看球賽的李誠如雨而下！

「有人行刺！」

一聲大喝在全場爆開，一時之間，貴族驚叫而起，四處逃竄，侍衛護在李明周遭，而李誠尚未來得及反應，便被羽箭猛地貫穿在地。

裴文宣猛地反應過來，刺殺提前開始，必然是李川、李蓉那邊出了事。

他駕馬回頭，急急往謝春和營帳方向趕過去。

李蓉和李川分散開，壓力驟小，這些人是衝著李川過去的，如今場上就那麼多人，只要趕緊回到李明身邊，跟隨李明一起回宮，便徹底安全了。

只是她帶著人才往前幾步，便感覺羽箭從旁邊鋪天蓋地而來，侍衛急喝了一聲：「殿下！」

李蓉還未來得及反應，便被人撲倒在地，剛倒在地上，便有長刀急急砍了過來！

她就地一滾，髮髻便散了開去，然後感覺自己被人一扯，一把拽到馬上，來人急道：「殿下，我帶您先逃！」

李蓉到了馬上，慌忙抬頭，才發現周邊全是殺手衝向她！

哪裡來這樣多的人，這樣多的人，為什麼沒有去李川那邊？

李蓉尚還來不及反應，就看自己的人被這些人衝散開，護著她的侍衛被一路追趕，朝著密林就衝了過去！

李蓉驟然反應，急喝出聲：「不行！不能進去！」

裡面有六軍士兵，足足六百人，而這六百人裡，有多少是殺手根本不知道。

「殿下，退不出去！」侍衛急急應答，縱馬一躍，便進了林子，同時抬手將李蓉整個人一按，李蓉趴在馬背上，只聽旁邊全是羽箭之聲。

她抱著頭，感覺樹枝劃過周身，風呼嘯而過，身後全是追兵，她隱約聽見身後傳來李川一聲暴喝：「阿姐！！」

第一百五十八章 墜崖

李蓉聽得李川的大喝，她急急回頭，隱約看見李川如離弦之箭一般從人群中追了過來。同時追過來的，還有被李川一聲暴喝驚到的裴文宣，與在人群中的蘇容卿。

她只看得一個影子，就被身後侍衛提醒：「殿下趴好！」

說完，馬驟然揚蹄一躍，就聽又是一陣箭雨，不知道去了哪裡。

「阿姐！」李川眼看著李蓉入了林子，他瘋了一般鞭馬，目眥欲裂，身後人跟著他，急道：「殿下，我等入林去救公主，殿下別以身犯險！」

李川根本不理會其他人的話，直直衝入了林中。

裴文宣遠遠得見姐弟倆都衝入密林，他忍不住在心中暗罵了一聲李川莽撞，他騎術遠高於李川，李川雖然最先衝過去，但入林之後不久，就被裴文宣追上。

裴文宣與李川並騎而行，急道：「殿下，密林危險，你……」

「危險還用你說？」李川轉頭怒罵，「跟著我做什麼？去救人啊！」

聽到這話，裴文宣猛地反應過來，李川是故意入林的！

那些人逼著李蓉入密林，目的其實是在李川，所以李川只要進來，絕大部分兵力都會用來圍剿李川，才能給李蓉爭取更多機會。

「裴文宣，我姐就交給你了。」李川捏緊韁繩，他轉頭看著裴文宣，他咬牙出聲，「如果你敢辜負她，孤做鬼也不放過你！」說完，李川驟然調轉方向，朝著密林另外一處衝了過去。

裴文宣看著李川一面罵一面跑入密林深處，他也沒多遲疑，領了人就乾脆往著李蓉的方向急奔而去。

李蓉也搞不清她到底在往哪裡跑，去哪裡。

她只感覺身後都是追兵，護著她的侍衛終於還是被人一箭射落下馬。血濺了她一身，李蓉從懷裡掏出匕首便扎到馬匹身上，馬受驚瘋狂往前，她死死趴在馬身上，閉著眼不敢回頭。

裴文宣看著奔逃在前方的李蓉，他們之間隔著數不清的殺手，李蓉不能停，停下來後，他根本來不及救她。

可如果李蓉不停，以李蓉的速度，他現下也救不了她。

於是他只能緊追在李蓉身後，在危險靠近李蓉的時候，一面讓護衛護著他解決前來阻攔他們的殺手，一面在危險靠近李蓉時引弓直接射殺靠近李蓉的人。

如此僵持了一陣，旁邊侍衛終於提醒：「大人，必須立刻讓殿下停下來，前面就是懸崖了！」

裴文宣抿緊唇沒有說話，他微微傾身，盯緊了前面的李蓉。

他算計著兩人之間的距離，李蓉的馬已經停不下來了，若停下來，以李蓉身邊殺手的數量，怕也來不及搭救。

必須有一個人要提前到李蓉身邊去護著李蓉，給他們一個趕到李蓉面前的機會！

也就是在這一刻，他聽到一聲大喚從遠處傳來：「裴文宣！」

裴文宣一抬頭，就看見蘇容卿在遠處，從側面正朝著李蓉疾馳而去。

裴文宣立刻心領神會，蘇容卿便是這個護住李蓉片刻、給李蓉求一絲生機的人！

他看出來，暗藏著的殺手也看了出來，不等蘇容卿到李蓉面前，最後一波箭雨便鋪天蓋地而來！

李蓉死死抓著馬的鬃毛往前衝去，只聽馬驚叫了一聲，隨後李蓉便感覺天旋地轉，馬因疼痛瘋狂甩動，她終於支撐不住，被馬猛地甩了出去。

她前方就是懸崖，當她意識到墜空時，求生的意志讓她拚命抓住所有可以抓住的東西。

就在絕望之時，一隻冰涼的手驟然探出，死死抓住她。

那人半個身子都已經探出山崖，這樣的姿勢，他幾乎沒有任何可以承力的地方。

於是李蓉只來得及抬頭看清那人的面容，就看那人隨著她就墜了下去。

就在那人隨她一起墜下的片刻，裴文宣終於趕到，但他只來得及碰到蘇容卿半截袖子，就眼睜睜看著兩個人一起直直墜落。

他還沒來得及反應，趙重九就一把拽住他，急喝出聲：「你跟著跳了也沒用！」

裴文宣有些晃神，趙重九一刀砍開衝過來的殺手，死死抓著裴文宣的胳膊：「大人，現下最重要的是先保住太子。」

裴文宣聽著，回過頭來看著他，他被趙重九抓著的胳膊繃得死緊，整個人似乎是在竭力控制著情緒。

趙重九不由得放輕了聲音：「大人，您現在是殿下最大的希望。早一點找到殿下，殿下便多一分生機。」

「我知道。」裴文宣低下頭，他克制住語氣，「立刻讓人下崖搜查崖底，找到公主。」

「其他人手，去找太子。」

說第一句話時，他聲音還有些顫抖，等說到第二句話時，他已經徹底鎮定下來。

他撐著自己站起身來，拂開趙重九扶著他的手，好似什麼都沒發生過一般，反而安撫著其他人：「我無妨，我很好。」說著，他便轉過頭去，看向身後廝殺著的戰局。

李川吸引了密林中大多數殺手，李蓉墜崖，裴文宣也就不用再顧忌什麼，看著密林中被他的人包圍的殺手，他低聲吩咐：「留兩個活口刑訊，其他都殺了。」

下令完，他便由其他侍衛護衛著，朝著林外走去。他一面走一面安排著所有事，彷彿剛才的事情沒有影響他半分，只是趙重九一挪眼，就看見他提劍的手一直在止不住的打顫。

裴文宣領著人出了密林時，上官雅和蘇容華已經帶著羽林衛控制住了情況。

李明提前回宮，李川才從林中被救出來。

他身上全是傷，裴文宣趕過去，李川勉力睜開眼睛，喘息著看著裴文宣：「我姐呢？」

「公主很好，殿下先行休息，好好保重。」

裴文宣平靜回應，李川舒了口氣。

他肩頭還扎著羽箭，低低喘息著，同裴文宣吩咐：「我……我得睡一覺。等我，等我醒過來，我想見見阿姐。」說著，李川抬眼，看著裴文宣，眼裡帶了幾分哀求：「我怕你……怕你騙我，我……我不放心。」

「殿下安心吧。」裴文宣站起身來，吩咐人將李川抬入營帳，隨後轉頭看向李川，神色平淡，「若公主出事，我提頭來見。」

得了這話李川終於放下心，喘息著閉上眼睛，讓人抬入營帳養傷。

等李川入了營帳，裴文宣回頭看向上官雅，囑咐了上官雅今晚所有應辦的事宜：「李誠若是沒死，宮裡要讓人盯著。西北恐怕會有一些變數，讓藺飛白的人馬時刻準備提前入境。太子殿下的傷勢要盯著，無論生死，都不能傳出去。今夜應當不會有大事，明日，等我回來。」

「等你回來？」上官雅皺起眉頭：「這種時候，你要去哪裡？」

「殿下墜崖，我去找殿下。」

上官雅愣了愣，裴文宣太過鎮定，讓她完全想不到李蓉居然出了事。

「餘下事就拜託大小姐了。」裴文宣行了一禮，也不等上官雅應聲，便轉身離開。

上官雅終於反應過來，趕緊道：「裴大人，你……」

「我很好，我無礙。」裴文宣背對著上官雅，輕輕一頷首，「大小姐不必擔心。」說完，裴文宣便提步往前。

如今已經入夜，他一個人走在夜色裡，他每一步都走得很穩，可不知道為什麼，上官雅卻從竭力控制著的步伐裡，看出了些早已失控的決絕狼狽。

好似這個人已經用盡全力，難以回頭。

上官雅在那一刻清楚意識到，墜下懸崖的是李蓉，可墜下地獄的，是裴文宣。

「阿雅。」蘇容華走到她身後來，上官雅沒有回頭看他。

她凝望著裴文宣遠走的背影，聲音很輕：「看到了嗎，蘇容華。」上官雅轉過身，看著站在她身後的青年，她笑了笑，「蘇容卿早就失控了。他早和柔妃結盟，扶持肅王，利用弘德陷害裴文宣，軍餉案、科舉案，乃至如今稅改，冬狩刺殺，你弟弟都有參與。」

「他容不了太子殿下登基，而太子也容不了他。」

「我也曾經以為，」上官雅轉過頭去，看向遠方，哪怕是在郊外，冬日星辰看得也不甚真切，上官雅面上帶笑，「我們之間除了陛下，並沒有太多阻礙。只要等到太子登基，我們就可以在一起。其實你算得都沒錯，我也這麼算。」

「可後來我慢慢發現，蘇容卿容不下太子，而你也不可能放棄蘇容卿。我問過你，願不願意當蘇家家主，如今我再問你一遍。」上官雅抬眸看他：「如果太子登基的代價是蘇容卿必死，你願意嗎？」

蘇容華沒有回話。

上官雅眼中一片清明，她笑起來：「你不願意。而太子是我上官氏的根基，我不可能放棄太子，也不能背離家族。所以你看，」上官雅眼裡帶了幾分水氣，「你我是死結。」

「我很感激你。」

上官雅走到蘇容華面前，她伸出手，拿出了蘇容華送給她的一副葉子牌。

「感激你，讓我看見原來身為世家子弟，也可以用一份真心去活。可是對不起，」上官雅面上帶笑，聲音喑啞，「我這一生，都不會再碰葉子牌了。」

上官雅將葉子牌交到蘇容華手中。

她抬眼凝望著面前的人，他們離得那麼近，近得讓她感覺到他們的呼吸、溫度，這一切彷彿是兩股熏香升騰起的煙霧，糾纏著升騰而上。

「蘇容華，」上官雅終於開口，「離開華京吧，遊山玩水，別再回來了。」

校場一片混亂時，李蓉被蘇容卿緊緊抱著，直接墜入了山崖下的水潭之中。

水浪狠狠拍打而來，李蓉瞬間失去神智，等再次醒來時，她感覺自己躺在一堆枯草上，旁邊生著火。

李蓉猛地直起身子，旋即察覺腳上一陣劇痛，她倒吸一口涼氣，趕忙低下頭去，看見自己小腿上有一道長長的傷口，已經被人包紮好，但一動還是疼。

李蓉又環顧四周，發現這裡是一個山洞，內部並不算大，火堆生在中央，旁邊用乾草鋪了個小床，李蓉就安安穩穩睡在上面。

而不遠處的角落裡，蘇容卿躲在暗處。

他手邊放了李蓉落崖時帶著的匕首，身上只穿了白色單衣，他似乎滿身都是傷口，白衣被滲出來的血染紅，看上去十分滲人。

他似乎是暈了過去，頭髮散開，面上帶了些許病態的蒼白，整個人側靠在一塊突出的巨石上，閉著眼，緊皺著眉頭，李蓉起來這麼大的動靜，也沒驚醒他。

李蓉拖著受傷的腿走到蘇容卿身邊，彎腰取了匕首，她剛一碰匕首，蘇容卿就突然抬手，按住她的手。

李蓉冷淡抬眼，就看見蘇容卿喘息著看著她，露出一絲哀求。

「放心吧。」李蓉看出他的意思，拉開他沒有力氣的手，抽走了匕首，平靜道，「我還有事問你，暫時不殺你。」說著，她便拿著匕首轉身，又坐到火邊。

利器給了她些許安全感，她抱著自己，握著匕首，呆呆坐了一會兒。

不知道是過了多久，外面下起小雨，淅淅瀝瀝的雨聲傳來。

蘇容卿終於開口，他似乎是染了風寒，聲音有些沙啞：「殿下想問我什麼？」

李蓉沒有說話，她看著躍動的火焰，好久後，她才開口：「我不知該從何問起。」

「殿下可以不問的。」蘇容卿聲音很輕。

但其實他們都知道，當李蓉打算問他時，其實一切都已經在李蓉心裡了。

她所做的一切，都不過是確認而已。

「上一世，我臨死之前，裴文宣來見我，我在他身上聞到了一股香味。他擅長調香，喜歡的香味都內斂沉鬱，那香味不該屬於他，於是我多留意了幾分。之後我與他爭執，他放言要殺我，等他走後，你端給我一碗藥，我喝下毒發，你告訴我說是香美人，我便當是裴文宣為了扶持二皇子對我下毒，那個香囊是香美人的香，那碗藥是香美人的藥引。」

「後來我和裴文宣一起重生而來，我們核對了當時的情況，我才知道，原來裴文宣身上的香味，是你給他的香囊。你說我身體不適，外室之人入內，需要攜帶草藥香包，以免激得我咳嗽。我便當是你殺了我。」

「起初你沒重生，這件事到底如何也不重要，我未曾深究。後來得知你重生而來，我也問過你，你告訴我說是你殺我，我便當這件事蓋棺定論。」

「那麼，」蘇容卿聲音有些虛弱，「殿下今日，還想問什麼？」

「可今日我卻覺得，此事並不那麼簡單。」

蘇容卿聽到這話，緩慢抬眼，迎向李蓉的目光。

「今日，裴文宣用香美人給謝春和下毒，可謝春和中毒之後，並沒有立刻毒發，可見是有什麼在拖延謝春和毒發。我趕到時，發現謝春和身上有一股異香，這香味和上一世我最後從裴文宣身上聞到的香味一模一樣。」

「一開始，我以為是香美人，」李蓉回憶著今天的細節，「可後來，小廝將這個香囊拿走，香囊離身，謝春和立刻嘔血，小廝將香囊浸入水中，說是有高人指點，這是解藥，然後讓謝春和將這香囊中的材料合水喝下。所以，我有理由懷疑，」李蓉頓住聲音，她抬起頭，看向暗處那個青年，「當年你給裴文宣的，不是毒藥，而是用來延緩香美人毒發的解藥。」

「殿下不擅調香之道，怕是聞錯了。」蘇容卿答得平穩。

「你連我聞到的味道是什麼樣的都不知道，」李蓉忍不住笑出聲來，「你就這麼肯定我聞錯了？」

蘇容卿沒有接話，李蓉看著他：「說吧，當年是誰殺了我。」

「是我。」蘇容卿果斷承認。

李蓉看著他油鹽不進，她笑了笑：「蘇容卿，我救了你。」

蘇容卿睫毛微顫，李蓉站起身，一瘸一拐走到蘇容卿面前，她彎下腰，低頭看著他：「我是你主子，我養你二十年，我一生未曾求過你什麼，今日我求你，告訴我。」她眼睛裡有著水氣：「是誰，殺了我？」

「殿下……」蘇容卿仰頭看她，「這不重要。」

「如果它不重要，」李蓉笑起來，「你回去，同我一起輔佐川兒上位。」

蘇容卿目光驟縮，李蓉觀察著他所有表情的細節，她蹲下身子，仰頭看著蘇容卿：「當年你不是說，入我公主府，結草銜環，生死以報嗎？蘇容卿，你要毀約嗎？」

「不……」

「那你同我一起輔佐川兒登基，又怎樣呢？」

「殿下，李川，他殺了我全族。」

「可如今他什麼都沒做，」李蓉緊追不捨，「為什麼還不放過他？」

「你我都是重生而來，許多事我們可以避免。我們一起輔佐川兒登基，你當你的蘇家家主，這一世你可以好好的，我可以為你做媒，讓你娶一個喜歡的姑娘。有我在，川兒不會對世家做什麼。你不必憂慮太多，」李蓉聲音溫和，「我們一起，讓川兒成為帝王，然後我們就可以好好……」

「不會好好的！」蘇容卿終於忍不住，他抬起手放在李蓉肩上：「殿下，您不必管了，您就回去，帶著裴文宣離開華京，一年之後，我接您回來。」

「回來看川兒登基嗎？」李蓉問得滿懷期待。

蘇容卿再也控制不住，暴喝出聲：「他不能登基！」

吼完這一句話，兩人再也沒說話。

蘇容卿意識到自己說了什麼，他沒敢抬頭，雙手放在李蓉肩上，低著頭，微微喘息。

李蓉看著蘇容卿，面帶悲憫。

「說了又怎麼樣呢？」李蓉聲音很平靜，「上輩子的事了，你以為我很在意嗎？宮廷之中誰背叛我都無所謂，我不會傷心。」

「你不說，其實我也知道。當年我肯定是中香美人的毒，否則你不會用香美人的解藥，而蘇容華死後，知道香美人配方的不過三人，你、裴文宣，還有……」李蓉覺得那兩個字格外艱澀，她好似費盡一生力氣，才說出那兩個字，「李川。」

「如果不是你，不是裴文宣，那還有誰呢？」

「容卿，我不是養在屋中的金絲雀，我能經風雨，也看過天高海闊。如果你還當我是你的殿下，你抬頭看我，告訴我，」李蓉看著他，聲音溫柔，「是誰，殺了我？」

蘇容卿沒說話。

外面雨聲淅淅瀝瀝，李蓉耐心等著他。

好久後，蘇容卿終於開口。

「所有人。」

李蓉愣了，蘇容卿握著她肩頭的手輕輕顫抖，他抬起眼，看向李蓉：「是我、是李川，是我們所有人，一起殺了您。」

山洞之外驚雷乍響，蘇容卿滿臉是淚，但他卻好似終於放下了什麼，笑得格外歡暢。

「所以殿下，您知道為什麼，哪怕重來一世，我都不可能讓李川登基了嗎？」

「您知道為什麼，明明我重生了，我回來了，我好好的，我還是個男人，我卻要眼睜睜看著您另嫁他人了嗎？」

「我不想爭嗎？我不敢爭嗎？我爭不贏他嗎？都不是！」

「只是因為……」蘇容卿聲音放低，他笑著看著李蓉，「我沒資格。」

「我和李川這樣的人，都只配活在地獄裡。」

「我該死，李川……」蘇容卿眼裡仿若長滿了荒草的墳場，「也不該活。」

第一百五十九章　真相

「大人，要不還是休息一下吧。」

閃電伴隨著大雨一起出現在天幕，照亮了山崖上攀附著的兩個人。

趙重九和裴文宣身上早已被雨水打濕，兩個人身上都綁著麻繩，背上背著裝有了常用救命藥材、繃帶、火摺子等物品的包裹。

裴文宣安排好所有事宜，吩咐人從外面入山進崖底後，便讓人準備了麻繩，執意要自己下崖。

從校場繞周邊平穩入崖底，至少需要一夜時間，如果直接攀著山崖往下，中間不停歇，兩個時辰不到便可到達崖底。但因為沒有這麼長的繩子，中間需要許多繩子打結綁著人下去，這樣一來，一旦繩子上出了什麼差錯，或者攀崖之人打滑墜落超出繩子支撐的力道，都極為危險。

但裴文宣不放心其他人下崖，他怕他們不上心，怕他們不夠機敏，怕他們中間有人是叛徒，在這種生死關頭，裴文宣不放心把李蓉交給任何人。

於是他由趙重九陪著，一起下崖。

他們從崖頂一路攀爬而下，雖然是看不清底的高崖，可裴文宣手落在石頭上，踩在崖壁上，感覺夜風呼嘯而過，聽著石子墜落下去聽不到底的聲音時，他反而有了一種莫名的安定。

他走在李蓉走過的路上，如果李蓉走到了生命的盡頭。

那麼，他也走在這條絕路之上。

於是他從入夜開始往下，他下崖的速度掌控得很均勻，從頭到尾沒有說一句話，整個人彷彿是把感情全部抽取出去，精密計算著，下一步，該踩在哪一塊石頭之上，下一次，手該在什麼時候放開。

爬到一半，他手上已經被石子磧得全是傷口，早破了皮。

但他面色不變，趙重九看他的模樣，雖然看不出什麼，還是忍不住提醒：「大人，可以稍作休息。」

「我很好，」裴文宣重複著，「我無妨。繼續。」說著，他便將腳往下，踩到下一塊石頭上。

剛剛踩上石頭，那石頭承受不住他的力度，猛地散開，他整個人順著崖壁直直劃下，尖銳的石頭摩擦他的衣衫，在他皮膚上劃割出火辣辣的傷口，繩子快速下滑，驚得上面幾個人趕緊一起抓住繩子，趙重九也忍不住大喊了一聲：「大人！」

裴文宣沒有說話，在他快速墜落時，他狼一般觀察著整個崖壁，然後驟然出手，一把死死拽在他早觀察好的一個凸點。

穩住身形之後，他輕輕抬頭，冷靜得完全不像第一次攀岩之人：「我無事，繼續。」

他不會死在這裡。

李蓉生死未卜，他絕不會死在這裡。

裴文宣循崖而下時，山洞之內，閃電的光映照在蘇容卿臉上。

李蓉看著他，她什麼都沒說，她面上沒有一點改變，好像這是她早已接受、理解、認可的，一件再尋常不過的事。

「理由呢？」李蓉開口，聲音暗啞：「川兒……不該殺我的。」

她輔佐了李川一生。

她是他的姐姐，是在他們父母離開後，流著同樣血脈，關係最親密的人。

他就算擔憂她權勢太過，也不該直接這樣痛下殺手。

「德旭二十五年，殿下在外雲遊，偶遇一位煉丹師，傳聞身懷絕技，殿下多方打探，上山屢次相請，才將煉丹師請下山中，引薦給陛下。」

蘇容卿聲音很輕，李蓉慢慢睜大眼睛。

「德旭二十八年，陛下開始常感身體不適，開始徹查宮中，最後不了了之。不久之後，殿下當年敬獻的煉丹師，死於酒後墜湖。」

「那個煉丹師有問題？」

「那個煉丹師，」蘇容卿抿緊唇，「是世家精心挑選，由上官雅一手布局，刻意引導，讓殿下偶遇。」

「所以，川兒以為……我要殺他？」李蓉覺得有些好笑：「他為何不問問我呢？問一問……」

「如果那個煉丹師當真是殿下故意安插在陛下身邊，殿下會承認嗎？」蘇容卿反問，李蓉說不出話。

蘇容卿說的沒錯。

無論她是不是真的要殺李川，李川都不可能從她這裡問出真相。

問不出來，何必開口？

「後來呢？」李蓉控制住自己的情緒：「既然當時查出來，為什麼不直接查辦我？我送過去的人出了問題，他若要追究，大可動手。」

「他如何動手？」蘇容卿徑直反問：「您當時，是代表世家的長公主，是手握重權的監國長公主，他如果要大張旗鼓動您，有多少把握？」

「所以呢？」

「所以他選擇了下毒。您每七日去宮中一次，與他對弈，棋子之上，就是香美人。日積月累，早已入骨浸脾，所以，德旭二十八年後，您身體一直不適。」

「從那時候起，你就知道。」李蓉看著蘇容卿，「知道我中毒。」

「是。」蘇容卿垂下眼眸，「我將解藥放在香囊裡，讓所有人佩戴上，延緩毒性。」

「為何不救我？」

這話問出來，彷彿是不能回答一般，良久的沉默。

「說話。」李蓉捏起拳頭：「都這時候了，還有什麼不能說？」

「是上官雅，和我，一起決定。」蘇容卿說到這裡，聲音帶了些顫：「其實我們都知道，您心裡，最重要的，從來不是世家。一旦我們和李川起衝突，您會立刻倒戈。所以我們決定觀望，有香美人的解藥在手裡，要為您解毒是隨時的事，殺了您，也是舉手之勞。」

「後來呢？最後是誰決定殺我？」

「後來，李川日益病重，在您死那一日清晨，李川在宮中嘔血不止，他召裴文宣入宮擬下遺詔。裴文宣得遺詔之後，李川問了他一個問題。」

「他問裴文宣，他死之後，若您謀反，裴文宣怎麼辦。」

「裴文宣告訴他，您是他姐姐，您永遠不會這麼做。」

這話出來時，李蓉定定看著他，眼淚終於從眼睛裡滾落而出。

蘇容卿頓了頓，李蓉只道：「繼續。」

「於是李川知道，裴文宣永遠不可能殺您。因為他心裡的您，永遠不會背叛。」

「等裴文宣離開後，李川陷入昏迷，昏迷之前，他下了一道死令，要求毒殺您。而上官雅在得知他昏迷時，第一時間鎖宮，阻止所有人出入，然後告知我，這是最好的機會。」

「什麼機會？」李蓉忍不住笑了。

蘇容卿也笑了：「拿到公主府掌控權的機會。」

「所以，裴文宣來找我，是因為他拿到了遺詔，想和我最後談一次，那時候你還不知道鎖宮之事，還像以前一樣，擔心裴文宣被李川利用，身上帶著香美人的毒，給了他解藥香囊。後來你得知了上官雅傳信，在李川給我下毒時，你明明可以解毒，卻選擇了袖手旁觀。」

「是。」

蘇容卿沒有否認，李蓉點頭，表示理解：「可我還是不明白，為什麼，李川要在最後一刻殺我。他可以早一點殺，為什麼拖到最後一刻？」

「因為在陛下心裡，整個宮廷、朝堂，都只是一局棋。他人生最大的責任，就是保持棋局的平衡。」

「當年世家昌盛，陛下鐵血手腕，斬上官族人過半，連他的舅舅都被他親口下令斬殺，又滅蘇氏全族，威嚇百家。其實那時候，世家便已暗中結盟，意圖謀反，只是陛下突然宣布退居宮中，修仙問道，殿下成為監國長公主，世家才得以安撫，決定忍耐，其實這就是陛下平衡的手段。」

「後來陛下暗中抬裴文宣，裴文宣、秦臨一文一武扶持寒族，與殿下形成對抗之勢，那麼殿下想，如果陛下一死，這個平衡，還在嗎？」

「為何不在呢？」李蓉不明白，「裴文宣身為寒族之首……」

「可若您要殺他呢？」

蘇容卿打斷李蓉的話，李蓉有些茫然。

蘇容卿苦笑：「殿下，三十年，裴文宣對您是怎樣的心意，在他和陛下說，『您是陛下姐姐，絕不會謀反』的時候，還不清楚嗎？他與您政敵這麼多年，可到最後，都不曾想過您會背叛。」

「裴文宣不會殺您，而您身後，有我、有上官雅，您若想殺他，太容易了。」

「一個棋子對一個棋子，李川心中，制衡您的從不是裴文宣，是他自己。如果他死了，您還活著，這一局就失衡了。」

「留下裴文宣和秦臨輔佐李平，對抗以太子為首的世家，血洗爭奪之後，棋局才會平衡。下一任君主，才不會面臨和他一樣登基之時被任何一方掣肘之局。」

「如果您活著，只要您出手殺了裴文宣，寒門便再無抵抗之力，而您身為長公主，權高至此，新君容不下您，而您也容不下一個，會鉗制您的新君。」

「所以殿下，」蘇容卿眼帶悲憫，「其實，有沒有那個煉丹師，您與李川都是必死之局，只是早晚而已。」

李蓉說不出話。

蘇容卿說的每句話，其實都沒錯。

利慾薰心，她當年忍李川，是因為李川是她弟弟，如果是李平或者李信任何一人登基，如李川一樣違逆於她，她也不知道，自己能忍耐到什麼時候。

李川也沒看錯她，他若死，帶走她以免妨礙下任新君，再正確不過。

在高位慣了，什麼都沒有，就只能緊緊抓住權力。

如今回頭來想，別人面目全非，她又何嘗不是？

煉丹師是李川不相信她的引子，可如果李川是十七歲的李川，早就打上她大門來，問她是怎麼回事。

只是四十八歲的李川，早已是誰都不信也誰都可以捨的君王。

李蓉想明白這些，忍不住笑了，她低下頭：「所以，你如今所做的一切，是為了報仇嗎？」

「殿下。」蘇容卿苦笑，「上一世的事，重活一輩子，談什麼報仇？容卿只是覺得，哪怕重來一世，李川也重蹈覆轍。」

「李川好大喜功，莽撞偏執。他容不了世家，也容不下未來的殿下。殿下您不是甘願養於深宮後院中的女子，一國不容兩君，李川登基，早晚有一日，你們要走到刀劍相向。」

「我知道殿下是覺得，這一世重來，我們若能做得更好一些，就能改變什麼。可要如何做得更好呢？上一世我們對李川不好嗎？他被李明廢了，成為落難太子，是世家集結百家之軍力，送他上的皇位。可後來呢？」

「他上來就要北伐，群臣不允。他執意行事，於是北伐失利，國庫空虛，又逢南方水患，無銀賑災，以致屍橫遍野，民不聊生。」

「他當這是世家之過，不顧實際改制，以致四處起義，戰火紛飛。」

「之後為提寒門，後宮獨寵秦妃，前朝打壓世家臣子，殺舅困母，將太后囚禁於行宮，又造冤案，陷害我蘇氏一族。直到最後，為了權力，連您都沒放過。」

「殿下，您還要如何改？」蘇容卿盯著她，質問：「他並非本性暴戾，只是天真無能又獨斷專橫。等他成為皇帝，您是要陪著他北伐，還是陪著他改制？大夏積弊百年，無論是貿然北伐還是貿然改制，都是冒失之舉。如果殿下不陪著他荒唐，您想勸阻，上一世您勸不住，這一世您又能勸？」

「最終還是和上一世一樣，」蘇容卿肯定出聲，「他不滿您處處牽掣，心生怨恨，最終姐弟刀劍相向。既然註定是這樣的結局，我怎能眼睜睜看著他登基？」

「所以，」李蓉試圖將蘇容卿罵的所有拋諸腦後，她不想聽，不願想，她克制著情緒，只是繼續詢問，「一開始，你回來，就已經打定主意要廢了他。」

「是。」話已經說到這裡，蘇容卿並沒遮掩，「從一開始，我就打算廢了他。我本來是想，我什麼都不需要做，就像上一世一樣，等陛下廢了李川時，我不讓世家接受裴文宣遊說，說服父親，接受李誠登基，李誠如今不過十一，蕭肅懦弱無能，柔妃貪財短視，李誠登基之後，我們便可架空李誠作為傀儡，等他生下子嗣，便殺他扶持幼帝。屆時我會掌權，再迎殿下回京。」

「那你為何要靠近我，假裝投靠太子？」

「一來想接觸殿下，這一世殿下變化太大，需要觀察。二來，如有必要，我願作為內應，出手扳倒李川。」

「既然上一世是李川下令殺的我，你又要與他為敵，為什麼不早點告訴我？還要在我問你是不是凶手時認下來？」

蘇容卿不說話，李蓉嘲諷一笑：「莫不是怕我傷心？」

「殿下一生，唯有李川一個親人。無論我說與不說，殿下也不會因此對他揮刀相向。既然如此，何必多說？」

「我若事成，殿下恨我就是。我若事敗，也不損殿下姐弟情誼。」

李蓉聽完，倒也不覺驚訝，她靜默著，外面隱約傳來了人聲，蘇容卿看向山洞外，聲音平靜：「殿下還有要問的嗎？」

李蓉沉默著，她坐在地面上，靜靜看著面前跳動的火光。

她好似很平靜，方才說過的一切，好似都沒有進入她的耳朵，可蘇容卿知道，極致的冷靜之下，才是極致的苦痛。

李蓉看著那火焰看了好久後，她才低低出聲：「川兒不信我，覺得我為了權勢，會殺他和他的孩子，可你和阿雅，為什麼也不信我？」李蓉說著，轉眸看他，平靜審視著他，「要眼睜睜看著我去死，再把權勢握在手中？」

「殿下問這個問題，是真的想知道嗎？」

蘇容卿靠在牆壁上，看著火發出「啪」一聲爆裂的聲響，有火星升騰上去。

他們隱約聽到呼喚聲，那聲音很遠，好像在另一個世界，跨過萬水千山而來。

李蓉聽見蘇容卿的回話，啞聲回答：「你說吧。」

「因為，李信，」蘇容卿說得很艱難，「不是李川的孩子。」

聽到這話，李蓉整個人愣住。

她不可置信看著蘇容卿，蘇容卿垂下眼眸，看著地面上純黑的影子。

「上官雅當年和我大哥相愛，但因為家族不允，被逼入宮，成為太子妃，我大哥為了她決定終生不娶。後來李川和秦真真相愛，他不喜上官雅，便同上官雅商議，和她只做表面夫妻。可上官雅是為了上官家入宮，成為皇后就是為了守住太子位，她可以守寡一輩子，但她不能允許自己在無子的情況下守寡一輩子。」

「所以呢？」李蓉覺得胃部在翻攪。

「所以上官雅找到我大哥，及時有了李信。」

李蓉沒有說話。

感覺自己像是被人一頭按進水裡，所有的噁心、厭惡、惶恐，紛紛湧了上來。

一切都有了原由。

為什麼蘇容華會去殺秦真真，因為蘇容華要保住他的孩子和上官雅。

為什麼李川最後會用宮刑如此羞辱蘇氏，因為他早知蘇容華和上官雅有染。

為什麼蘇容卿最後會和上官雅結盟，會明明在李川瀕死、她也站在世家一面、他甚至還愛著她時，決定看著她去死——因為他要守住他大哥最後的血脈。

她死了，裴文宣死了，以蘇容卿和上官雅的手段，皇位對於李信，幾乎是唾手可得。

太噁心。

太醜惡。

這些醜陋的人心和利益交織在一起，讓上一世成了一張散發著腥臭的蛛網，將所有人死死纏繞。

父子不是父子，姐弟不是姐弟，夫妻不是夫妻，朋友不是朋友。

上一世的一切，就是一個爛透了的沼澤，裡面全是噁心的膿水，一開始以為這裡面只是腐爛的枝葉，等撥開沼澤上方堆積的腐物，才發現，下面是更醜惡的人骨，那些血肉熬成了濃漿，咕嚕咕嚕冒著腥臭。

李蓉感覺眼前有無數往事劃過，那些往事將她淹沒，她無法呼吸，近乎動彈不得。

她忍不住閉上眼睛，笑了起來，她想說點什麼，最後卻是什麼都說不出，只能搖頭輕笑，抬手點著蘇容卿。

「好，」她由衷讚嘆，「好得很。」李蓉笑聲越發大了起來：「為君者無情於六親，為後者無忠於人倫，為臣者犯上叛義，人命為子，以身為棋。蘇容卿，」李蓉笑著擊掌，「還是你們豁得出去，棋高一籌，本宮佩服。」

蘇容卿正跪在李蓉身前，他聽著李蓉的嘲諷，面色有些蒼白，可他依舊是平日一貫平穩的姿態，沙啞著聲音繼續：「這些話本不應告訴殿下，如今既然說開了，那微臣便斗膽問一句——您已經為了李川葬送了一輩子，還要葬送這一輩子嗎？」

蘇容卿審視著李蓉：「華京容不得殿下有情，殿下何不換一條路？要麼與我聯手輔佐李誠登基，之後挾天子以令諸侯，又或與裴文宣就此離開？無論選什麼，只要殿下不為李川拚命，殿下都可榮華富貴，一生無憂，何必蹚這攤渾水？」

「榮華富貴，一生無憂？」李蓉聽著這話，似覺好笑，她含笑打量著蘇容卿，「其實，你之前一直不告訴我，等到現在才吐露實情，就是為了離間我和李川吧？」

蘇容卿聽著這話，他注視著李蓉，他似乎想解釋，最終也只是張了張唇，什麼都沒說。

李蓉抬頭深深吐了口氣，抬頭看向山洞上的虛影，拍著自己的大腿，感慨出聲：「你看著我掌權，為李川謀劃做了這麼多，李川為陪我演戲，得罪了不少世家。你一直不告訴我，就是為了等我掌權，再告訴我，這樣一來，我與李川便有了間隙，那等於無形中就抽走了李川最大的助力。」李蓉轉眼看向蘇容卿，面露讚嘆，拱手行禮，「蘇大人思慮深遠，才智非凡，非常人所能及。」

蘇容卿沒說話，他看著李蓉的眼裡帶了幾分痛苦，可他還是沙啞著詢問：「殿下要如此作想也可以，不知殿下如何決議？」

李蓉不言，她盯著蘇容卿，眼都不眨。

她恨不得此刻就這麼撕了他，恨不得他永遠留在她二十九歲那年，讓他死在牢獄之中。

「你該死的，」她聲音很輕，「當年，我就不該救你。」

聽到這話，蘇容卿輕輕笑起來。

「殿下說的是，」他由衷開口，眸帶淒涼，「當年，您就不該救我。」

第一百六十章　回府

「可我已經救了，」雨下得越發大了，驚雷在外轟隆而響，李蓉看著面前俊雅的青年，玩笑中帶了幾分認真，「你能把命還回來嗎？」

蘇容卿不說話，他迎著李蓉的目光，他們用眼神在半空中對峙，審問，廝殺。分毫不讓。

許久後，蘇容卿笑起來：「好。」他彷彿下了一個重大決定：「等我送殿下到高處，我就將命還給殿下。」

「你以為我會信？」

李蓉面露嘲諷，蘇容卿抬手取木，撥弄火堆：「殿下信與不信不重要，如今殿下，只要給我一個答案就是。」

蘇容卿抬起頭，目光落在李蓉臉上：「殿下是要幫著那個殺了您的李川和我對抗到底，還是願意退出爭端等一個結局，又或者同我聯手，」蘇容卿說得平淡，「送李誠登基，之後廢柔妃，殺李誠，扶持幼帝，挾天子以令諸侯，讓殿下，成為真真正正的一國執掌者。」

「可李誠已經要死了。」李蓉帶笑。

「他永遠不會死。」

蘇容卿果斷回應，李蓉立刻明白蘇容卿話裡的意思。

蘇容卿如果是把賭注壓在李誠身上，必然會做許多的準備，準備個替身給李誠，也是常事。

一旦李誠死於眾人眼前，那麼李誠，就永遠不會死。

李蓉聽著蘇容卿平靜說著這麼驚世駭俗之語，她也不覺奇怪，她笑了笑，只是道：「你真敢想。」

「殿下不敢嗎？」蘇容卿只是反問：「還是殿下不想？」

蘇容卿的話仿若魔咒：「無論是誰登基，只要殿下還垂涎權力，殿下都是對方的眼中釘、肉中刺。這與殿下付出多少沒有關係，古來王將多不是狡兔死、走狗烹，殿下若放不下權力，何不把握它？」

「李川終究要登基，上官雅也不是良善之人，殿下上一世錯信他們，還要再信第二次嗎？」

「那我就能信你嗎？」李蓉覺得這些話由蘇容卿說出來太過可笑：「他們會背叛我，你不會嗎？」

「所以我不需要殿下的信任，這只是殿下，最合算的一筆交易。」

「合算？」

「殿下，」蘇容卿聲音平穩，「崔清河早已是我的人。」

聽到這話，李蓉臉上的嘲弄終於有了變化。

她冷下臉來，死死盯著蘇容卿，聽蘇容卿平穩開口：「秦臨現在應該已經死了。」

「你們沒有秦臨，僅憑上官氏、裴氏和您青州兵馬，籠統不過六萬。且不論蘇氏與陛下手中的兵馬，光是蕭肅手中，便有五萬兵，如果正式開戰，你們沒有勝算。況且，為一己之私殺伐征戰，殿下真的願意嗎？」

李蓉不言，她捏著拳頭，眼神冷如寒冰。

「除此之外，我在華京布局已久，也早有準備，」蘇容卿故作不知她的敵視，「我替殿下提個醒，華京之外距離華京最近的軍防關卡，將軍姓蘇。」

「棋局如此，」蘇容卿似是將一切拋開，抬眼看向李蓉，「李川已是必死之局，殿下還需要選嗎？」

「這就是你，」李蓉似是明白什麼，「最後的打算。」

「所以殿下，」蘇容卿垂下眼眸：「如何選？」

蘇容卿說完，兩人都沉默下來。

外面喊著李蓉名字的聲音到了近處，蘇容卿知道李蓉一時做不下決定，他起身去拿起烤在火邊的衣服穿上：「殿下可以慢慢想，殿下若有任何決定，無論是離開還是留下，到蘇氏香鋪找人通知微臣。微臣，」蘇容卿抬手在前，行了個大禮，「恭候殿下。」

李蓉不言，她定定看著蘇容卿，蘇容卿看了外面一眼：「裴文宣已經到了，他與微臣有衝突，微臣先行。」

說完，他便提步往山洞外走去，李蓉聽著他的腳步聲，跪坐在地面上，問了最後一個問題：「既然勝券在握，為何還要給我選擇？」

蘇容卿停住步子，他看見山洞下方，裴文宣在密林中仰起頭，看見站在山洞門口的他。

看見蘇容卿的瞬間，裴文宣便意識到李蓉在附近，朝著山洞方向瘋狂跑了上來。

蘇容卿看著越來越近的人，知道臨別的時刻已經到來，他啞著聲：「走到如今，問這個又有何意義呢？」

答，徒增傷感。

不答，又覺不甘。

像無數次回望，無數次眼睜睜看著李蓉遠走，無數次深夜夢裡，想起春宴那場相見，想起她成婚那日迎親之時看她身著嫁衣持扇而坐、北燕塔上與她對弈，還有上一世，她輕聲問那句：「容卿，我同裴文宣和離吧。」的時刻。

他也在時光裡反覆想，如果能砍斷身上所有束縛再往前走一步，如果能放下前世、放下所有，他其實是不是也有機會，擁有一次李蓉。

可已經走到這一步，誰都回不了頭。

也不想多說什麼，讓雙方多增是非。

「殿下好好思量，」蘇容卿輕輕頷首，「再會。」

蘇容卿說完，便轉身朝著密林深處而去。

裴文宣跑到山洞門口，也無暇管蘇容卿的去留，急急趕入山洞，剛入內，就停住了腳步。

李蓉就在前方。

她坐在火邊，仰頭看著漆黑的洞頂，不知是在想什麼，似乎一切都好，但不知道為何，又憑空生出了幾分拒人於千里之外的疏遠。

好像無形中多了個屏障，將所有人隔在她的世界之外。

「蓉蓉……」

裴文宣忍不住放輕了聲音，站在山洞門口，不敢往前，李蓉聽到他的聲音，轉過頭來，看向門口的裴文宣。

其實不過就是隔了一夜，她卻覺得彷彿是隔了幾十年一般漫長。

她才歷經地獄，結果睜開眼，回頭，看到的就是二十歲的裴文宣——她心中最好的裴文宣。

她輕輕笑了笑，怕裴文宣看出異樣，生生壓著情緒，輕聲道：「回吧。」

裴文宣得了這話，他也沒動。

他好似有很多話想問，然而掙扎許久，他終於還是沉默。

他走上前去，半蹲下身，先檢查李蓉周身，確定沒什麼問題之後，才抬起頭來，朝她笑笑，好似哄孩子一般，柔和出聲：「殿下，馬車就在山崖外，我背妳出去好不好？」

「你這是什麼語氣？」李蓉聽出他言語裡的小心，不由得笑起來，「當我是孩子麼？」

「怕殿下和我強，」裴文宣解釋得細緻，「非得自己逞能。」

「我又不傻，能使喚你，我還折騰我自己？」

這話出來，裴文宣沒有回應。

他靜靜注視著李蓉，李蓉被他看得有些愣，就見他抬起手來，放在她面頰邊上，輕輕笑起來：「那妳得把這話記在心裡，別就知道敷衍我。」

李蓉聽出他的意思。

裴文宣何等聰明，又怎麼會不知道昨夜必然發生了什麼重大的變故。其實他就是在等著她開口，可偏生，她開不了這個口。

不想讓人知道是李川殺了她，也不想讓人知道是上官雅和蘇容卿一起推波助瀾。

這好似她人生中巨大的笑話，她不想將這樣的狼狽展露給別人看。

就像她十八歲那年，也不想將她和裴文宣的分開，說與任何人聽。

她不敢和他對視，只能垂下眼眸。

裴文宣輕笑一聲，捏了捏她的臉，好似無事發生過一般，低低喚了一聲：「小騙子。」說著，他背對著她，半蹲下身來：「上來吧，我背妳出去。」

這語氣和方才的小心全然不同，倒讓李蓉放鬆了許多，她爬上裴文宣背上，抱著他的脖子，裴文宣背著她站起來，領著她出了山洞。

他來時在路上留了記號，趙重九很快找了過來，和裴文宣匯合，見到背在背上的李蓉，趕忙道：「殿下可還好？」

李蓉不願說話，她有些疲憊，便靠在裴文宣背上假寐。

裴文宣回頭看了一眼好似睡過去的李蓉，皺起眉頭：「腳上受了些傷，看上去並無大礙。」

「那就好。」趙重九點點頭，「我這就去通知其他人。」

「慢著。」裴文宣叫住他，「方才我遇見蘇容卿，」裴文宣朝著蘇容卿逃跑的方向揚了揚下巴，「追上去，尋個機會……」

「明白。」趙重九一聽便知裴文宣的意思，他抬手指了方向，「煩請裴大人帶殿下沿著河岸過去，馬車就在前方，屬下這就去尋蘇容卿。」

李蓉將這一切聽得真切，但她假作睡熟不知，裴文宣轉頭看了她一眼，猶疑片刻，還是什麼都沒說，背著她往外走了出去。

等到天亮時，兩人陸續看見入崖來尋找他們的人。

裴文宣背著她到了谷口，將她放到馬車上。她閉著眼，好像很睏的模樣，裴文宣替她包紮了傷口，換了衣服，便離開了她身邊。

李蓉聽身後有窸窣之聲，她背對著裴文宣，也不知他在做什麼，正想偷偷回頭看一看他，就剛好看見裴文宣換好衣服，目光正落在她身上，剛好將她偷看抓了個正著。

兩兩對視之間，裴文宣看著愣神的李蓉，驀地笑了，他掀了被窩進來，在李蓉臉上重重親了一口，再從後面抱著她，好似什麼都不知道一般，帶了幾分笑意：「我陪妳一起睡。」

李蓉沒說話，她看著裴文宣，裴文宣笑起來：「怎麼了？」

「沒事。」李蓉收回目光，又回躺下去。

裴文宣看著李蓉的背影，他忍不住抱緊了幾分。

李蓉躺在馬車裡，哪怕一夜幾乎是未眠，她也不覺得睏。

她腦海反反覆覆，都是前世的往事，像是困在一場醒不過來的噩夢裡，無論怎麼逃，都會回到原點。

她詳細勾勒前世的每一個細節，想著她和上官雅相處的每一個片段，李川和她做過的每一件事，蘇容卿在昨夜裡說的每一個細節。

她人生最後兩年，李川在道宮之中，幾乎不問世事，他常常邀請她過去，兩人對弈喝茶，像是再親密無間的姐弟。

可誰曾想呢。

『您每七日去宮中一次，與他對弈，棋子之上，就是香美人。』

想到這些，李蓉閉上眼睛，眼淚就流了出來。

她的悲喜都悄無聲息，這些本來也不該表現，可或許是因為裴文宣在，在他懷裡，她好似也終於得以片刻停歇。

可她還是不願讓人知道這樣的狼狽，哪怕是裴文宣。

於是她咬著手，不讓自己出聲。而裴文宣彷佛是睡熟了，他輕微的鼾聲讓她得以喘息，她忍不住小幅度地顫抖肩膀，又或是吞下某聲無法克制的哽咽。

她動作很小，很小心，裴文宣始終沒醒。

等她哭完了，她擦乾眼淚，緩了許久。

這一輩子她不能這麼過了，她想。

哪怕李川沒有害她，可她也不能事事為他打算。

她得為了自己打算才是。

李蓉做下決定，深吸了一口氣，才轉過身來，伸手抱住裴文宣。

裴文宣似乎對一切都毫無察覺，她抱住他，將臉埋在他的懷裡，裴文宣便自然而然伸出手將她整個人都擁入懷中，寬廣的袖子搭在她背上，沒留一點讓風雨侵襲的可能。

他在睡夢中呢喃了一聲「蓉蓉」，而後輕撫著她的背，聲線是一貫的溫和，帶了幾分哄孩子般的語調：「睡吧，我在這裡。」

李蓉哭得累了，聞著裴文宣的氣息，終於才睡過去。

等她睡熟，裴文宣聽著馬車外開始逐漸熱鬧起來的人聲，緩緩張開眼睛。

李蓉睡得不深，沒過多久，就到了公主府，裴文宣抱著她入府，剛一進去，上官雅便帶著人迎了上來，頗有幾分焦急：「怎麼樣了？殿下如何？」

「先叫大夫吧。」裴文宣轉頭吩咐了一旁跟著的靜蘭。

李蓉在裴文宣懷裡，抬眼看了一眼旁邊面帶焦急的上官雅，等裴文宣抱她進了臥室坐下來，大夫也趕了進來。

李蓉剛剛回來，最重要的就是她的情況，所有人等著大夫給李蓉看診，幾個公主府御用醫官輪流診脈，過了一會兒後，其中為首的趙醫官便上前來，同李蓉請示：「殿下，我和另外幾位大夫先到側室去商議一下結果。」

李蓉點了點頭，上官雅急了起來：「殿下是……」

「上官小姐不必擔心，」趙醫官恭敬道，「殿下並無大礙，只是開方子的事上，微臣和其他幾位醫官需要商議。」

聽到這話，眾人放下心來，裴文宣親自替醫官開了門，恭敬道：「諸位請。」

幾位醫官同裴文宣道謝，陸續出了房間，等他們都走出去後，上官雅立刻遣退了旁邊人，忙道：「殿下，太子無事，您勿擔心。」

李蓉聽到這話，動作頓了頓，片刻後，才恢復常態，點了點頭。

上官雅不覺李蓉態度有異，只問：「殿下，昨夜蘇容卿和妳一起掉下去，他如何了？」

「不知。」李蓉搖頭：「他救了我，之後就跑了。」

上官雅抿了抿唇，李蓉見上官雅臉色不太好看，不由得道：「可是有什麼事？」

「倒也和蘇容卿沒有多大關係，」上官雅抿緊唇，「昨日李誠未死，現下正在肅王府內吊著命。」

「未死？」李蓉語調很平靜，好似早已知道，上官雅正在想著心裡的事，完全沒注意到李蓉語氣中的異樣。

裴文宣抬頭看了李蓉一眼，又迅速收回目光，給兩個人沏茶。

上官雅點頭，頗為憂慮：「當時沒死，華樂說肅王一個勁兒的喊柔妃，陛下心疼肅王殿下，將柔妃從大牢裡提了出來，照顧肅王。現下肅王府被柔妃掌控著，誰都不能進去。」

李蓉不說話，裴文宣給李蓉端了茶，李蓉輕輕頷首，算作答謝。

她將暖茶抱在手心，聲音很輕：「妳在擔心什麼呢？」

「殿下，」上官雅抿著唇，「妳說，要是李誠活著……陛下他……」

「這就是陛下剷除太子，最好的理由。」

李蓉接過話，她明白上官雅的意思，上官雅聽李蓉將話直接說出來。

她咬了咬牙，乾脆道：「對，現在蕭肅三萬兵馬已經在路上了，如今又有李誠作為理由，殿下，陛下接下來要做什麼，還不清楚嗎？」

「所以呢？」李蓉摩挲著茶杯邊緣，面上無悲無喜：「妳到底想說什麼？」

「殿下，」上官雅深吸一口氣，開門見山，迎向李蓉的目光，「如今華京之中，擁有兵權的，便是陛下的御林軍、太子的羽林衛，將領分別出自於上官氏、裴氏、蘇氏、寧王的守城四軍，還有，殿下的公主府加督查司。」

聽見督查司，李蓉不由得笑了，上官雅覺得李蓉的笑容裡帶了幾分諷刺，她只當自己如今心緒不寧，不能理解李蓉的意思忽略過去，繼續道：「阿雅覺得，我們完全有一戰之力，與其坐以待斃，不如主動出擊。」

「主動出擊？」李蓉抱著暖茶，似笑非笑。

上官雅心裡打著顫，但她還是得說下去：「若陛下，先對上官氏或太子動手，上官氏願全力與殿下、駙馬聯手，不藏一兵一卒，輔佐太子登基！」

這話說完，是良久的沉默。

上官雅等著李蓉的回覆，心跳得飛快。

便是這時，外面傳來靜蘭的通報聲：「殿下，崔玉郎崔大人求見。」

第一百六十一章 懷孕

三個人同時向外看去，李蓉出聲：「讓他進來。」

靜蘭推了門，便看崔玉郎面帶焦急地站在門口，他上前來，朝著李蓉行了一禮：「殿下。」

「說吧。」李蓉徑直開口，「出了什麼事？」

「殿下，微臣在肅王府找熟人打聽了，李誠怕是不行了。」崔玉郎在柔妃身邊潛伏多時，就算如今柔妃已經開始提防他，但在肅王府的耳目也遠多於常人。

「李誠中三箭，都在肺腑上，醫官說死也就是這幾天的事。屬下離開肅王府前，聽到院內似乎傳來一個女子尖銳的驚叫聲，聲音似乎是華樂殿下。」

李誠命不久矣，內院華樂驚叫，這一聯想，發生了什麼，便極易猜測。

上官雅看了李蓉一眼，終於大著膽子確認：「李誠死了？」

崔玉郎點點頭：「大約是。」

「太好了。」上官雅舒了口氣，好似劫後餘生一般，整個人退了一步，便失力坐到了椅子上，喃喃出聲：「這樣太子也就穩了。」

「但屬下趕來公主府的路上，便發現了蕭氏的馬車正在趕往肅王府，屬下猜想，此事或許還有變化。」

崔玉郎皺起眉頭，頗為擔心。

上官雅卻不在意，勸著崔玉郎：「人都死了，還能有什麼變化？」

崔玉郎沉默不言，李蓉點點頭：「我知道了，你先下去休息，肅王府你不能再去，家裡也別回了。」

這時候出來，柔妃必然生疑，若真是她所想那樣，崔玉郎怕是活不成。

崔玉郎也知這中間風險，朝著李蓉行禮，便退了下去。

等崔玉郎一走，上官雅便轉頭看向李蓉，頗有些高興道：「殿下，李誠一死，陛下就只剩下太子一個兒子，無論如何，他也不可能廢了太子，方才我說那些，也不必做了。說實話，」上官雅心有餘悸拍拍胸口，「做這事，還真怕。」

李蓉不說話，她手裡的茶有些涼了。

「文宣，」她緩了一會兒，看向裴文宣，「你去隔壁看看，醫官如何說。」

裴文宣聽到這話，便知李蓉是有話想同上官雅私下說，他點了點頭，起身出去。

裴文宣出了房間，上官雅看了看房間裡的兩個人，便覺不對，她保持著平日吊兒郎當的模樣，從旁邊取了瓜子兒，輕輕咬開：「殿下單獨留我，是有什麼話，連駙馬都聽不得？」

「如果李誠死了，川兒身為太子，便是板上釘釘。」李蓉開口，聲音很淡，全然聽不出喜怒。

「不錯，」上官雅點頭，「殿下還有什麼憂慮？」

「那也意味著，陛下會不惜一切代價拔除上官氏。阿雅，」李蓉抬眼看她，「妳做好準備了嗎？」

「這不是早已商議好的嗎？」上官雅笑起來，「殿下覺得太子外戚太盛也不是一日、兩日，但如今皇子只剩太子，還由得他選？」

「陛下或許不能選，太子卻有了選擇。」

李蓉無意識敲打著杯子，水杯中的紋路一下一下散開，上官雅聽著李蓉的話，面上笑容漸收。

李蓉提醒她：「妳說，一面是陛下嫡系所有的權力，一面上官氏；一面是沒有任何阻礙登基，一面是要違背聖意，甚至需得謀反才能拿到皇位。阿雅覺得，太子是會選上官氏，還是選皇位呢？」

「殿下，」上官雅審視著李蓉，「您是擔心太子過河拆橋，臨陣倒戈嗎？」

「阿雅妳不擔心嗎？」李蓉轉過頭來，看向上官雅的眼，「妳是覺得，太子永遠不會出賣上官氏嗎？」

「殿下，」上官雅聽著李蓉的詢問，觀察著李蓉，提醒她，「那是您親弟弟。」

李蓉不說話，「親弟弟」這個詞從上官雅口中出現時，她彷彿是被一把刀狠狠砍在心頭，疼得她發瘋，又覺嘲諷。

親弟弟？

權勢面前，李川最後還不是殺了她？

生死、權勢、欲望，人哪裡經得住這樣的考驗？

她是李川的姐姐，李明難道不是李川的父親？

李蓉沒有言語，上官雅觀察著她，便知李蓉不屑於她信任的由來。

她放下瓜子，思索片刻，終於開口：「那殿下的意思，是想如何？」

「我不如何，我就是問問阿雅，若太子放棄了上官氏，阿雅怎麼辦？」

上官雅不說話，李蓉挑眉：「阿雅這樣謹慎的性子，不會將一族之生死，都繫在太子身上吧？」

「屬下愚鈍，」上官雅笑起來，「殿下想說什麼，不妨直說。」

「我想說的很簡單。阿雅，」李蓉直起身子，靠近上官雅，「權勢與其交給他人，不如留在自己手中。」

上官雅靜靜看著李蓉，聽她輕聲問她：「不如，妳我聯手，推一個聽話的君主上去，如何呢？」

上官雅久不言語，她就是看著面前的李蓉。

她離她很近，頭髮散披在兩側，純紅色廣袖內衫襯得她整個人有種超出常人的白，看上去好似從地獄中爬回來的亡魂，死死盯著她。

兩人靜靜對視，許久後，上官雅笑開：「那不知殿下，打算推哪一位上位？」

李蓉觀察著她，其實她知道，上官雅是在試探。

可她還是開口，緩慢說出一個名字——李誠。

李蓉和上官雅在屋中說著話時，裴文宣來到側室。

屋內醫官似乎正在激烈爭執著什麼，裴文宣皺起眉頭，頗為不安。

幾個醫官見裴文宣進來，面上都有些忐忑，裴文宣心上懸起來，但還是抬手：「殿下什麼情況，直說吧。」

「大人請放心，殿下只是有些外傷，並無大礙。」眾人用眼神催促下，趙醫官硬著頭皮上來稟報。

裴文宣點點頭，「還有呢？」

如果只是這一句，這些醫官不該是這種反應。

「還有就是……」醫官遲疑了片刻，一直打量著裴文宣的神色，緩慢道，「殿下，懷孕了。」

聽到這話的一瞬間，裴文宣愣了愣。

醫官將最難說的話說出口來，便繼續道：「此次顛簸，以致胎兒不穩，還望殿下後續安心養胎，以免有所不測。」

裴文宣聽著，沒有出聲，所有人等著他，心裡七上八下。

平樂公主如今已經和離，卻被診出有孕，首先知道的是前駙馬，無論是公主有孕還是前駙馬知曉，哪一條都足夠這些醫官不安。

裴文宣沉默的時間過長，所有醫官都看向趙醫官，趙醫官硬著頭皮：「大人？」

「哦。」裴文宣聽到這話，終於回過神來，他點了點頭，面似沉穩，立刻吩咐，「此事不要外傳，殿下身體還好吧？」

「大人放心，」眾人一聽裴文宣的口吻，便放下心來，「殿下好好休養，並無大礙。此事我等一定守口如瓶，絕不會讓外人知曉。」

裴文宣點頭，似是心不在焉：「你們先開方子，有什麼禁忌，怎麼做對孕婦好些，都同我說一聲。」

醫官連連點頭，一行人同裴文宣說了許久，裴文宣細細將如何照顧李蓉問清楚之後，終於才回去。

他看上去很鎮定，根本看不出喜怒，但走到門口時，他竟是根本沒看見關著的門，一頭直直撞了上去。

眾人只聽「哐」的一聲響，隨後就看裴文宣倒吸著涼氣，痛苦捣住了臉上的鼻子。

「大人？」

旁邊醫官趕緊上去扶他，裴文宣擺擺手，直起身來：「無礙。」

他緩了一會兒，才穩住心神，開門走了出去。

等他出了大門，寒風迎面而來，他在門口愣愣站了一會兒，才想起去找李蓉。

他才走到門口，就聽裡面傳來上官雅一聲暴喝：「妳發什麼瘋！」

隨後大門就被上官雅猛地打開，寒風傾貫而入，上官雅一把推開門口的裴文宣，罵了一聲：「滾開！」

裴文宣被她推到一邊，他見兩人似有爭執，看了一眼旁邊站著的靜蘭，靜蘭趕緊領著下人散開，出了庭院。

李蓉坐在自己的椅子上，神色始終平靜，見上官雅出去，她端起茶杯，緩慢道：「我說的話妳好好想想，大家都逐利而來，不必惺惺作態。」

這話讓上官雅頓住腳步，她扭過頭，從大門看向裡面端茶低飲的女子。

她優雅、從容，說這些話，對於她來說好似家常便飯一般簡單。

上官雅死死盯著她，好久後，她才開口：「李蓉，妳真讓我噁心。」

李蓉聽到這話，她低低笑出聲來，她搖著頭，將茶杯放在桌上：「我噁心？」

她一面笑，一面抬頭看向上官雅，在見到對方好似清澈憤怒的眼眸時，前世今生驟然交疊，她猛地提高了聲：「妳才是真正的噁心！」

「我放棄李川是噁心，妳放棄蘇容華就不是嗎？」李蓉撐著自己，站起身來，「妳輔佐李川是為了權力，妳靠近我是為了權力，都是為了權力，妳如今同我裝什麼清清白白！」

如果不是當年信了他們的偽裝。

如果不是以為人心裡都保持著一分底線。

當年她怎麼會死在李川手裡，怎麼為了她上官雅和李川頻頻爭執，為她正宮嫡子肝腦塗地？既然都不是什麼好人，為什麼要裝得有情有義，裝得逼不得已？

這話好似終於傷到了上官雅，她站在庭院裡，眼裡帶了幾分水氣，靜靜看著李蓉。

兩人死死對望，裴文宣終於上前一步，擋在兩個姑娘面前，遮擋了雙方的視線。

「上官小姐，今日殿下不適，您還是改日來訪吧。」

上官雅故作鎮定，她點了點頭，轉身就走。

等上官雅離開，裴文宣回過頭來，就看見李蓉坐在椅子上，盯著牆上的話，冷著臉：「你不必勸我，也不要問我什麼，我不想說話。」

裴文宣在門口頓了頓，好久，他輕聲道：「那，飯也是要吃的。」

「我不吃！」李蓉從旁邊抓了個軟枕砸過去：「出去！」

裴文宣看著軟枕砸到地上，他彎腰撿起來，拍了拍上面的灰，拿著軟枕放回原位。

等做好了這些，裴文宣低聲哄著她：「我讓人熬了桂圓紅棗蓮子粥，妳一夜沒吃東西，多少喝些。」

李蓉聽著裴文宣的話，也知道自己同上官雅爭吵不當。

上官雅多少歲，她多少歲？把前世的事情遷怒過來，吵這些有什麼意義？

她情緒慢慢緩下來，裴文宣也就知道她允了，他起身出去，喚了靜蘭、靜梅進來照顧，自己親自去廚房看藥和粥。

等裴文宣走遠，李蓉深吸一口氣，她終於開口吩咐：「靜蘭。」

靜蘭抬眼，有些疑惑：「殿下？」

「悄悄派一批人出去，去找蘇容卿，把他平安帶回來。」

靜蘭愣了愣，李蓉抬眼看她：「不要驚動駙馬。」

聽到這話，靜蘭終於回神，她遲疑片刻，點了點頭，便先退了出去。

沒過一會兒，裴文宣便端著藥和粥來了，他給李蓉餵了粥，之後給餵藥。

李蓉怕苦，但她喝藥從來都是眼都不眨的，她所有喜好，都從不輕易展現給任何人。

就像她其實比誰都講規矩，卻總看似蠻橫無理；比誰都在意，又故作無謂無情。

她喝完粥、喝過藥，似乎是累了，裴文宣看著她的神色，輕聲詢問：「我陪殿下睡一會兒？」

「好。」李蓉笑了笑，「你也當好好休息，睡一覺，去忙吧。」

「嗯。」裴文宣起身來，將李蓉抱到床上。

李蓉的腳上都只是些劃傷，但他也不想她受累，抱著李蓉到床上後，他放下床帳，也躺了下來。

雖然是白日，但床帳放下來的瞬間，一切就暗了下來。

在狹窄的空間裡，全都是裴文宣的氣息，李蓉背對著他躺著，好久後，她終於還是忍不住問：「你不問我和上官雅吵什麼嗎？」

「妳們女孩子吵架，」裴文宣好似將這當成普通朋友的爭執，輕笑道，「我不當問。」

李蓉知道這是裴文宣給她的體貼，她猶豫了很久，抬手覆在裴文宣抱著她的手背上。

「文宣，」她聲音很輕，「等一切結束了，我們生個孩子。我想這個世界上所有美好的東西，都給你、給他。」

「他會是這個世界上最尊貴的人，他母親，也會是這個世界上最強大的人。哪怕他一無所有，」李蓉聲音頓了頓，好久，才啞著聲，「他也有我們。」

裴文宣聽著李蓉的話，他沒有出聲。

他只是輕輕將人攬在懷裡，溫柔道：「睡吧。」

兩人睡下時，肅王府內，內院早被封死，所有人都跪在肅王寢室之外，戰戰兢兢。

肅王臥室裡，肅王躺在床上，面上早成青紫之色。

柔妃站在原地，沙啞出聲：「方才的話，你再說一遍？」

「肅王……肅王殿下……已經去了。」

「你胡說。」柔妃紅著眼，但她聲音異常平靜：「我的兒子，他不會有事。你這個庸醫胡說八道，」柔妃轉過頭，看著地上的大夫，冷喝了一聲：「拖下去砍了！」

話音剛落，旁邊的侍從便衝上來按住大夫，大夫尚未來得及喊出聲，就被人用帕子堵住了嘴。

柔妃看了一直跟著她的太監一眼，太監便心領神會，叫了侍衛進來，將在場所有人都抓了出去。

只聽外面幾聲悶哼，便沒了聲息，人死得很快，也消失得很快。

等周邊都安靜下來，屋內只剩下華樂和柔妃兩個人時，華樂急急跪到柔妃邊上，顫抖著聲音：「娘，怎麼辦？誠兒死了，我們怎麼辦？」

柔妃不說話，華樂抬手握住柔妃的手：「娘，您別不說話，您想想辦法，您……」

「都怪妳！」柔妃終於忍不住，情緒澈底炸開，反手一巴掌便打在了華樂臉上。

華樂被一巴掌抽在地上，愣愣看著面前這個一貫溫柔的女人滿臉是淚，好似看著仇人一般指著她大喝：「讓妳殺個人都殺不掉！現在李川活著，李蓉活著，誠兒卻死了！都怪妳這個廢物！」

「娘？」華樂不可置信開口，「妳……妳怪我？」

「是妳的人！」華樂猛地反應過來，她大吼出聲來，「妳的人辦事不利，妳怪我？」

柔妃被女兒這麼一罵，一時清醒了幾分，她胸膛劇烈起伏著，死死盯著華樂。

她不能在這裡和華樂互相指責。

李誠已經死了，她也早就入獄，如果不是為了照顧李誠，根本不能出來。現在唯一還安好的華樂，等李川繼位，也絕對不會放過她。

不，應該是整個蕭氏都不會被放過，她在劫難逃。

可她控制不住自己。

她走投無路了，她沒有辦法。

柔妃努力想讓自己鎮定一些，卻想不出任何辦法，也就是這時，外面傳來僕人傳喚之聲：「娘娘，蕭領軍來了。」

柔妃聽到這話，如蒙大赦，趕緊道：「快，讓阿乾進來。」

華樂聽到舅舅蕭乾過來，也趕緊站了起來，母女二人將李誠的被子蓋好，偽作李誠還活著的模樣，過了一會兒後，蕭乾便帶著一個少年走了進來。

那少年戴著帷布，恭恭敬敬站在原地，他身形和李誠極為相似，從上到下遮得嚴嚴實實。

柔妃看著蕭乾帶了這麼一個人過來，不由得皺起眉頭：「三弟，你現下過來，是……」

「二姐，我聽說誠兒現在性命垂危，怕出意外，所以特意將誠兒的替身帶了過來。」

聽到這話，柔妃愣了愣，隨後急急起身：「快，給我看看。」

說著，她便掀開了少年頭頂的帽子，便看見了一張和李誠一模一樣的臉，這張臉和李誠幾乎沒有任何區別，甚至於連痣都長在一個位置。

他身上也有傷口，這些傷口和李誠的位置相差無幾，但明顯淺得多，若是對比著看，自然會發現區別，但真正的李誠一旦消失，肉眼幾乎也看不出來。

這當真是雪中送炭，柔妃急急回頭：「這替身是你養的？」

「是。」蕭乾點頭：「一年前，我和蘇容卿吃酒，他無意提醒了我，陛下就兩個皇子，我們一族都依靠誠兒，若誠兒有個三長兩短，那怎的是好？他身邊剛好有個奴僕，和誠兒長得極為相似，我便將那奴僕要了過來，教導他儀態禮儀，說話做事，就連說話聲音，身上的疤痕，我都已經做好了。誠兒受傷那日我來看過，已經給他偽造好了相似的傷口，二姐，若誠兒……」

「我明白。」柔妃抬手，打斷了蕭乾的話，「你留下吧，若有需要，我會用的。」

「二姐，若用了這個替身，咱們等於和蘇容卿綁到一起，算是賭一把。他一心輔佐誠兒，無論為的是什麼，妳最好都答應他。現下，誠兒能登基，您能當太后，比什麼都重要。」

蕭乾的暗示柔妃聽得明白，走到現在，他們要拉攏蘇容卿勢在必行，而如今的他們若想得到蘇容卿的幫助，必要許以重利。

柔妃點頭，輕聲道：「我省的，你放心吧。」

「那……」蕭乾遲疑著看向床上，「還勞二姐說句實話，誠兒……」

蕭乾抬眼看著柔妃：「需要我處理嗎？」

如果留下替身，真正的李誠不能留在肅王府，甚至不能讓任何人發現這具屍首。

柔妃聽到蕭乾的話，手有些顫抖。

華樂急急有些茫然，不由得道：「處理？怎麼處理？」

「我會找個合適的地方，一把火燒了。若阿姐想他，我把骨灰帶回來。」

「燒……燒了？」華樂震驚出聲，「他是肅王！他是皇子！你們要把他……」

「他不是肅王。」柔妃捏起拳頭，她抬起頭，看著面前虛弱站著的少年：「這，」她含著眼淚，盯著面前的少年，「才是本宮的兒子。」

說完，柔妃便轉過身去，急急去床上拉扯李誠的屍首。

意識到柔妃要做什麼，華樂趕過去，和柔妃拉扯起來：「娘，別這樣，這是誠兒，這是誠兒啊……娘……您將他埋在荒郊野外，至少給他一個全屍，您……」

「華樂！」柔妃大喝出聲：「現在什麼時候妳不知道？他已經死了！給他留全屍就給我們留把柄！若有人將他的墳刨出來問這是誰，妳怎麼答？」

華樂一時愣住，柔妃一把推開她，喚了蕭乾過來，將李誠一起抬出去，然後尋了個袋子將李誠裝入巨大的袋之子中。

不久後，蕭乾駕著沉重的馬車從肅王府出來，一路駛向京郊。

而京郊密林中，蘇容卿瘋狂往前狂奔著。

許多人在身後追趕著他，他感覺喉嚨中全是腥氣，他算著前面河道的距離，在最後一波羽箭來臨時，猛地躍入湍急的河流之中！

消息在入夜時到了華京。

此時李蓉和裴文宣都已經醒了，兩人正吃著飯，就看靜蘭急急從屋外進來。

李蓉一看靜蘭的神色便知出了事，她故作無事，慢條斯理和裴文宣吃著飯，似作無意一般詢問裴文宣：「等一會兒你還要回吏部嗎？」

「吏部不去，但有點事，得出門一趟。」裴文宣給李蓉打了湯，囑咐著她：「等一會兒妳再在家好好休息，腳上有傷，就別出門找事。」

李蓉聽裴文宣的話，總覺得他話裡有話，她笑了笑：「現下又沒我什麼事，我出門做什麼？」

「那就好。」裴文宣溫和一笑。

等用過飯，裴文宣囑咐旁人照顧好李蓉，便起身出了門。

裴文宣前腳剛走，靜蘭便迎了上來，輕聲道：「殿下，蘇容卿剛從林子裡露了面，便被駙馬的人追著跳進河裡跑了，現下都沿河在追，下面人問，是否要與駙馬的人起衝突？」

培養一個人不容易，為了這種廝殺不值當。

李蓉猶豫片刻，低聲道：「準備馬車，我過去一趟。」

第一百六十二章　明亮

聽李蓉的話，靜蘭有些猶豫：「殿下，您腳上還有傷……」

「所以我讓妳準備馬車。」李蓉推了她一把，趕緊道：「去吧。」

靜蘭見李蓉意志堅定，也不再遲疑，趕緊讓人準備了馬車，李蓉便急急和她一起從後門出府。

李蓉上了馬車，思索著等一會兒救下蘇容卿後，回頭該怎麼和裴文宣說這事。

她不想幫李川了。

其實蘇容卿說得也沒錯，以李川的性子，再來多少次，只要他當了皇帝，他們必然就要有爭端，早晚是要你死我活的，她何必在這時候為他拚命？

與其輔佐李川，不如把那個假玩意兒李誠扶持上去，李川欠她一條命，這輩子也當還她。

她上輩子當了一輩子為他操勞的蠢貨，這一世她除了裴文宣誰都不想信。

她心裡思索著說辭，但馬車還沒跑多久，就聽車夫急急的一聲「吁」，隨後便將馬車強行停了下來。

李蓉身子往前一個踉蹌，還好靜梅扶住她，李蓉穩住心神，壓低了聲：「怎的了？」

「殿下，」車夫語調裡帶了些猶豫，「是……裴大人。」

聽到這話，李蓉頗有些詫異，片刻後，車外傳來裴文宣平穩的聲音：「殿下，今夜風寒露重，不宜出行，殿下請回吧。」

他的語氣很溫和，和平日一樣，沒有任何區別。

然而這樣的溫和，卻讓李蓉驟然意識到，其實裴文宣什麼都知道。

他說他出去，或許就是在這裡一直等著她。

她坐在馬車裡，沉默很久之後，她緩聲開口：「你吩咐你的人，把他帶來，我有話想同他說。」

這個「他」不必言說，兩人就知道是誰。

「蘇氏已派出人手，」裴文宣恭敬回她，「微臣的人在察覺殿下的人在附近後便告知微臣，微臣便已要求他們全部回來了。他的生死，殿下無須擔心。」

「本宮不是擔心他的生死，」李蓉知道裴文宣是在阻攔她，冷著聲解釋，「本宮是要見他。」

裴文宣長久不言，在李蓉幾乎以為他要妥協時，他驟然出聲：「回去。」

話音剛落，李蓉便聽外面傳來拔刀之聲，她不曾想裴文宣的人居然敢對她亮刀，她坐在馬車內，低聲笑開：「裴文宣，你什麼意思？」

「今日殿下見不到蘇容卿，」裴文宣聲音很淡，「太子登基之前，殿下也都不會見到蘇容卿。」

說。」

「太子登基？」

李蓉聽到這話，彷彿聽到一個巨大的笑話。

「好。」她應聲開口，「回去，想必裴大人，有許多話想問我，也有許多話，想同我說。」

他們出來還不到半條巷子長的距離，回去也十分容易。

等兩人進了房間，李蓉便等不及，回頭就問：「你想怎樣？」

「應當是我問，殿下想怎樣？」裴文宣守在雙門前，雙手攏在袖中。

屋裡沒有點燈，只能依靠窗外婆娑落入的光，在暗夜裡隱約看見裴文宣的面容。

他神色很冷，好似上一世無數次和她爭執那個裴相，李蓉看見這樣的裴文宣，心裡便抽了起來。

她轉過身去，坐到位置上，扭頭給自己倒茶，遮掩著所有情緒：「我知道你是川兒好友，你一直都是支持川兒的。那今日我們開誠布公談，」李蓉茶水倒滿，房間裡化作一片寂靜，好久，她才出聲，「我不想再幫李川了。」

裴文宣不言，李蓉將蘇容卿給她的話轉述給裴文宣。

「崔清河是蘇容卿的人，他大概已經遭遇不測，秦臨五萬人馬指望不上，這也就意味著我們手裡一共能用的兵馬，最多不過六萬。」

「蘇容卿給李誠養了一個替身，無論真的李誠是死了還是活著，肅王都會活著。我們和蘇容卿聯手，扶持一個假的肅王登基，為了保住自己的祕密，這個李誠必然會讓出許多權力給我們，假以時日，我們就殺了他，再另選幼帝。」

「這樣一來，其實就是和父皇、蘇容卿化友為敵，上官氏不過是為了權益，也不是不可拉攏。最後犧牲的……」

「也不過只是太子殿下。」

裴文宣接過李蓉的話，他站在暗夜裡，注視著李蓉。

李蓉不敢說李川的死，她喉頭哽得有些疼，她緩了很久，故作平靜：「川兒是個有能力的孩子，也有自己的想法，他若登基，怕是不好控制。」

「這是蘇容卿和妳說的嗎？」

裴文宣聲音很低，李蓉點頭：「嗯，其實現下，把賭注放在李川身上，不如放在李誠身上。李誠需要依賴別人，可李川不一樣，他只要願意放棄我和母后，放棄上官氏，他就可以得到其他世家和父皇的支持，順利登基。」

「文宣，」李蓉抬眼看他，面上帶笑，「現在是我和李川都在選擇。他選擇放不放棄我，我選擇放不放棄他。」

「然後妳選擇放棄了他。」裴文宣平靜說了結果，強調，「在他放棄妳之前。」

其實他沒有什麼語氣。

可不知道為什麼，李蓉就覺得，像是一耳光，狠狠搧在她的臉上。

這話任何人說，她或許都覺得無所謂。畢竟那些人，早就放棄了她。

她的父皇、母后、弟弟、朋友、戀人，在權勢和她之間，都沒有選擇過她。

而裴文宣是唯一一個，始終堅持到最後，堅信著她的人。

可他卻說她錯了。

她盯著暗處那個人，語調中帶了些嘲諷：「你也怪我？」

這話讓裴文宣氣息一頓，這樣的停頓對於李蓉而言，彷彿是一把大錘重重砸下來，在她心上瘋狂的錘擊。

她不由得站起身來，死死盯著裴文宣：「你也覺得我不應該？」

「我不該爭取我想要的權勢，」她抬起手，放在心口，「我不該放棄李川，我就該為他赴湯蹈火，我就活該為他送死，為他肝腦塗地、為他粉身碎骨、為他付出一切還不能要求半分是嗎！」

聲到最後，已近聲嘶力竭。

裴文宣看著面前這個這般失態的李蓉，看著她盯著他，彷彿是在質問公平，質問天道。

「可憑什麼！我已經在當年為他嫁給寒族出身的你！我為他三十年殫精竭慮！我為他付出了一輩子，這輩子我為我活不可以嗎！」

裴文宣不說話。

他站在原地，好久後，他啞著嗓音，詢問出聲：「所以，嫁給我，是羞恥嗎？」

李蓉不說話，她捏著拳頭，克制著眼淚。

裴文宣站在陰影之中，像一尊神相，他高高在上，超凡出塵，他的每一個問題，都像是上天的審問。

「為他殫精竭慮三十年，為他成為監國長公主，是痛苦嗎？」

「在妳心裡，為我們付出的一生，不值得，是嗎？」

聽著裴文宣的問話，李蓉笑起來。

「是。」她毫不猶豫，但在裴文宣開口之前，她又補充：「但不是為你們付出的一生不值得，是為他們付出的一生不值得。」

「可太子殿下有什麼對不起妳呢？」裴文宣言語中聽不出情緒，「就因為他現在給不了妳權勢，因為他上一世殺了蘇容卿全家嗎？」

「可他不止殺了蘇容卿全家！」

「那他還殺了誰？」裴文宣下意識開口，然而話說完，他便愣了。

閃電劃過夜空，瞬間照亮了屋內所有場景，也讓他看清李蓉早已被眼淚濕滿的面容。

「還有我。」李蓉聲音很輕，夾雜在轟隆的雷聲之間。

裴文宣震驚睜大眼，李蓉看著他的表情，忍不住笑出聲來：「還有我，他的親姐姐，監國長公主，李蓉。」

「高興了嗎？可以了嗎？」

「我識人不清，引狼入室，眾叛親離。」

「我所有付出的人都背叛我，我所愛著的人都恨著我，我一輩子活得像個笑話，我現在告訴你，你看到、你知道、你滿意了嗎？」

裴文宣說不出話，李蓉好似一隻被人澈底剝了皮的刺蝟，她整個人疼得打著顫，卻仍舊要目露凶光試圖逼退所有靠近她的人。

李蓉看著還在震驚中的裴文宣，她難堪轉過頭去。

她也知自己的失態，她深吸了一口氣。

「裴文宣，我以為，你是唯一一個可以信任我到死的人。」李蓉語調裡帶了幾分難掩的失望：「現在看來，不過如此。」

「你若覺得李川更合適稱帝，你就去幫他，但這輩子我不會再幫他了。」

「我幫夠了。」

李蓉說完，便轉身往榻上走去，裴文宣看著他的背影，終於反應過來，忙道：「我不是想幫他，我是怕妳後悔。」

李蓉停住步子，她背對著他。

「我沒什麼後悔，我想得清楚得很。」

李蓉眼淚停不下來，但她還是強著出聲：「上輩子他欠我一條命，他為權勢殺了我，如今他也該還了。」

「那上官雅呢？」裴文宣忍不住急問，「上官家不會放棄太子，妳與李川為敵，也就是和她、和妳母后為敵。」

「那又怎樣？我母后心中只有上官家和川兒，上官雅也可以為了權勢看著我死，我不動手已是仁善，還要我怎樣？」

裴文宣聽著李蓉的話，他突然有了一個可怕至極的猜想，他不由得放輕了聲音，試探出聲：「所以，上一世，到底是誰殺的妳？」

這話說出來後，便似是死一般的寂靜隔在兩人中間。

彷彿是等了數百年般的漫長，裴文宣才聽李蓉的聲音飄蕩在這屋子裡。

「李川，」李蓉沙啞開口，「怕我對他和新帝不利，在和我對弈的棋子裡下毒。」

「上官雅，」李蓉閉上眼睛，「和蘇容華私通生子，怕我察覺，和蘇容卿竄通，不讓我察覺中毒之事。」

「蘇容卿，」李蓉笑起來，「將那碗毒藥，親手端到我手裡，看著我喝下去。」

裴文宣聽著李蓉的話，一瞬之間，他便明白李蓉失態的由來。

無論怎樣的年歲，無論經歷過多少風浪，當一個人的親情、友情、愛情，幾乎所有感情、所有付出，全都背叛時，沒有任何人能依舊保持理性和優雅。

她已經做得很好了。

她沒有讓任何人察覺她的脆弱，她的苦難，她默默一個人舔舐傷口，就像在馬車裡，她在他懷抱裡，咬著手不肯哭出聲。

裴文宣看著不遠處的李蓉，她似乎是累極了，背影顯出一種額外的清瘦，好像夢裡的一個幻影，一陣風來，便會消散如煙。

「裴文宣，」她的語氣平靜下來，「沒有人相信一個長公主在意感情，沒有人相信我會給他們一條活路，所以他們所有人一起……」

李蓉覺得那個詞太難說出口，可越是難走的路她越要走，越是傷己的話她越要說。

「殺了我。」

「你也不必再同我多說什麼。」李蓉擦了把眼淚，大步往前，「我沒有親人，沒有朋友，也可以沒有你，我只要手握著權勢就夠了，我都不在意。」

她說著，爬上床去，將床帳一放。

「你去找李川吧。」床帳將兩個人徹底分隔開來，裴文宣看不清裡面人的模樣，只聽她甕著聲道：「我不想見你，退下吧。」

裴文宣聽著這話，他站了一會兒，片刻後，他提步到了床前。

他在床前猶豫了一會兒，終於還是掀起了床帳。

床帳後露出李蓉，她坐在裡面，她靠著牆，曲著雙膝，像個孩子一樣抱著自己。

她感覺有光透進來，抬眼看他，一雙眼冰冷如刀：「還有何事？」

裴文宣注視著李蓉，過了一會兒，他突然笑起來：「微臣知道了。」

「你知道什麼？」

「微臣應當和殿下道歉。」

「不需要，退下吧。」

李蓉捏著拳頭，似乎是在忍耐。

裴文宣沉吟了片刻，他緩聲開口：「微臣無意冒犯，只是想著，殿下希望我在而已。」

「我不希望。」李蓉說得果斷：「你走吧。」

「那我希望陪著殿下，」裴文宣無奈笑起來，「我離不開殿下，行不行？」

李蓉沉默下來，裴文宣抬手將床帳掛好，優雅脫了外衣，上了床去。

他在李蓉默許下靠近李蓉，兩人靜默很久，李蓉輕聲開口：「你無須伏低做小，該做什麼做什麼吧。是我失態，與你無關。」

「怎會與我無關呢？」裴文宣抬手攬過她，聲音很輕，「今日是我錯了，不問緣由就怪妳，還請夫人擔待。」

李蓉聽著這話，莫名覺得有些委屈，自個兒抱著自個兒不言語。

裴文宣輕笑：「但也怪不得我，我以為媳婦兒要跟人跑了，難免急了。」

「你莫要拿些無關緊要的話搪塞我，」李蓉抬手擦了把眼淚，「你就是希望我和李川一直綁在一起，免得你為難。」

「妳這可就冤枉我了，李川之事，我都沒想過。」

「那你和我吵什麼？」李蓉冷眼看過去，提醒他，「你還讓人對我的人拔刀。」

「我……」裴文宣一時哽住，但又察覺出李蓉語氣轉好，他想了想，實話道，「我以為妳是和蘇容卿達成了什麼合意，要同他去了。」

李蓉面露嘲諷，明顯不信。

他正了神色：「其實在校場聞到謝春和身上香囊味道的時候，就知道蘇容卿不是殺妳的凶手，但我來不及和妳說，妳就和他一起墜崖了。」

「那又如何呢？」李蓉不明白。

「蘇容卿不是凶手，又對妳情深義重，妳跳崖，他就能毫不猶豫跟著跳下去，你們在山洞裡待了一晚上，我打從妳出來，就等著妳給我個結果。」

「可妳什麼都不說，妳自己在哭，決定自己在做，我這個丈夫，好似不存在一樣。」

李蓉聽著他的話，不由得有些愣了。

裴文宣轉頭笑笑：「我心裡介意，又沒法子。蓉蓉，」裴文宣說話聲音裡帶了些啞，「我也是人。」

是人，就會有喜怒哀樂，會因情緒失態，會因內心恐懼變得不像自己。

李蓉聽著他的話，沉默不言。

裴文宣以為她不想說下去，正打算轉話題，便聽李蓉開口：「對不起。」李蓉放低了聲，「是我想得不夠。」

「也不是。」裴文宣抿唇，「妳做得夠好了，是我不夠體諒妳。」

聽到這話，李蓉忍不住笑起來，她抬眼看他：「我們這做什麼，夫妻自我反省嗎？」

「哪裡是反省？」裴文宣也笑了，他抬眼看她，頗有幾分認真，「是我給殿下認錯。」

「這也不是你的錯……」

「沒照顧好妳，」裴文宣打斷她的話，「就是我的錯。」

「你這人，也太找事了。」李蓉語調帶了嫌棄。

「上一世沒有機會陪伴妳，這一世，所有路，都想和妳一起走。妳不肯依賴我，那就是我做得不夠好，沒讓妳放心。」

「李蓉，」裴文宣轉頭看他，「不要總是一個人了，行不行？」

李蓉沒說話。

她也不知道是為什麼，她聽著這些話，覺得內心積攢的那些苦痛，彷彿是終於有了一條河道，找到了一個去處。

她突然就理解了以前她不懂的夫妻，為什麼吵吵鬧鬧總在一起，因為攜手一起走的人生，相比一個人走的人生，對於風雨的理解，截然不同。

李蓉低頭笑了笑，低啞著聲：「有什麼不可以，你別嫌我煩就是了。」

「那也希望殿下，不要嫌我煩。」

「這不會。」

裴文宣見李蓉面色轉好，他也不多做糾纏，直接道：「算了，說正事吧。蘇容卿如何同妳說的，都同我說一遍吧。讓我看看，他有沒有騙妳。」

李蓉得話，便知裴文宣是知道許多她不知道的事，她不由得笑：「他騙不騙我我不知道，你騙我，我卻是知道了。」

裴文宣一時有些尷尬，李蓉見他不知所措，便笑起來，將頭輕輕靠在他肩上，整理思緒許久，將蘇容卿告訴他的話，同裴文宣娓娓道來。

這些話，第一次聽的時候，讓她痛苦、噁心，或許是回憶的次數多了，又或許是有裴文宣在，同裴文宣說起來時，也沒有那樣的大起大落，只是心裡有點悶、有點酸，有點說不出的悲涼。

「所以殿下，是覺得他們錯了，想要報復嗎？」裴文宣聽她說完，平靜開口。

李蓉沉默著，許久後，她笑起來：「不是。」

「錯的不是他們，是我。」

「是我，身為長公主，做得不夠好。其實宮廷之中，人都有自己的欲望，我既然已經步入朝堂，還像個小孩子一樣，凡事想著感情，這本是我的不該。」

「我早該想到，哪一個帝王能容忍一個隨時可能廢了他兒子的長公主活著，也早該明白權勢面前，所有感情都不值一提，他們沒錯，是我的錯。」

「殿下錯在何處呢？」

李蓉沒說話，良久後，她笑起來：「從小母后就告訴我，生在皇家，當以權力為重，不要幻想感情，學會克制欲望，不要愛誰，不要指望被誰愛，利益永不背叛，規則才是長久，只有這樣，才能活下來，活得好。我一直口頭上這樣說，一直以為自己這樣做，可實際上，我是這所有人裡，最優柔寡斷，最渴望感情的一個。」

「又想要權力，又放不下感情，這就是我的錯。」

「所以這一輩子，」裴文宣注視著李蓉，李蓉定定看著他，「我要為自己活著，我不會再輸一次了。」

裴文宣想想，片刻後，他低頭笑了。

「你笑什麼？」

李蓉皺起眉頭，裴文宣想了想，抬頭看向她：「我只是想，皇后說的，這種只在意權力的人，真的存在嗎？」

「別人不可以，」李蓉抿著唇，「我可以。」

「殿下，」裴文宣嘆了口氣，「不若我來為您，說一說上一世的故事吧。」

李蓉轉過頭看他，裴文宣輕笑：「或許，您會有不一樣的想法呢？」

李蓉和裴文宣在公主府說著話時，遠處雷聲轟隆作響。

蘇容卿聽著雷聲，在暗夜中慢慢睜開眼睛。

他記得自己被人一路追殺，躍入河中，後來就遇到了蘇容華帶人過來，剛被蘇容華接應，就半路不支暈了過去。

此刻他躺在軟床之上，應當是已經回到蘇府。

他正想著，旁邊就出來「嘎吱」一聲門響，他轉過頭去，就聽門口傳來一個熟悉的聲音：「醒了？」

蘇容卿目光上移，就看玉色華服公子翩然而入，他端詳著他，一掃平日的浪蕩，一雙眼認真中帶著幾分探尋。

「大哥。」

蘇容卿乾澀出聲，蘇容華走到桌邊，倒了杯水，給蘇容卿端過去，遞到他面前。

「喝杯水吧。」蘇容華平淡道，「喝完了，我有幾個問題想問你。」

蘇容卿看著面前的杯子，好久後，他還是伸出手，將杯子握在手中，彷彿無事發生一樣喝著杯子裡的茶水。

蘇容華坐到一旁注視著他，緩聲開口：「此次刺殺，是你和華樂、柔妃聯手策劃的？」

「是。」蘇容卿將水喝完，放在一旁的桌邊。

蘇容華看著他，繼續詢問，「你和柔妃什麼時候聯手的？」

聽得這話，蘇容卿沉默許久，他並不意外蘇容華知道這些，也不打算隱瞞，於是他誠實回答：「平樂殿下建立督查司之時。」

聽到這話，蘇容華閉上眼睛，他緩了一會兒，才終於開口：「家中族訓，你可還記得？」

「記得。」

「第一條是什麼？」

「蘇氏之人，不參與奪嫡之爭。」

每一個字念出來，蘇容卿都覺得艱難。

蘇容華緩慢睜眼：「你勾結柔妃，該怎麼做，需要我說嗎？」

蘇容卿沉默不言，蘇容華站起身：「此事我會稟告父親，你等結果吧。」

「大哥，」蘇容卿叫住蘇容華，「你不問我為什麼嗎？」

「柔妃所做之事，早已非我蘇氏所能平息。無論你為什麼，都已牽連家族。當初弘德一案我保你，可如今，我不能再保了。」

「我有我的理由。」

「犯錯之人，誰沒有理由？」蘇容華垂下眼眸：「你好好休息吧。」

蘇容華抬手要去開門，蘇容卿叫住他：「大哥，我為你說個故事吧。」

蘇容華停在門邊，好久後，蘇容卿聲音很輕：「我做了一個夢，它是蘇氏的未來，也是你的未來，你不要聽一下嗎？」

聽到這話，蘇容華震驚回頭，他定定看著蘇容卿。

蘇容卿站起身來，從容行到茶桌邊上，跪坐而下。

點燃了桌上小爐裡的炭火，抬手取水放入小壺，架在之上。

而後他抬起頭，在檀木長桌後，髮髻半挽，墨髮垂於身後，一身白衣襯得他清瘦如竹，跪得端正筆直。

他抬起手，做出了一個「請」的姿勢，清雅的聲平靜開口：「大哥，請入座聽完這個故事，再做決定吧。」

第一百六十三章　命運

冬日烏雲密布，似有大雪將至，寒風湧灌華京，驅趕著行人，拍打著窗戶。

裴文宣看李蓉不語，便當她默許，起身跪坐到李蓉對面，與她面對面坐著。

李蓉看著對面人清亮的眼，不由得笑起來：「聽你的口氣，似乎知道許多我不知的事情。」

「知道，殿下也是知道個大概的，只是這世上許多事，聽大概和聽細節，是截然不同的。」

李蓉得了這話，她想了想，終於開口：「那你說吧。」

「那麼，就讓微臣從殿下知道得最少的開始吧。」裴文宣想了想，終於找到一個切入點：「蘇容華和上官雅——這應當算，我們所有人，最早的開始了。」

「你一早就知道他們的事？」

李蓉皺起眉頭，裴文宣搖頭。

「德旭三年，秦真真被毒殺，陛下命我追查此事，我一路查到蘇容華頭上，花了五年時間追查他，才得知他和上官雅的往事。」

「殿下應該知道，其實蘇容華是蘇氏嫡長子，按理本是家主之位的繼承者，但他少時從師顧子蕭。」

「那是個狂人。」

李蓉知道這人，世家之中少有的異類，不過年輕時還算規矩，又頗有才名，蘇氏將他請為蘇容華的師父，倒也正常。

「顧子蕭教蘇容華其實並沒有多長時間，他就因與寒門女子私奔被顧家逐出族譜，後來不知所蹤，也不知是當真浪跡天涯，還是被顧家清理。蘇容華或許是受顧家影響，自幼叛逆，十一歲時，便同眾人宣稱，不會繼承家主之位，自此在外遊蕩，一年大半載都在外面，四處經商，熱衷於結交江湖好友。」

「元徽十五年，蘇容華回京，被召為肅王老師，從此他每日賭錢鬥雞，成為了一個澈澈底底的紈褲子弟。」

「元徽十八年，上官雅入京。聚財館內，」裴文宣加重了語調，「兩人相遇。」

「元徽十八年，妳和上官雅在聚財館裡偶遇。」

另一邊，蘇容卿同時開始了他的講述。

「那天你回家來，同我說你遇到一個姑娘，女扮男裝在賭場賭錢，同你賭了十局，十局都輸，還約你明日再賭。」

打開白瓷罐，用茶勺取出茶葉，放入茶壺之中。

「那天你笑得很開心，說這姑娘有意思得很。後來你就常同我提到她，人家不願意搭理你，你老去逗人家，這姑娘躲你，換一個賭場，你去一個賭場，最後有一日你回家的路上，你就被人用袋子套著打了。」

蘇容華聽到這話，「噗哧」笑出聲來。

蘇容卿也笑起來，他抬頭看了蘇容華一眼：「你心中不甘，自是打算尋仇，於是暗中設計，在人家姑娘去鬥雞的路上，偽作人販子把人拐了。結果拐出城後真遇到了山匪，你們一起被人綁了，也不知道是被綁架的時候遇到了什麼，等把你救回來的時候，你同我說，你打定主意了，要去娶她。」

「你知道蘇氏位高權重，以你的身分，若上門提親，姑娘不想答應也得答應，於是你打算先問她的意願。那天我給你挑了衣服，你自己親手磨了一根玉簪，帶著去找了她。等到晚上的時候，你淋著雨回來，我問你怎麼了，你同我說無事。」

「打從那天開始，你便不怎麼出門，直到一次宮宴，你身為肅王老師，被逼著出席。」

「宴席之上，他看見了上官雅。」

裴文宣聲音很輕，李蓉將下巴放在雙膝上：「宮宴？」

李蓉皺起眉頭，依稀有了幾分記憶。上官雅在成為太子妃前，似乎就出席過一次宮宴，那次宮宴本該是李川請婚，但李川不肯，她還和李川有過爭執。

「就是妳和太子殿下吵得很厲害那次，太子殿下違背了皇后意願沒有請婚，妳下來就和他吵了一架，把他罵得狗血淋頭，問他身為太子，怎麼能這麼任性。太子被妳罵服氣了，後來應下來，等下一次，他就請婚。」

「那天他和我私下說，其實他看得出來，上官雅並不喜歡他，也不嚮往宮廷，他一個人在這裡已經很可憐了，何必再多搭一個人。他也和我說，人人都說他是太子，說他高貴，可什麼都由不得他，什麼都不是他選，他沒有感受到太子給他帶來的任何高貴，他只覺得站在湖邊就想跳下去。」

「他那也是小孩子話，阿雅就比他成熟得多。」

李蓉渾不在意，裴文宣笑笑。

「是，上官雅在宮宴上沒有和蘇容華說一句話，可這個照面，蘇容華便知道她拒絕他的理由，自然也不會這麼輕易放手。他回頭攔了上官雅的馬車，問上官雅喜不喜歡他，說若是喜歡，他就八抬大轎，上門提親娶她。」

「這怎麼可能呢？」李蓉有些疑惑：「上官雅入京，就是為了川兒。這是上官家已經定下的事，蘇氏沒有這麼糊塗，不可能參與到這種事情來。」

「蘇容華何嘗不知道呢？」裴文宣嘆了口氣：「可人總想試一次，於是他們決定試一次。」

「你從宮宴回來，便找到父親，你說要去上官家提親，可上官雅是太子妃內定的人選，你爭是未來的太子妃，父親怎麼容得下你？父親不允，你便告知父親，願自請逐出蘇氏，脫離家族，向上官氏求親。是生是死，你自己一個人承擔。」

水壺裡的水煮沸，蘇容卿將沸水倒入裝了茶葉的茶壺之中。

「你按著族規挨了三百杖，滿身是傷去上官家。」蘇容卿聲音帶了幾分哽咽，但他還是保持著一貫的平靜，「上官家不敢讓你停在門口，就讓你入了內院，你跪在上官旭面前，求他將上官雅嫁給你。你為他分析利弊，告訴他，上官雅嫁入東宮，不過是推上官家更快滅亡，上官旭哪裡聽你這樣胡言亂語？他趕不走你，也因你蘇氏大公子的身分不能殺你，於是他就讓你跪在上官家。」

「你跪了三天，而那三天，宮中已擬好旨意，準備賜婚。」

「蘇容華在上官府跪的那三天，上官雅被關在後院，她的性子妳如今也知道，愛恨分明又行事果斷。蘇容華為她至此，她又怎會辜負他？於是她一直在求上官旭，一直在喊，她說上官家有這麼多女兒，何必就要選她？她有喜歡的人了，她不想當太子妃，放過她。」

「上官家沒有理會她，直到賜婚聖旨進了上官府，上官旭直接拿著聖旨去找了上官雅，他告訴上官雅，上官家給了她十幾年富貴榮華，她是不是要在這時候棄上官氏於不顧。賜婚聖旨已經到了，她若和蘇容華走了，那上官氏就會成為整個大夏最大的笑話。」

「上官雅容不下的。」李蓉不知道為什麼，突然就覺得心裡悶悶的，「她不可能為了自己的愛情讓家族如此蒙羞。」

「妳說得沒錯。」裴文宣知道她難受，但他還是得說下去，「所以上官雅親自去了內院勸說他，然後她就看見蘇容華跪在地上，他身上全是血，上官雅看見他就哭了。」

怎麼能不哭呢。

這是這一輩子，第一次有一個人，為她拋卻生死。

這也是她這一輩子，第一次撥開世家給她的層層束縛，看見外面最溫柔明亮的存在，努力想要抓住。

可抓不住啊。

那天下著大雨，她低頭看著跪在她面前的青年，她本來該直接罵他、羞辱他，可一張口，她眼淚落了下來。

她什麼都說不出口，她只能蹲下身，將他告白那天送她的玉簪，顫抖著交到他手裡。

『放過我吧，』她沙啞開口，『也放過你自己。』

『愛情算不得什麼，喜歡也算不得什麼，我們活著，就有自己應盡的責任。我會入宮，我會成為太子妃，成為未來的皇后，未來的我你不會喜歡的，你就當從來沒見過我，和你說的一樣，離開華京吧。』

『走遠一點，去許多地方，你看過的山水就當為我看過，你做高興的事就當為我做過，若有一日，你能遇到一個喜歡的人，與她喜結連理，那再好不過。』

『蘇容華，』她顫抖出聲，『別逼我了。』

「你怎麼捨得逼她呢？」

蘇容卿的茶沖泡過第一遍，他抬手注水第二次。

「所以你回到家裡來，父親看你的樣子，還是心軟，也就算了。你和上官雅這事被兩家遮掩下去，上官雅入宮，好好做她的太子妃，你也離開華京，去了很多地方。」

「後來呢？」

蘇容華垂著眼眸，蘇容卿將茶沖泡好，倒入茶碗，推給蘇容華：「後來，果然不出你所料，上官氏與李川聯姻，成為了陛下心中的死結，他扶持肅王，廢太子。廢太子之後，裴文宣遊說世家，希望世家出兵。」

「其實要不要出兵，世家還在猶豫，最後你最先站出來，希望蘇氏出兵。你有無數理由，也的確合適，但我心裡知道，多少理由，都遮不住你內心深處那點不應有的念頭，」說著，蘇容卿抬眼，「你擔心上官雅。」

「我不會拿蘇氏為我一個人的感情做賭。」

蘇容華平靜開口，蘇容卿點頭：「你不是在賭，只是剛好，這個決定更合適。你選得沒錯，扶持李川，在當時看來，的確是蘇氏要做的選擇。李川賢明在外，又為正統，他登基最是名正言順，以免日後眾人不服，到處叛亂。若想結束亂局，李川登基，再好不過。」

「所以百家結集軍隊，與秦臨一起攻入皇城，扶持李川登基。李川登基之後，上官雅成為皇后，你也留在華京。德旭元年，李川剛剛登基，北方便有戰事，滿朝主和，唯有李川、秦臨和裴文宣主戰。後來李川和裴文宣為秦臨四處疏通，弄到錢財，強行開戰。」

「開戰之後，他們便發現自己算錯了，他們空有理論，卻無實踐，以他們弄到的錢，根本不足以支撐北方戰線。於是又被迫休止，緊接著南方水患，錢都用在北方打仗上了，以至無銀賑災，當時南方屍橫遍野，起義不斷。這時候，李川就動了心思。」

「他要做什麼？」

「他要改制。」蘇容卿說到這話，忍不住笑起來，「推行科舉，要向世家徵稅，限制世家購田與奴僕數量，制定定分制，要求吏部在提拔官員時按照分數往上提拔，打分之時，世家扣十分，寒門出身加十分。」

聽到這話，蘇容華皺起眉頭：「太急了。」

「他剛剛登基，便這樣大的動作，許多地方豪族自然不同意，他上面下令，下面根本不執行，又或者是故意扭曲他的意思，加重百姓負擔。他想殺人立威，卻連二等世家都動不了。德旭年冬末，他不顧裴文宣勸阻，讓秦臨殺了一個地方小族的族長，結果導致那個地方連續三年，起義不斷。原本還算過得去的城池，鬧到最後，荒無人煙。」

「太子殿下剛登基時，北方便有戰亂，秦臨根據戰場上的經驗計算了需要的軍費，我們算過，當時開戰有九成把握，於是執意主戰。」裴文宣說起當年得事，「可等真正開戰之後，便發現，軍餉從華京撥出到達北方，一路被世家層層剝削。我和崔清河等人想盡辦法，也沒辦法挽回敗局，於是北伐，被迫停止。」

「那本就是你們莽撞，」李蓉說起這段往事，帶了幾分苦笑，「你以為我當年阻止你們，是為了世家嗎？是我知道大夏是什麼樣子，那時候開戰，就是推著大夏去送死。可你們聽嗎？」

裴文宣沉默著，好久後，他才繼續：「緊接著就是南方水患，國庫裡沒有錢，我想了許多辦法和陛下南巡賑災，到了南方以後，世家囤積糧食，哄抬物價，賑災銀根本到不了地方。殿下，您沒看過華京之外的大夏。戰場之上，橫屍遍野，災荒之處，易子相食；而華京載歌載舞，天上地獄，不過如此。那時候我們的確幼稚、衝動，回來之後，為了救南方災患，就定下計畫，試圖改制。」

「你們太急了。」李蓉聲音平穩，「川兒年紀太小，他不明白，一個國家就像一艘大船，你得慢慢走，帝王手中方向隨便一指，下面碾壓的，就是萬千百姓。川兒的政令我知道，我明白他的意思，可不是他給一個好的政令，就能好好執行。」

「但在陛下眼中，他心沒錯，政令也沒錯，錯的只是那些不執行的世家官員。而那時候，除了改制，又有什麼辦法，廢一個世家，就能救成千萬百姓，殿下妳要陛下怎麼選？」

「可他有能力殺嗎？」李蓉盯著裴文宣。

裴文宣苦笑：「當年您也這麼問陛下，您每一次問，陛下在御書房中，就會把自己關一晚上。殿下，沒有什麼比認知自己無力更讓人覺得羞辱。尤其是一個帝王認知自己的無力，那種羞辱感，是會令一個人發瘋的。」

李蓉不說話，裴文宣繼續著：「上官氏、蘇氏這些大姓雖然不像那些地方豪族一樣剝削百姓，可他們要維護世家這個制度，那陛下和世家他們的矛盾就無法解決，並且越來越尖銳，而夾在中間的，就是上官雅。」

「上官雅是陛下表姐，陛下心裡多少對她還有著幾分情誼，可他克制不住自己內心對世家的厭惡，陛下和我說，他每次進未央宮，看見上官雅穿金戴銀的打扮，他就會想起那些吃不飽的百姓。」

「而上官雅只當是自己比不過秦真真，她越發打扮，越溫柔體貼，陛下越是厭惡。到後來陛下與秦真真感情漸篤，他甚至無法和她同房，陛下和我說，每次和她同房的時候，他就覺得噁心。他噁心自己，他不喜歡上官雅，也覺得自己背叛了愛人。所以見到上官雅的時候，他甚至沒辦法產生任何衝動。」

「上官雅不受寵愛，上官家自然著急，不斷給上官雅施壓，讓她努力一點，爭取生出嫡長子。她走投無路，就來找妳，請妳幫她。」

「我記得，」李蓉垂著眼眸，「我聽說川兒在中宮只是睡一覺就走了，我便去罵了他。他那時候政令推得太急，上官家是他的根，他若是連上官家都斬了，我怕他出事。」

「妳開口說他，他也愧疚，他心裡知道，上官家扶持他上位，為的就是個太子，上官雅也無辜，所以陛下後來就用藥，每次去見上官雅，他都提前吃藥，回來後就開始嘔吐不止。」

李蓉聽到這話，震驚得睜大了眼：「上官雅知道嗎？」

裴文宣沉吟片刻後，點頭道：「應當是知道的。其實上官雅自己，也是用藥的。」

李蓉說不出話來，那一瞬間，她突然感受到了一種巨大的可悲。

上官雅是何等驕傲之人，卻被困在這深宮裡，像一個牲口一樣，就為生一個太子。還要面對丈夫必須用藥才能碰她、碰完之後偷偷嘔吐的事實，沉默不言。

不相愛到幾乎互相憎惡的兩個人，偏生要為了一個孩子，在華床錦被之上做著苟且之事。

而這樣的祕密，誰都不知道，只能他們兩個人自己吞咽，隱藏。

李蓉心裡有種說不出的涼。

「後來呢？」

「後來，陛下終於發現上官雅也用藥，他意識到這是兩個人的死局。陛下下定決心，喝了酒，去了中宮，找到上官雅，同她商議，她當她的皇后，她要的權勢他都可以給她，他們兩個人，都不要再裝了。陛下是希望他和上官雅能一起解決他們之間的問題，不要把雙方困死在宮裡。」

「可上官雅不能接受。」

「在她心裡，這就是李川要廢她的徵兆，她不能接受。」

「她拋卻了自己，拋卻了本該有的愛情，來到這深宮裡，不是為了聽陛下天真和她說各自安好，更不是為了進宮來成全陛下。上官雅那晚哭得很厲害，她問陛下，憑什麼她要被埋在這宮裡，陛下卻可以任性而活？」

「陛下也覺得愧疚，便問她要什麼，她說她要一個孩子。陛下本來答應了她，他們倆一起喝了藥，脫了衣服，上了床。可是當陛下碰她時候，陛下還是忍不住，跑了出來。」

「我聽上官雅的宮人說，那晚上上官雅一直在乾嘔，一面乾嘔，一面哭。等第二日，上官雅主動找到陛下，和他求和，她表現得很善解人意，也很可憐，陛下便許諾她，無論如何她都會是皇后，希望她安心。」

「李川覺得碰上官雅噁心，不肯和上官雅同房，說希望和上官雅各自安好。可他說完這話之後的第二天，秦真真就被查出有孕。當天晚上，上官雅從宮中傳信給上官家，說陛下已經下定決心不會再碰後宮裡除了秦妃以外的任何人，她需要一個男人，誰都可以，她要一個孩子。」

蘇容卿這話說出來，蘇容華握著茶碗的手輕輕打著顫，他努力讓讓自己平靜一些，可他卻還是覺得疼。

如今尚且如此，他根本不能想像，若此事當真，那個時候的他，應當痛苦到怎樣的程度。

「那時候大哥你本來又打算離開，結果上官氏找到了父親。混淆皇室血脈，這件事，上官氏一族不敢做。可如果眼睜睜看著秦真真的孩子繼位，那就意味著，秦家，一個徹徹底底支持著陛下變革的寒族中，要出現一個太子。」

「上官氏希望用這個孩子和蘇氏結盟，上官氏與蘇氏血脈生下的孩子，未來由兩族共同輔佐。當時朝廷對陛下極度不滿，父親對李川的行徑已經十分不讚同，兩族祕密商議很久，終於決定了這件事，因為你和上官雅的過往，上官氏希望你去。你本要走了，你都和我說了，這次出行，不會再回來。結果當上官雅放在你面前時，你想了一夜，終於還是留下。」

留下，就等於和那個人一起，沉淪於深宮。

不會再有她說的遠方，也不會再有她說的自由與美好。

可他還是甘願留下，於是在兩家人安排之下，宮廷之中，上官雅等待著那個陌生的男人步入宮中，像李川一樣羞辱她時……

她看到的，是她年少時最好的美夢，踏月而來。

他跪在她面前，仰頭看她：『見過娘娘。』

上官雅看著這個遙遠又熟悉的人，好久後，沙啞出聲：『你來做什麼？』

『陪著妳。』

陪她一起墮入地獄，陪她一起共赴黃泉。

上官雅眼淚撲簌而落，她可以接受任何人，卻不能接受他，她顫抖出聲：『你走吧，我不要你。』

『可妳沒得選，』蘇容華執起她的手背，親吻上她的手背，『我也無路可退。』

從他入宮那一刻，他就是她的陪葬。

於是他們在暗夜糾纏，那些晚上，是上官雅一生最美好的夢境，它充斥著愧疚和罪孽，卻是她人生裡唯一能夠逃避的港灣。

「兩個月後，上官雅被診出有孕。蘇容華參與科舉，成為當年榜眼入仕。這個孩子時間太尷尬，其實到現在，我都不知道，這個孩子到底是誰的。」

「川兒知道嗎？」

李蓉蜷著自己，聲音很輕，裴文宣搖頭，「當時陛下甚至都不知道上官雅、蘇容華私通之事。那時候是德旭三年，陛下已經培植了一批自己的人。寒門之人見陛下寵愛秦真真，秦真真還懷著孩子時，便在民間散播謠言，偽造神蹟。等孩子出生之後，甚至有寒門官員上書，說這個孩子乃長子，應當立為太子。」

「他們這是在逼死秦真真。」

「寒門諸多官員都是清貧之身，家中從未有參與過朝政的長輩，又怎知這些彎彎道道？陛下其實知道秦真真危險，而秦真真為表明自己和孩子無意於皇位，自己親自上書請奏，要立李信為太子。」

「當時陛下並不打算和世家起太大的衝突，也有愧於上官氏，所以已經準備立李信為太子，讓我起草冊封聖旨。但民間謠言四起，那年剛好有一隻怪鳥落到了護國寺門口，大家都說這隻怪鳥是鳳凰，說是廢后之兆。」

「於是世家沒等到冊封聖旨出來，就忍不住了。」

「由蘇容華親自出手，」李蓉明白了後續，「毒殺秦真真。」

「你本是想毒殺李平的，」蘇容卿看著面前神色有些渙散的蘇容華，「但秦真真日夜護著李平，與李平同吃同住，每一口水、每一口藥、每一口飯，她都先嘗過。於是她先中毒，保下了李平。」

「秦真真死後，陛下性情大變，他也不在意什麼戰亂，什麼百姓，什麼公正，他只是想推翻世家。那些年大夏風雨飄搖，四處烽火，他重用寒門，濫殺世家，寒門選拔出來的人，又多酷吏貪官，上上下下，民不聊生。蘇氏費盡心機，上勸君主，下撫百姓，散財無數、賑災救民，耗兵耗糧、鎮壓反叛。其實回頭想，這些都是他故意的，他就是用這一次次的叛亂消耗世家實力。」

「德旭八年，他為了收兵於手中，誣陷肅王謀反，要求蘇氏出兵鎮壓。你心知這都是藉口，站出來為肅王說話，他便以你通敵的罪名，將蘇氏上下下獄。那時我尚不知你與上官雅私通之事，只覺冤枉，平樂公主知我蘇氏蒙冤，試圖救我們，最後她保下蘇氏，但李川，給我蘇氏男兒，都上了宮刑。」

蘇容華瞳孔皺縮，他捏緊拳頭：「宮刑？」

「我蘇氏怎堪受如此羞辱？皆自盡於牢獄之中。我心中含恨，願作惡鬼，留於此世。於是我苟且偷生，承蒙平樂殿下搭救，活了下來。」

「秦真真死後，陛下心裡最後一點對世家的容忍都消失了。不僅僅是因為一個寵妃的死，而是陛下第一次這麼清楚的認識到自己的無能，他已經被逼瘋了。」

裴文宣說著上一世好友的過去，神色裡帶了幾分悲憫：「他為秦真真守靈時，世家朝臣就跪在外面，逼他冊封李信為太子。陛下那天就和我說，與惡鬼糾纏，只有化身成鬼，才有贏的機會。然後他就走出去，冊封李信為太子。」

「世家以為，這是陛下的妥協，從那以後，陛下就成了一個暴戾之君，他喜怒無常，苛捐重稅，重用寒門，濫殺世家。他用收稅的錢養秦臨的兵，用寒門酷吏威嚇世家，又親近上官氏，好似極其喜愛李信，讓上官氏成為他的護身符。」

「於是地方世家叛亂，上官氏幫忙鎮壓，而如蘇氏這樣的大族，素有仁訓，天下動盪，他們只能出兵出錢。此消彼長，陛下終於有了自己的權力。而我一路追查，也找到了秦真真之死的真凶。」

「德旭七年，我將秦真真之死的前因後果交給陛下，陛下囚禁太后，殺上官旭，夷上官家半族。他本來要殺了李信，廢了上官雅，可上官雅咬死這個孩子是陛下的，主動提出要滴血認親，陛下滴血認親試過，血的確相融。上官雅哭著求陛下，說陛下說過不會廢她，而後太后自盡於冷宮，求陛下放上官雅和李信一條生路。陛下為親情所困，終究沒有殺她。」

「母后……」李蓉唇輕輕打顫，「是自盡的。」

裴文宣不說話，他沉默許久：「德旭八年，陛下整兵欲北伐，蘇氏執意阻撓，說國庫空虛，連年征戰，大夏耗不起了。可他們不明白，陛下不是要北伐，陛下要的是他們手中的兵權，他要耗死世家。不過當時蘇氏其實早已沒有什麼反抗的能力，陛下需要的也只是個藉口。於是他故意陷害肅王，說肅王謀反，要求蘇氏出兵，蘇容華站出來否認肅王謀反之事，陛下以通敵的罪名將蘇氏下獄。陛下當時是真的想殺了他們，但殿下求請，陛下最後為作羞辱，便給蘇氏全族用了宮刑。」

「蘇容華不堪受辱，死在獄中，我和陛下去的時候，發現他手裡拿著一根玉簪。陛下取走了他手中的玉簪，當天晚上就去找了上官雅，他很詳細和上官雅描述了蘇容華是怎麼死的，等把玉璽遞給上官雅的時候，上官雅突然很尖銳就叫了。」

「上官雅痛哭著尖叫，陛下拍腿大笑，我就站在外面，我覺得荒唐，也覺得可悲，其實那個時候，我特別想殿下。殿下像整個宮廷裡，唯一一盞明燈，所有的燈都會滅，唯有殿下，永遠執劍往前。」

「那時候，川兒想廢了上官雅了吧？」李蓉環抱著自己：「只是上官雅聯合了世家，蘇氏為天下心中仁義之族，川兒如此栽贓陷害，哪怕事出有因，於天下人心中也是不服。連年征戰，百姓早已受不了了，世家的忍耐也到了極限，就我所知，那時候意圖謀反的世家，不下二十族。」

「是。」裴文宣應聲，「殿下與這些世家，不也聯手了嗎？」

「我要是不接了世家這個盤子，就會有其他人接手，到時候，我怕川兒連活路都沒有了。」

「陛下也明白，」裴文宣靠著牆，「所以陛下逼死蘇氏，北伐完成之後，便提出修仙問道，不是真的報完仇就心願已了，而是他知道，大夏不再需要他這個暴君，大夏修生養息的時候到了。」

「這八年，寒族已起，世族敗落，世家如今是強弩之末，他不能把人逼死，否則就是玉石俱焚，魚死網破。所以他選擇修仙問道，讓殿下成為鎮國長公主，代表聖意監國，這就是向世家表態，他休戰了，讓世家安心。」

「為此，上官雅，他動不了，也不敢動。只能另外謀劃時機，再做決定。」

「我為寒族之首，殿下為世家代表，妳我互相制衡，又為同盟，大夏剩下的二十二年，修生養息，終於再迎盛世。」

「可二十二年……」李蓉抬眼，看向裴文宣。

「可二十二年……」另一邊，蘇容卿看著眼前的蘇容華，苦澀笑起來。

兩人在不同的空間裡，一起感嘆出聲：「太長了。」

長到讓人面目全非，讓人忘記最初的模樣，讓人看不到前路，也忘記了歸途。

於是執劍者茫然四顧，胡亂揮砍，傷人傷己。

為鬼者沉淪地獄，不擇手段，錯殺所愛。

誰記得北伐改制之初心，誰記得阻撓暴君之目的。

誰記得，宮廷之中，許諾北伐，為的是誰。

更不記得，長廊之下，對君許諾那一句，結草銜環，永世不負。

徒留兩個身影，在這泥塘之中，隔著時光的紗幔，各執長劍，互為明燈，擦肩而過。

而今命運巨輪再一次轉動，再到抉擇的時刻。

裴文宣靜靜看著李蓉：「殿下，往事已知，太子，還棄嗎？」

蘇容卿將最後一杯茶水倒入茶碗，抬頭看向蘇容華：「大哥，故事已盡，奪嫡，還攔嗎？」

宮廷之內，大夏今年第一片雪花飄落而下。

宮人打馬從御道飛奔而入，高喝出聲：「陛下——肅王殿下，無恙了！」

第一百六十四章 川夢

「這些往事，與蘇容卿告訴我的，有什麼不同？」李蓉艱難笑起來：「不是他們過得不好，就可以讓我理解他們。若論過得不好，誰又過得好了？」

「殿下說得是。」裴文宣輕輕頷首，「那明日，我隨殿下一起去看看太子殿下，然後我送殿下去找蘇容卿吧。」

「你願意我和他合作？」

李蓉盯著裴文宣，裴文宣從容一笑，「殿下做什麼，文宣都願意追隨。」他傾身上前，抱住李蓉：「只要殿下，明白自己想要什麼，不後悔就是。」

「這個夢，是真的，還是假的？」

「我驗過了，」蘇容卿垂眸，「真的。」

「所以這就是你和柔妃聯手的理由，為了阻止太子登基？」

蘇容華抬眼看向蘇容卿，蘇容卿應聲：「是。」

「因為你殺太子殿下，註定和平樂殿下為敵，所以你放棄了平樂殿下。」

蘇容華肯定開口，蘇容卿捏起拳頭，許久，他還是應聲：「是。」

「不可惜嗎？你都知道了未來，為什麼不試著改變？」

「怎麼改？」蘇容卿聽到這句話，忍不住笑了，「大哥，我怎麼改？是我蘇氏對不起李川嗎？還是我蘇氏權勢太過？是李川身為君主，空有野心，卻莽撞無知，肆意妄為！」

「他好大喜功，上來就要北伐，群臣主和，他當臣子貪生怕死，卻不知是因為我等深知朝廷內垢，不清空弊端，莽撞開戰，豈有獲勝之可能？但他執意要戰，最終國庫耗空，戰至一半便無軍餉，之後南方照例水患，再無賑災銀兩，屍橫遍野、易子相食。」

「他不思悔改，只當是世家積弊，盲目推行改制，又致連年烽火。寵幸寒門佞臣，肆意妄為，他登基之時，大夏在冊人口一億三千萬，八年後，在冊人數不足八千萬、五千萬人，」蘇容卿看著蘇容華，「要從哪裡開始改？」

「當年他也是這個脾氣，看似賢德仁善。大哥，我是愛平樂殿下。」這句話說出來時，蘇容卿定定看著蘇容華，「可我也有我的底線。」

蘇容華不說話，他端起茶，輕抿了一口。

「容卿你去過北方嗎？」

蘇容卿不知道蘇容華為何突然這麼詢問，他愣了愣。

蘇容華放下茶碗，聲音很輕：「你打小在華京，沒去過其他地方，人命於你而言，不過是數字，一百萬、一千萬。我去過北方，當時我過去，我親眼看見戰場，看見老百姓如豬狗一般被屠殺，我心裡其實和太子殿下是一樣的想法，大夏必須立起來，必須北伐。」

「可不能這麼急。」

「什麼時候不急？」蘇容華看著蘇容卿，神色平穩，「你說太子殿下不顧實際，那你告訴我，實際是什麼？」

蘇容卿沉默著，蘇容華通透一笑：「實際就是，世家林立，大家為了維護自己的利益，不願出兵，為了維護自己的利益，不願意出錢。家族關係盤根錯節，以至任人唯親，貪腐難治。北伐失敗，我猜最大的原因，就是錢到了北方根本到不了士兵手裡，可這是誰的錯？太子殿下的嗎？」

「容卿，其實不必將我們的理由說得多麼冠冕堂皇，」蘇容華看著蘇容卿的眼裡帶了幾分悲涼，「承認吧，世家就是大夏的毒瘤，早晚一日，我們會淹沒於歷史的長河，我們所謂高貴的血統，生來便是原罪。」

蘇容卿看著蘇容華，兄弟倆對視許久，蘇容卿終於出聲：「那大哥的意思，還是會輔佐李川上位，是嗎？」

「我不輔佐任何人。」蘇容華放下茶杯，「我只是不希望你摻和進這些事太多。你若有空便出華京走走，去北方看看戰場，去南方看看水患。容卿，親眼看到，和聽別人說，是兩回事。讀萬卷書，不如行萬里路。」

「你先休息，」蘇容華站起身來，轉身出去，「我去找父親。」

蘇容卿低著頭不說話，等蘇容華到門口，他輕聲詢問：「能晚兩天嗎？」

蘇容華不言，蘇容卿輕咳出聲：「我身上還有傷，大哥，我怕父親怒氣太盛，我熬不過去。」

蘇容華知道蘇閔之的性子，他立足在門口，猶豫了很久，才輕聲開口：「先休養吧。」

說完，蘇容華便提步走了出去。

蘇容卿坐在屋中，許久後，他端起桌上涼茶，一飲而盡。

李蓉和裴文宣好好睡了一覺，等到第二日清晨，還未睜眼，就聽靜蘭在門口敲了房門。

「殿下，」靜蘭喚著李蓉，「殿下起了嗎？」

「何事？」

先醒的是裴文宣，李蓉聽著裴文宣的聲音便睜了眼，隨後就聽靜蘭低聲道：「殿下，宮裡傳來消息，肅王已脫離危險，無恙了。」

聽到這話，李蓉緩慢睜開眼睛。

裴文宣回頭看了她一眼，輕聲道：「至多不過今夜，陛下當有動作。」

「嗯。」

李蓉應聲，裴文宣抱著她，小聲道：「現下去看太子殿下嗎？」

李蓉沉默著，許久，裴文宣提醒她：「現下不看，或許未來，就再沒有看的時候了。」

「你已經這麼說了，」李蓉苦笑，「還由得我選擇嗎？」

說著，李蓉就要起身，裴文宣抬手按住她：「我去取衣服，別受了寒。」

裴文宣說完，去櫃子裡拿了衣服，吩咐外面進來，伺候李蓉洗漱。

今日他頗有閒情逸致，他親手給李蓉穿上衣服，替她挽髮，準備上妝時，他動作頓了頓。

李蓉抬眼：「怎的了？」

「無事，就是覺得殿下清水出芙蓉，不必過於裝飾。」說著，裴文宣將眉筆放下：「就這樣吧。」

李蓉只當他急著去見李川，也沒多想，同他一起出了屋。

兩人一道去了東宮，通報之後，裴文宣送著李蓉到了門口。

天有些冷了，昨夜下了雪，庭院裡還有人在打掃著積雪，李蓉站在門前，聽著裡面李川輕輕咳嗽，她一時有些恍惚。

裴文宣抬手握住她，聲音很輕：「太子殿下為了救您前日受了點傷，等一會兒進去，您就當閒聊就是，不必緊張。」

李蓉聽到這話，轉頭看他：「救我？」

話音剛落，裡面就傳來李川的聲音：「阿姐來了？快，讓阿姐進來。」

這聲音和她記憶裡不一樣，李蓉不知道怎麼，突然就不敢進了。

她抓著裴文宣的手，裴文宣知道她緊張，吩咐了旁人：「太子殿下現下不宜見客，男女有別，安置一個屏風吧。」

下人得令，將屏風放在了屋中，裴文宣扶著李蓉進去，一進屋，看見那個屏風，感知到屏風後的那個人，李蓉忍不住輕輕顫抖起來。

裴文宣扶著李蓉坐在椅子上，李蓉和李川隔著屏風坐下，那一瞬，李蓉彷彿回到上一世，李川宣布讓她監國，自己修仙問道前那一夜。

她雙手扶在扶手上，低著頭。

裴文宣為她蓋上毯子，蹲在她身前，仰頭看她：「殿下，有些路得自己一個人，微臣在外等妳。」

李蓉捏緊了扶手，她看著裴文宣，裴文宣抬手放在她的手上，輕聲開口：「莫怕。」

說完之後，裴文宣站起身，便告退下去，關上了門。

房間裡突然就留下了李蓉和李川，兩個人都很安靜，李蓉慢慢抬頭，看著屏風上的剪影。

李川似乎坐了起來，他隔著屏風，像越過兩世而來的亡魂，就停留在屏風之上。

李蓉也不知道怎麼，突然就紅了眼眶。

兩人靜默著，好久後，李川輕咳著出聲：「阿姐可還好？可受了傷？」

「我無事。」李蓉克制著語調，聽上去好似什麼都沒有。

李川咳嗽過，緩過氣來，輕聲道：「阿姐不用擔心，我也沒事，就是受了點小傷，很快就會好了。」

「你……怎麼受傷的？」

「當時看見阿姐出事急了，就進了林子。」李川說著，又覺得有些不安，趕緊解釋，「我不是莽撞，我心裡有數的。」

李蓉沒說話，面對十七歲的李川，她也不知道該說什麼。

良久的靜默後，李川猶豫著：「阿姐找我，可是有什麼事？」

「也沒什麼，」李蓉輕聲開口，「就是做了個噩夢，想見見你，同你說幾句話，知道你還好就好了。」

「阿姐做了什麼夢？」

「就……」李蓉遲疑著，慢慢道，「夢見你殺了我。」

「這怎麼可能？」李川笑起來，他果斷道，「阿姐，妳放心吧。不管怎麼樣，我都不會傷害妳的。誰要想害妳，就得從我李川屍體上走過去。」

李蓉聽著，也忍不住笑起來：「我知道的。」她眼裡有些酸，帶了幾分淚：「你打小，就說要保護我。我記得那年他們說，公主要送去北方和親，我心裡特別害怕，就怕自己長大了要去和親，你和我說，你以後，」李蓉說著，語調裡帶了哽咽，她頓住，許久後，才繼續，「你以後會平定北方，把那些蠻夷一路打進沙漠，你不會讓和親這種事，落在我大夏任何一個公主頭上，更不落在我頭上。」

「阿姐怎麼說起小時候的事來？」李川盤腿坐起來，似是有些高興：「難道是我現在對妳不好，妳開始憶甜思苦了？」

「不是，就是聽說你為我受傷，又想起你小時候對我好的事來。」

「那阿姐對我不好嗎？」李川在屏風上的影子帶著少年人的張揚，一面說話，一面比劃，「我記得小時候我和元寶分桃子吃，被母后撞見了，就關我禁閉，說我是太子，要知道我為尊，別人為卑，怎麼可以和個下人分桃子吃。禁室妳也知道，黑黑的沒有任何光，就妳在門口一直和我說話。我關了三天，妳在門口說了三天。」

李川說著，不知道為什麼，聲音裡也有些啞了：「還有，我以前不是在宮裡養了個大花貓嗎？那貓特別靈性，別人不親，就親我，我老躲著人去餵牠，後來也被發現了。他們要讓我把這貓活埋了，母后說這是給我的教訓，太子怎麼能偏愛什麼東西，還是隻沒人養的大花貓。」

「我不埋，母后就讓人搶貓，說亂棍打死，我把貓護在懷裡，我覺得要不把我打死的算了，妳說這太子當著有什麼意思，還不是阿姐擋在我身上，把棍子擋了？」

「那你最後，不還是把那貓活埋了嗎？」李蓉問，李川不說話。

他沉默了很久，屏風上，他盤腿而坐，似乎輕輕仰著頭，在看什麼。

「因為，我不想讓阿姐再為我被打了。」李川終於出聲：「不就是隻貓嗎，埋了就埋了，總不能讓阿姐和我一起給這貓陪葬不是？」

李蓉說不出話，她感覺眼淚就這麼流下來。

她突然意識到，其實那麼多年，她沒有真正理解過李川，也沒真正明白過，這個弟弟，是如何成長。

他年少時，她也年少，她看不明白少年李川的種種，長大就忘了。

就像這隻貓，她以為李川是熬不住打，可其實那時候的李川，熬不住的不是深宮裡的杖責，而是姐姐的苦難。

他親手埋的不是貓，是他自己。

他不願意當太子，但為了李蓉、為了上官玥，為了他珍愛的人，他當。

他心地柔軟，天真純良，但為了李蓉、為了上官玥，他學著強硬，學著冷漠。

他克制自己的溫柔和天真，壓抑自己所有喜愛與渴望，把自己深埋在這皇宮裡，期望能像泥土一樣，將李蓉和上官玥養在上面，看著她們成長，開花，平穩一生。

這是她的弟弟。

她弟弟無論未來多殘忍，多可怖，在十七歲這一年，屏風後的他，始終是那個願以此身化山河，給予他所愛之人好風景的少年。

他隔著屏風，那個身影和前世反復交織。

他們好像一個人，又不是一個人，她分不清楚，又覺茫然。

「阿姐，」李川低下頭，他似是知道李蓉哭了，他啞著聲，「妳來這裡，到底想問什麼呢？」

「川兒，你想過未來嗎？」李蓉靠在椅子上，看著窗戶外在風中輕顫的枯枝：「你想過你會成為怎樣一個君主嗎？」

「我不知道。」李川聲音裡帶了幾分茫然，「從小別人總問我未來，可我看不到未來。阿姐，其實，我並不適合當一個君王，我也不想當一個君王。只是我在這個位置上，我只能說我會盡我所能。」

「我想當一個好兒子、好弟弟，保護好阿姐和母后，然後，我想當一個好人，盡我所能讓這大夏每一個百姓能吃飽，能不受戰亂所擾。」

「哦，如果有什麼想做的，」李川似是想起什麼來，「我想北伐。」

「阿姐，妳不知道，去年我去北方，我第一次親眼看見戰亂，那和在華京看戰報是完全不一樣的。我一閉眼睛，就能想起那些百姓的尖叫、懇求。他們每次見我，聽見我是太子，都會跪下來求我，求我出兵，平定北方。」

「很好的志向。」李蓉聽著，喉嚨哽得生疼。

她像看著一輛馬車往著懸崖一路狂奔而去，卻沒有辦法阻止。

他註定還是要北伐的，他和前世也沒有什麼不同。

可她又無形覺得，他有什麼不同，和她想像中的李川，並不一樣。

「川兒。」李蓉深吸一口氣，問了最後一個問題，「如果上天註定，有一日，你會成為一個像父皇一樣的君主。不，比他更優秀，但是和他一樣冷漠、猜忌的君主。」

「你會殺很多人，讓天下動盪不堪，但你也能北伐成功，打破世家桎梏。你會囚禁母親，殺害舅舅，斬殺一半族人，最後毒殺長姐。你會痛失所愛，但也會成為九五之尊。你說，我該怎麼辦？」

「妳是說，」李川似乎明瞭一切，「我會殺了妳嗎？」

「是吧。」李蓉笑笑，「不過這就是一個夢，你也不必……」

「阿姐，」李川聲音很低，「它真的是只是個夢嗎？」

李蓉沉默。

其實她的弟弟，遠比她想像中聰明。

她曾以為李川為了秦真真喪心病狂，暴戾無常，但其實是他故作瘋癲，消耗世家。

她曾以為李川修仙問道，不問世事，但其實這是他真正的制衡手段。

如今當李川問出這樣的話，她不敢當他是隨口詢問，或許他早就察覺蛛絲馬跡，只是從來不說。

她沉默良久，輕聲開口：「不，它是未來。」

「我做了一個夢，每一件事都成真了。」李蓉轉過頭，盯著屏風上的李川：「你殺了我，我該讓你償命嗎？」

李川不說話，他沉默著，片刻後，他輕笑出聲，他似乎是深吸了一口氣，而後李蓉就聽裡面傳來拔劍之聲，緊接著，便見李川提劍步出屏風，靜靜站在她面前。

他拿著劍，面上有未乾的淚痕。

李川注視著李蓉，反手將劍鞘遞到她身前，將劍尖指向自己，單膝跪下，他目光裡盈著眼淚，仰頭看著李蓉，他如蝶翼一般密的睫毛被淚珠打濕，輕輕顫抖：「如果這是未來，就請阿姐，現下就殺了我吧。」

第一百六十五章　離京

李蓉不說話，李川跪在她身前，抬頭仰望著她。

他的目光帶著少年人獨有的無畏，彷彿能破開這世間一切陰霾。

他們靜靜對峙。

無數畫面在她腦海中翻湧。

他前世與她所有的爭執，所有的不悅，還有道宮之中笑談風聲的對弈，經緯交錯棋盤上那一顆顆棋子，以及最後那碗毒藥。

李蓉猛地起身，抽劍指在李川頸間。

過於鋒利的劍刃哪怕只是觸碰就劃破了李川皮膚，血珠舔舐著劍鋒，李川不躲不避，迎著李蓉的目光。

「你以為我不敢殺你是不是？」

大門外，寒風初起，捲枯葉而過，裴文宣雙手攏在袖中，背對著大門，看著乍起的寒風，抬頭仰望天上密布的烏雲。

「不是不敢殺我，」李川答得平靜，「而是死在阿姐手裡，我並無遺憾。」

「若當真如阿姐所說，我要走向那樣一條路，那我寧願生命走到這裡，也算是善終。」

李蓉不說話，她握著劍，死死盯著李川，他們僵持著，對峙著，李川的神色裡全是堅毅，沒有後退半分。好似真的就做好了赴死的準備，就等著她的裁決。

可她如何裁決呢？

他什麼都沒做，他還那麼好。

可他如果登基，如果成長，或許又會在三十年後，一杯毒藥，送到她面前。

時光太殘忍，也太惡毒。

李蓉看著面前少年清亮的神色，猛地揚起劍來。

然而揚劍的瞬間，無數片段又翻湧起來。

當年宮宴，他質問她：「我已經在這深宮泥足深陷，為何還要拖無辜之人進來？」

世家兵變，他滿手是血從宮廷回來，顫抖著聲和她說：「阿姐，母后抓著我的手，殺了父皇。」

後來北伐，他怒喝她：「李蓉可見過北方百姓過得是什麼日子？你們內部傾軋養虎為患，把百姓當什麼了！朕要出兵，朕是君王！」

再後來她聽說他不願去中宮，上門勸他，他苦笑問她：「阿姐，妳說我和樓子裡那些賣身的娼妓有什麼區別？」

最後是秦真真死那天，他抱著人不肯撒手，她衝上去一耳光抽在他臉上，抓著他的衣襟怒罵：「為個女人成這樣子，李川你還記不記得你是誰？還記不記得你當做什麼？」

當時他仰起頭，笑著問她：「我是誰？」

她冷聲回他：「你是帝王。」

他聽著就笑了，笑得很大聲，一面笑一面搖頭：「不，」他抬起頭，很認真告訴她，「我是李川。」

我是李川。

李川閉上眼睛，劍急急而落，卻在最後一刻急轉，從他頭頂髮冠猛地削過。

李川的頭髮散落而下，他睜開眼睛，李蓉握著劍，急急喘息。

她看著面前的李川，眼淚止不住落下來。

她不得不承認一件事——是她逼死了李川。

是她、是她母親、是整個宮廷、整個華京，一起逼死了年少的她、李川、上官雅、蘇容華、蘇容卿、謝蘭清……

巨大的無力和苦痛湧上來，她腦海裡全是裴文宣雙手攏袖，含笑靜立的模樣，他好似在說，殿下，別怕。

這是她唯一的支撐，她提著劍，盯著跪在她的身前的人。

李川茫然看她：「阿姐？」

李蓉沒有說話，她緩緩閉上眼睛，淚珠如雨而落。

「秦臨被崔清河殺了，」李蓉語速很快，「但我留了荀川在西北，西北情況不明，暫時不做考慮。」

「李誠死了，他們弄了個假李誠意圖登基。蘇容卿暗中應當是早已聯絡了世家，華京之外最近的軍防關卡有蘇氏一萬軍力，一夜可至。陛下或許會希望你繼續當太子，前提是沒有我和上官家，能不能接受全看你。這些你都想好。」等說完這些，她睜開眼：「督查司的兵力我全部給你，青州的兵力我也給你，我會回青州，這一生，我都不會再入華京。」

「我放過你，」她抿緊唇，捏緊了劍：「若你活著，也請你未來，放過我吧。」

李蓉說完，便將劍扔到地面，轉頭離開。

李川跪在地上，在她把手放在門上時，他沙啞出聲：「阿姐，妳為什麼不能，多信我一點？」

「我信不過的不是你，」李蓉垂著眼眸，「是這世間。」

這世間太多齷齪骯髒，她不知道坐到高位的李川，會成為什麼模樣。

當他成為帝王那一瞬，她就是世家，他們永遠沒有一個統一的立場，也要在這深宮裡不斷猜忌。

她太清楚自己是什麼人，其實當年李川殺她也對。

如果李川死了，無論是李平還是李信，威脅到她的時候，她未必不會廢了他們。

為了利益，她最好殺了他，可她動不了手。

她沒法說服自己，把兩個人的錯誤，交給他一個人承擔。

李蓉定下心神，神色慢慢歸為平靜，而後她雙手用力，猛地打開大門。

寒風驟然捲入，吹起她廣袖翻飛。

她抬頭看向前方，便見裴文宣雙手攏袖，轉頭看過來。

「談好了？」

裴文宣帶著笑，李蓉點頭：「走吧。」

說完之後，李蓉提步上前，裴文宣就隔著不遠不近的距離，和她走在長廊之上。

「我要回青州了。」

「好。」

「你留在華京吧，我知道你們是好友，他也一直是你心中最理想的君主，你留下輔佐他吧。有你在，我也放心。」

「這可不行。」

裴文宣輕笑，李蓉頓住腳步，她站在庭院裡，好久，低低出聲：「裴文宣，你不必為我誤了你的前程。」

「我不是為了殿下。」裴文宣說著，走上前去，他伸手環過她的腰，將手輕輕放在她的腹間，聲音很輕：「我是為了我的夫人和孩子。」

李蓉得了這話，一時僵在原地，震驚看著前方。

裴文宣察覺她的失態，低笑出聲來。

他抬手將李蓉打橫抱起，李蓉驚叫了一聲，慌忙攬住他的脖子，輕喝出聲來：「你做什麼！」

「走。」裴文宣抱著她疾步往外走，高興道，「咱們回去慶祝，我想抱妳許久了。」

「等等，裴文宣，你放我下來！」

李蓉見大庭廣眾，有些急了，可裴文宣似乎也是忍了很久，終於得了機會，高興得像個孩子，只道：「不放，妳別亂動，免得傷了孩子。」

李蓉聽到這話，整個人立刻乖順下來，裴文宣眼睛裡落了光，看著整個人懵懵的李蓉，唇角忍不住揚起來。

他抱著李蓉進了馬車，剛一放下，李蓉便質問出聲：「這什麼時候的事？」

「妳是說……什麼什麼時候？」裴文宣撣衣坐下，似笑非笑：「什麼時候懷的，還是什麼時候知道的？」

「別和我貧。」李蓉抓了旁邊的軟枕就砸了過去。

裴文宣抬手接住，見李蓉惱了，趕緊說實話，「昨個兒回府，大夫查出來的。不過妳受了顛簸，」裴文宣說著，也有些擔憂起來，半蹲到李蓉身前，握住李蓉的手，「胎氣不穩，要好好靜養。」

李蓉聽著這話，還是覺得有那麼些不真實的錯覺，她恍惚了片刻，才想起來：「怎麼現在才告訴我？」李蓉說著，忍不住笑：「不是為了報復我吧？」

「因為我不想讓孩子影響妳的決定。」裴文宣說著，將李蓉雙手握在手裡，聲音很輕，「蓉蓉，這是妳人生最重要的時候，妳不該為了孩子，或者是我，影響妳的判斷。」

「我希望妳在這個時候，能真正明白自己想要什麼。」

「妳已經和自己強了一輩子，」裴文宣抬起頭，握著她的手，「也該到頭了。」

李蓉看著面前的青年，他溫和、從容，和二十歲尚顯稚氣的裴文宣不同，也和五十歲偏執冷漠的裴相不同，她也不知道，什麼時候裴文宣已經成了這樣子。

「你不也和自己強了一輩子嗎？什麼時候議和了，我都不知道。」

「從我承認喜歡妳那一刻，從我決定無論如何都要把妳搶回來那一刻。」裴文宣笑起來，「我不強了。」

承認喜歡她。

有勇氣追求她。

這就是他一生，和自己最大的和解。

李蓉是他的天上明月，是他的渴望不及，是他最憎恨的貴族皇室，是在他年少時，被一道聖旨壓下來，砸彎他脊梁的強權。

他有和世界對抗的勇氣，獨獨沒有面對李蓉的勇氣，因為李蓉承載的，是他人生裡，最大的自卑。

李蓉看著他的眼睛，她忍不住開口：「我有什麼好喜歡的？」

聽到這話，裴文宣笑出聲來：「這就太多了。」

「比如呢？」李蓉歪了歪頭，她突然很想聽到他的誇讚，聽到他的愛慕，聽到有人承認他的好。

裴文宣低著頭，認真想了一會兒：「我第一次見殿下的時候，其實特別忐忑。」

「我聽說殿下驕縱，也知道自己出身不好，想著殿下下嫁於我，一定很不甘心，我怕是要吃苦頭。」

「你肯定想怎麼對付我了。」李蓉抿唇笑著，裴文宣是個不會吃虧的狗性子，既然想著她刁蠻，肯定想了法子。

「是啊，做足了準備，結果妳把扇子挪開的時候，悄悄抬眼看我那一眼，我突然什麼都忘了，整個晚上就光記著妳好看。然後妳看了我，就紅了臉。」

「嗯。」李蓉臉冒著熱氣，聲音很低，「當時我覺得……你長得好看，我不虧。」

裴文宣聽她的話，笑出聲來，他抿唇繼續：「然後妳規規矩矩和我喝了交杯酒，就和我坐在床上。我不敢開口，怕妳心裡嫌棄我，結果妳和我坐了大半天，小聲問我，郎君還不歇息嗎？」

裴文宣學著李蓉的聲音，李蓉推他，裴文宣的笑容更盛：「我從來沒想過，公主會不嫌棄我寒族身分。那晚上妳喊疼，我嚇得冷汗都出了，想著明日說不定要杖責我，宮裡給我那本駙馬要學的規矩，我可倒背如流。結果第二天早上起來，妳不僅不打我，還親自起來為我束冠，妳根本就不會，假裝自己賢良淑德，折騰半天，臉都紅了。」

「老早的事了，」李蓉有些不好意思，扭過頭去，看著馬車外面，故作鎮定道，「你同我說這些做什麼？」

「當時妳陪我去裴家，一點架子都沒有，還給我家長輩下跪敬茶。回來之後，妳悉心照料我，我咳嗽了，妳就讓人給我準備梨水，我上火，妳讓人熬綠豆湯，我常喝酒，每次回來都是妳親自照顧，知道我胃不好，專門讓人準備藥材，我又吐又鬧，妳也忍得我。」

「那時候所有人都看不起我，哪怕我三年學院魁首，朝堂之上，我其實什麼都不是，但妳不這麼覺得，妳總誇我做得好，妳是第一個誇我比蘇容卿好的人，也是第一個沒有在談論我的時候，說上一句『可惜』的人。還是第一個提起我的時候，沒有提到我父親的人。殿下，」裴文宣仰頭看著她，「其實是妳讓我從寒門和我父親的陰影裡走出來，妳不要以為我很好，我也曾經偏激、自卑、懦弱，只是我從不表現出來。」

「還有呢？」

李蓉帶了少有的耐心，詢問著裴文宣，裴文宣似是笑起來，似是有些羞澀：「妳就非得我都說了。」

「你不願意說嗎？」

裴文宣頓了頓，看著李蓉好奇的神色，溫柔道：「願意的。」

「後來妳和我分開，我在朝堂裡，也見過不少事，妳是我見過，在朝堂裡最乾淨的人。」

「你胡說。」李蓉笑起來，「我還算乾淨？」

「殿下，妳總說自己不好，是因為妳對自己要求太高。妳是人，不是聖人，有點欲望算什麼，妳能一直守著自己的底線和內心深處的溫柔，已是不易。」

「妳懲治貪官汙吏，妳為不公疾呼，妳厭惡勾心鬥角，就連妳支持世家，都不是為了保護妳的利益，而是因為妳覺得穩定的朝政對百姓更好。」

「蘇氏的案子，朝廷皆知，蘇容華沒有勾結肅王，可無人敢言，只有妳敢與陛下對峙，哪怕被杖責，也要護他老小。」

「轉世重來，朝堂之上，寧妃自盡於大殿，眾人避之不及，妳也會為她披上衣衫。」

「妳說著在乎權力，可妳始終把太子當成弟弟，把上官雅當成妳的朋友，對蘇容卿也報之以信任。對君盡忠，對友盡義，妳在這個深宮裡，一直用妳的方式，踐行著妳的君子之道。妳看，三十年，除了妳，誰在這個染缸裡做到了？」

「你不也一樣嗎？」李蓉低頭苦笑，「這本就是該做之事，怎麼就變成優點了？」

「殿下，」裴文宣搖頭，「該做，和能做不一樣。」

「若是在清水之中保持滿身通亮，這很容易。可若在泥塘之中還出泥不染，這就很難了。其實我也差點無數次走錯路。只是面對那些誘惑的時候，我會想起殿下。每次我都會想起來，妳會怎麼看我，殿下如鏡，正我衣冠。我所做的比殿下容易很多，我跟隨殿下，可殿下妳是一個人在往前走。我的堅守，是因我有殿下為約束，可殿下的堅守便是殿下的本心。」

「殿下說太子殿下是我心中最好的君主，其實不是。太子仁善有餘，卻不夠堅韌，容易誤入歧途。而殿下——」

李蓉愣了愣，沒想到裴文宣會提到自己，裴文宣注視著她，神色認真：「若有一日殿下能明白人心為何物，能走出華京，看百姓之苦，聽平民疾呼，以殿下三十年始終清明之心，才是文宣心中，最好的君主。」

李蓉沒有說話，她從裴文宣眼裡看到的，是十九歲，不施粉黛、最真實的自己。

她落在他眼裡，是最好的樣子。

好久後，她晃過神來：「可惜了，我不是個皇子，不然我倒是可以爭一爭。」

「爭不爭都沒關係，」裴文宣想了想，「若殿下是皇子，我不是個姑娘，那就頭疼了。」

李蓉聽他說笑，忍不住笑出聲來。

兩人一路閒聊著回公主府，等回了府上，裴文宣陪著李蓉一起整理行李。

不知道是因為有了孩子，還是因為放下了心結，憋了這麼兩日的煩悶，總算從心裡掃空出去，除了要離開華京的失落，倒也沒有太多的情緒。

裴文宣替李蓉整理著文書，看著指揮著下人裝點著她衣服的李蓉，囑咐著路上的行程：「妳出去就往青州慢慢走，路途要是顛簸受不了，就找個小鎮歇下，別累壞了身子。」

「我在華京這邊，幫著太子處理完手裡的事，確認平安後，就會去接妳。」

「行了，我知道，」李蓉見他婆婆媽媽，扭頭瞪他一眼，「我也是當娘的人了，會細緻的。」

聽到這話，裴文宣忍不住笑起來，看了李蓉一眼，低下頭去，將紙頁收撿好。

他們一時半會兒是不能走的，李蓉畢竟是公主，直接出城目標太大，只能等著出事，乘亂離開。

所以他們只收撿了必要的東西，但李蓉在華京生活了十九年，常用的東西也多，看什麼都捨不得，拿起來看看，又得放下去。

裴文宣見她傷感，便安慰著她：「妳只是暫時走一會兒。」

「暫時什麼呀。」李蓉嘆了口氣，「我呀，去青州就不會回來了。我什麼性子你也清楚，在華京看著，難免插手。一山不容二虎，我留在這裡，時間長了，會出事的。」

「那我給妳帶過去。」裴文宣從她手裡接了她最心愛的花瓶，從花瓶後探出臉來，「連著妳夫君也打包帶過去。」

兩人說著話，童業便急急忙忙趕了進來，他進來和李蓉行了個禮，隨後便上裴文宣邊上，附耳低聲說了幾句。

裴文宣臉色急變，李蓉揮了揮手，讓其他人下去，等人都下去後，裴文宣看著李蓉：「陛下今夜打算召太子入宮。」

李蓉想了想：「你現下通知川兒和上官雅，我今夜出城。」

裴文宣點點頭，立刻讓人去通知了李川和上官雅。

沒過多久，李蓉還在屋裡，就聽外面傳來喧鬧聲。

她正選著要帶走的書，聽到李川和上官雅的聲音，不由得就頓了頓動作。

靜蘭看見她的動作，小心翼翼詢問：「殿下，太子殿下和上官小姐都來了，正在商議，殿下不過去嗎？」

李蓉猶豫了一下，想了想，她搖頭輕笑：「不，不過去了。」

李蓉在屋裡又指揮著裝點了幾個首飾盒，終於將所有東西清點完畢，她看著有些空的房間，一時有些愣神。

正發著愣，就聽身後傳來清亮的女聲：「就這麼走了？不是說要合謀推翻太子嗎？」

李蓉頓了頓，她轉過身，就看上官雅環著胸，斜靠在門前。

兩人靜靜對視片刻，上官雅先行認輸：「我聽說妳懷孕了。」

「嗯。」李蓉笑起來，「剛知道。」

「孕婦易怒易躁，我……」

「對不起。」李蓉沒等她給自己臺階，率先開口。

上官雅愣了愣，等反應過來後，便有些不知所措。

「也……也不是什麼大事。您……也不用這麼認真。」

「昨日早上的話，是我說得不對，還請見諒。」

李蓉說得平和，上官雅安靜站在門口，李蓉低頭輕笑：「我認識一個人，與她有怨，我和她是好友，但她最後為了權勢背叛了我。所以想起妳和蘇容華之事，觸景傷情，禍及無辜。」

上官雅不說話，她想了想：「其實殿下說的話，我回去有想過。殿下雖是無心，但我所作所為，的確如殿下所說，有不妥之處。」

李蓉靜靜看著她，聽她問：「今日來，其實是想問殿下，您心中真的覺得，我放棄蘇容華是錯的嗎？」

李蓉不說話，她看著面前等著她答案的姑娘，好久後，她輕聲開口：「妳還記得當初，妳為什麼放著太子妃不做，來我督查司嗎？」

「妳說一個女人，權勢是她選擇的權力，妳想要選擇。」

「想要就去得到，放棄做什麼？」

「可是，」上官雅沙啞開口，「區區一個男人……」

「區區一個男人，」李蓉打斷她，笑著開口，「妳都不敢要嗎？」

「現在沒有能力，那妳就等有能力。一年等不了等十年，十年等不了等一生。上官雅，」李蓉看著那個背光而站的上官雅，「妳是上官氏嫡女，可妳也是也一個人。記住妳的稱號，那是妳的責任，但也別忘記妳的名字，那是妳應有的權力。」

「愛情是這世界上看上去最沒有價值的東西，但又是一個人最基本的選擇。連感情都沒有選擇權力的世界，是不把人當人的。」李蓉說話，兩人站著沒說話。

許久後，上官雅低頭一笑：「妳老給我說這些歪門邪理。以前教我別利用感情，如今又和我說什麼別忘記自己。」上官雅聲音有些啞：「我都被妳教壞了。」

「那挺好，」李蓉點頭，「至少，現在的妳應該不會給我餵一杯毒酒。」

「說得好像我給妳餵過一樣。」上官雅眼裡帶著水光，抬頭看了她一眼：「行了，妳懷著身孕，現在的情況妳的確不適合待在華京了，趕緊走吧。」

說完，上官雅便要離開，等走了幾步，她突然想起什麼來，突然回頭，李蓉尚未反應過來，就被上官雅猛地抱緊懷裡。

李蓉很少和別人這樣親密，一時有些驚了。

上官雅緊緊抱住她，低啞出聲：「殿下，我接到荀川的信了，她很快就會回來，我也等妳回來，到時候，我們三個人再一起喝酒。」

上官雅留了這麼一句話，都沒有給她拒絕的機會，就跑了出去。

李蓉愣愣看著她的背影，一時有些反應不過來。

裴文宣見上官雅冒冒失失跑出去，進了屋來，有些奇怪：「她這是怎麼了？」

「小孩子。」李蓉回過神，笑著搖頭，「發瘋。」說著，李蓉想起來：「她方才說她接到了荀川的信，你知道是怎麼回事嗎？」

「剛接到的消息，」裴文宣解釋著，「崔清河刺殺秦臨，但秦臨僥倖逃脫，荀川找到秦臨救下來後，帶著人殺了回去，把崔清河斬了。秦臨身上還帶著傷，就帶大軍從後方追擊蕭肅，被蘇氏攔下，現在陳軍在蘇家地界之外。荀川就提前帶了一萬人過來，直接出現在上官氏的地盤，上官家給上官雅傳了信，荀川正在趕來的路上，他讓人給妳傳消息。說，荀川不辱使命，未辜負殿下。」說著，裴文宣就笑起來：「我說妳怎麼死活要把荀川派去西北，原來打的是這個主意。」

「一開始沒想這麼多，只是想讓他找個去處，華京他留不了，就和他哥哥一起走吧。後來得知蘇容卿也重生過來，他不可能不對秦臨做什麼，只是我一時想不到，就把荀川當了一步暗棋，防備著蘇容卿。」

「但沒想到，」李蓉轉頭看向遠方，「他遠超我想像。」

直接從上官家出現，也就意味著，他來華京的線路，和上一世一樣。從西北攀過雪山，就可以直接到上官氏的領地。這樣一來，便不用經過蘇氏和謝氏的地方。

上一世他就是這麼攀過雪山到達的西北，而這一次，他帶著人，又從西北趕了過來。

「不知為什麼，」李蓉回頭看了裴文宣一眼，「就覺得有那麼些感動。」

「先別忙著感動了，我先去清點兵馬，」裴文宣輕輕笑了笑，「今晚，太子入宮。」

李蓉聽著「太子入宮」四個字，朝著裴文宣看過去，她重複了一遍：「今晚嗎？」

「對。」裴文宣點頭，「上官氏和羽林衛一起進攻宮城，裴氏和督查司在外面截斷後援，我不送妳了。」

「行。」李蓉點頭，「我自個兒走吧。」

裴文宣應聲，他看著面前的李蓉，伸出手去，將人抱在懷裡。

好久，他低聲詢問：「殿下。」

「嗯？」

「我有一個很傻的問題。」

「什麼？」

「如果我死在今日，殿下會怎樣？」

聽到這句話，李蓉停下來，她緩緩抬眼，盯著裴文宣。

「如果你死在華京，」李蓉聲音很輕，「我就屠了華京，聽明白了嗎，裴大人？」

裴文宣笑出聲來，他搖頭：「殿下，妳不會的。」

「不過，」在李蓉生氣前一瞬，他急急轉彎，「殿下能這麼說，我很高興。」

「我愛殿下勝若生命，」裴文宣抬手握住李蓉的手，放在心口，「縱使殿下愛我非此，仍甘之若飴。」

李蓉不說話，她抬眼看著裴文宣，好久後，她輕輕一笑：「我在青州等你回來，去辦事吧。」

「好。」裴文宣側頭親了親李蓉，高興道，「那我走啦。」

裴文宣最後再抱了李蓉一下，深吸了一口氣，拉著李蓉的手，似是想說什麼，最終卻只是說了句：「走了。」

而後他便提步，轉身離開。

等他走出門去，李蓉站在空蕩蕩的屋子裡，緩了許久，找了個凳子，緩緩坐了下來。

裴文宣出了公主府，頓時冷了神色，童業看著裴文宣的臉色，低聲詢問：「公子，現在去哪裡？」

「清點人手，」裴文宣抬眼看了一眼童業，「先私下通知幾個堂叔、堂兄弟，我今日要拿家主令，通過氣之後，通知族人，祠堂升會。」

裴文宣往著裴家趕時，蘇容卿坐在書桌前，看著宮裡傳來的紙條。

紙條是柔妃親筆字跡：若得蘇氏相助，蘇李共天下。

看著這上面的字，一直跟在蘇容卿身邊的蘇青竹皺起眉頭：「這個柔妃，膽子也太大了。肅王殿下既然好好活著，她這又是折騰什麼？」

「其他人呢，怎麼說？」

蘇容卿聲音很輕，蘇青竹不敢怠慢，立刻道：「柔妃娘娘已經給各家許了重利，平樂殿下此番擔任督查司主卻一直拖著沒放人，校場之中太子殿下對平樂殿下關心非凡，許多世家也就寒了心，有公子之前的遊說，柔妃又捨得下血本，各家的意思是……」

蘇容卿抬眼，蘇青竹遲疑著開口：「還請公子領頭，主持事宜。」

「一群老東西。」蘇容卿聽到這話，折上紙頁，將紙扔入了炭盆之中。

紙頁被火舌舔捲，蘇容卿注視著火盆裡的場景，外面傳來腳步聲，沒一會兒，一個下人恭恭敬敬出現在門口，先行了個禮，才道：「公子，家主請公子過去。」

蘇容卿點頭：「勞父親稍等。」

侍從得令，抬手行禮，便退了下去。

等侍從離開後，蘇青竹看向蘇容卿：「公子，現下如何？」

「焚香，備水，沐浴，更衣。」

這是蘇容卿做重大決定之前一貫的習慣。

蘇青竹得話，定下心神，按照蘇容卿的吩咐，點香、備水。

蘇容卿簡單梳洗之後，從浴室起身。

華服玉冠，腰懸墜玉，香爐熨過雙袖，儀容無礙，蘇容卿才終於睜開眼睛，提步朝外走去。

這時裴文宣得了幾個堂叔、堂兄弟的回應後，馬車也到了裴府。

裴府小廝見裴文宣馬車停下，趕緊上前開門引路，裴文宣領著六個人並成兩列，提步走入穿過長廊。

「大公子來了。」

「大公子來了！」

小廝一路引著人進去，沒有多久，裴文宣就停在裴氏祠堂面前。

裴氏祠堂之中，裴玄清坐在左手邊，裴禮賢坐在右手邊，其他人分列在兩排，堂內的坐著，堂外一路站出去。

裴玄清和裴禮賢身後，是裴氏牌位，裴文宣目光一掃，便落在他父親的牌位上。

他看著燭火映照著的「裴禮之」三個字，抬手朝著前方裴玄清行了個大禮：「孫兒文宣來遲，還望祖父恕罪。」

如今裴文宣在朝中位高權重，大家也不敢怠慢，裴玄清笑著道：「文宣今日祠堂升會，是有何打算？」

「祖父，此次文宣過來，有一不情之請。」

「嗯？」

「按照祖制，家主令慣來由嫡長子繼承，我父早亡，二叔念我年幼，暫為保管，」裴文宣抬眼，看向裴禮賢，「可如今，文宣早已成家，也當立業是立業之秋，家主令可否交給文宣了？」

「不行！」聽到這話，裴禮賢冷下臉來：「你現在還年輕，家主令給你，你怕是要生事。」

「二叔，文宣也不是要同您爭奪家產，如今非常時局，裴家總得有個領頭管事，我不管，二叔管嗎？」

裴禮賢冷著臉，裴文宣提步而入，大門隨他進入合上，裴文宣站在堂中，廣袖一展：「諸位莫不是以為，我來到這裡，是和大家說笑吧？今日非常時期，我裴氏須得選個位置了。」

「我們什麼都不選。」

裴禮賢打斷裴文宣，裴文宣輕輕一笑，「什麼都不選，就等於什麼都選。我們與平樂公主羈絆甚深，這兩年承蒙太子和平樂公主照顧，各位日子過得也算不錯，我裴氏躋身一流士族，指日可待。」

「可相反的，若是有什麼不測，直接抄家滅族，也不是不可能。」

「你現在幹的，就是抄家滅族的事！」

裴禮賢大喝出聲，裴文宣轉頭看他：「二叔說我幹的什麼事？」

「我知道你的心思，宮裡如今已經傳來肅王無恙的消息，你一直輔佐太子，是怕陛下如今廢了太子，所以想要謀朝篡位……」

「二叔慎言！」裴文宣提高了聲提醒裴禮賢，「如今朝堂一切太平，二叔未免太胡說八道了些。」

裴禮賢將裴文宣意思點明，聯合著裴文宣要能夠調動家中一切資源得家主令，所有人都聽出這中間的意思，也就明白了。

眾人面面相覷，裴文宣看著裴玄清：「祖父，我父禮之為嫡長子，我為他唯一子嗣，成年之後，得家主令本是祖制。如今孫兒並非爭家主令，只是特殊情況，裴家要選一條路。」

「裴氏出身寒族，與京中其他世家不同，本就是刀尖舔血得來的基業，要想往上爬，就得有非常手段。今日文宣敢問族中各位，」裴文宣起身，轉頭看向眾人，「是以寒族之身卑躬屈膝一世，還是走一條升龍大道，賭一把家運！」

第一百六十六章　重啟

「文宣所言，不無道理。」裴文宣問話，裴禮明立刻接了話。

他本是偏房，和裴禮賢多有不和，裴禮之死前他官路亨通，裴禮之死後，他一直被裴禮賢打壓，直到裴文宣和李蓉成婚，他才從刑部侍郎升任到尚書。

這樣的人不在少數，裴禮明剛剛開口，早和裴文宣通氣過的族人便站出來，一一陳述利弊。

裴氏早和太子綁在一起，打從裴文宣坑了柔妃開始，便和柔妃是死敵，若是李誠登基，對於他們來說怕是滅族之禍。

裴氏內部爭執起來，許久之後，裴玄清終於出聲：「停下吧。」

裴禮賢和裴文宣同時朝著裴玄清看過去，裴玄清抬起渾濁的眼：「文宣，若今日家主令不給你，你當如何？」

「回祖父，太子乃我妻弟，我自然是不能離開的。」

裴文宣不走，無論太子勝負，裴家都脫不了干係。

「那麼，你有多少把握？」

裴玄清盯著裴文宣，裴文宣輕聲一笑：「祖父，肅王已經死了。」

「那宮裡那個？」

「是假的。」裴文宣聲音很輕：「這件事不止孫兒一個人知道，他們瞞不了多久，祖父覺得，妖妃混淆皇室血脈，太子有幾成把握？」

裴玄清沉默著，好久後，他笑起來：「當年，你父親也是這樣。」說著，他轉過頭，看向眾人：「大家如何選？」

「我等以為，文宣甚為有理。」

一群人齊聲開口，中間夾雜著一些為裴禮賢說話的聲音，卻都被掩蓋了下去。

裴玄清點點頭，轉頭看向裴禮賢：「把家主令、庫房鑰匙都給他。」

「父親。」裴禮賢著急起來，「他一個孩子……」

「我不是孩子了。」

裴玄清聲音重起來：「這不是他的決定，是我的決定，家主令，給他。」

裴禮賢抿緊唇，裴玄清見裴禮賢忤逆，猛地一掌拍在桌上，大喝出聲：「給他！」

裴禮賢不說話，氣氛瞬間緊張起來，裴玄清皺起眉頭：「老二。」

「父親，我不能看著他重蹈他父親的覆轍，裴氏不能參與此事，如今應當將裴文宣立刻拿下，送交宮中！來人！」

裴禮賢大喝一聲，一群持刀的侍衛破門而入，猛地衝了進來，便將整個祠堂團團圍住。

裴禮明冷下臉色：「裴禮賢，祠堂動刀，你是做什麼！」

「收拾不肖子孫罷了。裴文宣，你犯上作亂，意圖謀逆，今日我大義滅親，將你就地正法送入宮中，看看陛下如何評判！今日誰都不許動！」裴禮賢抬手一劃，面露冷色：「否則視為同黨，以謀逆罪論。」

在場人聽到這話，臉色都極為難看，裴文宣卻是笑著在堂中找了個位置，從容坐下。

童業給他沏茶，他朝著裴玄清微微一笑：「祖父，二叔在祠堂前動刀，文宣可否替祖父解憂？」

裴玄清得話，猶豫片刻，點了點頭。

裴禮賢冷笑出聲：「秋後螞蚱，裝什麼鎮定。來人，將他拿下！」

裴文宣笑而不語，從容端茶，院中侍衛朝著裴文宣揮刀衝來，也就是那一刻，箭從四面八方如雨而落，瞬間祠堂中衝在前方的侍衛直接射殺！

離裴禮賢最近的侍衛血直接濺到裴禮賢臉上，逼得裴禮賢閉上眼睛。

隨後就聽大門外喊殺之聲響起，眾人都在祠堂前，蒼白著臉色，不敢說話。

獨有裴文宣，悠然坐在原位上，聞香品茶，末了，抬起頭看向裴禮賢：「二叔坐著等吧，等一會兒上了黃泉，還有很長一段路要走。」裴文宣茶碗碗蓋一抬，輕笑，「別累著。」

裴禮賢蒼白著臉，沒有說話，等了許久，院外終於安靜下來。

趙重九提步入內，跪在裴文宣身前：「大人，罪臣均已伏誅，一共一百四十二人，請大人清點。」

裴文宣點點頭，看了一眼旁邊的童業，童業端著早已備好的酒送到裴禮賢面前，恭敬道：「二爺，請。」

裴禮賢看著面前的毒酒，裴文宣微微一笑：「二叔，這杯酒是文宣的心意，不喝就灌了，還是自己喝，體面一些。」

裴禮賢手微微顫抖，還未說話，人群中就傳來幾聲驚叫，過往一直跟著他的幾個裴氏子弟都被拖了出來，手起刀落間，血就濺了一地。

裴禮賢面色發白，裴文宣站起身，將酒端起來：「二叔，」他聲音很輕，「我父親那杯酒，他喝了，您這杯，您也該喝了。」

聽到這話，裴禮賢抬眼看他，好久後，他才顫抖出聲：「狼崽子……」

「再不喝，」裴文宣聲音很輕，「就不是您一個人喝了。」

聽到這話，裴禮賢終於妥協，他深吸了一口氣，將酒一飲而盡，轉頭就往堂外衝了出去。

裴文宣喊了一聲：「慢著。」

裴禮賢頓住腳步，裴文宣抬手：「家主令。」

裴禮賢不動，他感覺疼，肺腑都在疼。

裴文宣親自上前，從他腰間取下了家主令，剛剛拿到，這人就一口血噴出來，直直倒了下去。

血濺到裴文宣身上，他拿出手帕，擦拭過白淨臉上的血滴，轉過頭去，直接吩咐：「調裴氏所有家兵集結，裴曉令護城軍南城等候。」

裴家亂成一團時，蘇府院內，倒呈現出一種額外的安寧。

蘇容卿步入蘇閔之臥室之中，蘇閔之正在練字，蘇容卿進屋來，端端正正跪下：「父親。」

「知道我叫你來，是為什麼嗎？」蘇閔之沒有抬頭，筆尖在紙上緩緩畫出一橫。

蘇容卿聲音很輕：「知道。」

「你的事，你大哥同我說了，你以往一貫是個知道分寸的孩子，我想不明白，」蘇閔之抬眼，看向蘇容卿，「你怎會還不如你大哥懂事？」

蘇容卿不動，蘇閔之見他神色並無悔改，他皺起眉頭：「太子是中宮嫡長子，論長論嫡都為正統，品學氣度，都無可挑剔。柔妃什麼出身？肅王什麼品性？你這是在做什麼？之前你朝堂上與裴文宣爭執，我已覺有異，但我當你是……」蘇閔之抿了抿唇，將筆一甩，只道，「年少衝動。你對平樂殿下的心思我知道，可人已經嫁了，你如今這是做什麼？」

「父親？」蘇容卿愣愣抬頭，他從不知，自己的心思竟是家裡人都知道的。

蘇閔之似是覺得愧疚，放輕了聲音：「你在學院三年，年年考校，平樂殿下只要在場，你都要特意表現。每次入宮，只要平樂殿下在，都要特意打扮。容卿，我是你父親，知子莫若父，你與殿下不合適，我也想你不會出格，未曾點醒。可你到底是怎麼了，我如今，已經看不明白你了。」

「是我，愧對父親教誨。」蘇容卿深吸一口氣：「只是兒子以為，李川，的確不適合當皇帝。」

「那肅王就適合嗎？」蘇閔之見蘇容卿不肯妥協，不由得帶了怒意，「哪裡有完全適合的君主？君主，是鎮國之器，不在於強，只在於穩。」

「可他不穩。」蘇容卿神色平靜：「父親，其實平樂殿下所作所為，皆為太子指使，就連柔妃提出稅改，其實也是太子為柔妃設套，父親說的，兒子以為甚是。君主在穩，臣子在才，肅王雖然品性不好，出身不正，但他掀不起什麼風浪。可太子呢？」

蘇容卿抬眼看向蘇閔之：「如今太子，還未登基，已將朝堂攪了翻天覆地。若他登基，父親何以可制？」

「那也不是你操心的事！」蘇閔之低喝出聲，正說話，蘇容華便從院外走來，他聽裡面爭執，便悄悄繞到了後窗，躲在後窗看蘇容卿和蘇閔之說話。

他雖然告了蘇容卿，但也擔心蘇容卿被蘇閔之打死，蘇閔之對蘇容卿之嚴厲，他從小知道，而這份嚴厲，還有幾分因為他這個老大不成器害怕小兒子重蹈覆轍的恐懼在裡面，所以蘇容華對蘇容卿，總是多了那麼幾分愧疚。

他在窗戶偷偷聽著他們的話，就等著蘇閔之出手去攔。

蘇閔之罵完蘇容卿，他氣不打一出來，伸手就去端旁邊的茶水，還未碰到茶杯，就聽蘇容卿出聲：「我想助李誠登基。」

「你說什麼？」蘇閔之驟然回頭，衣衫打翻了茶杯。

蘇容卿站起身來，去給蘇閔之倒茶，他一面倒茶，一面道：「問問父親的意見。」

「我絕不同意，」蘇閔之氣得懶得再說，指了門道，「你自己去領罰，這種念頭你想都不要想！」

「那……」蘇容卿端著茶，跪到蘇閔之面前，將茶舉過頭頂，「兒子不想了，還請父親息怒。」

蘇閔之看著蘇容卿的模樣，他遲疑片刻，終於還是放軟了態度，舉起茶杯，抿了一口，緩慢道：「你想明白就好，容卿，不管如何，太子殿下是君，我們是臣，只要太子殿下沒有做出什麼違背天德之事……」

蘇閔之說著，舌頭便有些僵硬了，他感覺周邊漸漸暗下去。

「容卿？」

蘇閔之有些慌起來，蘇容卿趕忙起身扶住他：「父親。」

「我……我怎麼看不到了？」蘇閔之慌亂起來：「快，叫大夫。」

他說著，也慢慢開始聽不到周邊，蘇容卿扶著蘇閔之，提了聲：「父親？」

蘇容華躲在窗外，這時他已經意識到情況不對。

他隱約聽見外面傳來腳步聲，他屏住呼吸，退到假山後的林木之間。

蘇容卿將蘇閔之扶到床上，等蘇閔之倒在床上時，他已經徹底不能說話了。

「父親。」蘇容卿抬手將他被子掖好，聲音溫和，「您休息一會兒，等我辦好事，我就回來。」

說完之後，蘇容卿臉色瞬間冷下來，他抬手從蘇閔之身上取了家主令，起身走了出去，他剛出門，就看院內已經長廊上都布滿了他的人。

「守住內院，不讓任何人靠近。父親病重，我代任蘇氏家主，」蘇容卿將家主令掛在腰間，「找到大公子禁足，其他無關族人立刻安排分批出華京，吩咐蘇氏家兵集結，護城軍暫留南門。趕赴天守關，通知蘇平，華京有變，帶八千精兵過來。」

蘇容卿說完，便提步走了出去。

等周邊腳步聲漸遠，蘇容華尋了個機會，便急急衝了出去，一路順著牆沿往無人處去，到了蘇府後院的狗洞。

他深吸了一口氣，終於還是彎下腰，頂著一頭狗毛鑽了出去。

蘇裴兩家關起來鬧的動靜，在整個華京像是兩滴水珠落入海裡，並沒有泛起什麼波瀾。但是敏銳的人還是察覺到了異常，等到下午時，出城的人數突然增多，而這時候，宮裡的人也帶著聖旨到了太子府中。

李川早已梳洗完畢，跪坐在榻前，看著橫在面前的長劍，一言不發。

福來領著人進了太子府，在門口恭敬出聲：「太子殿下，陛下有請。」

李川抬起頭來，看向門口的福來，他目光很冷，福來神色不變，許久之後，李川拿起長劍，抱劍起身，朝著屋外走去：「走吧。」

李川上了馬車，這時趙重九也回到公主府，領著李蓉上了馬車。

李蓉坐在車裡，看著周遭，明顯察覺街上氣氛有些異常，往城門去的人多了很多。路上還有一些小叫花子仍舊堅守在原地，他們看著李蓉的馬車走過，又移開目光。

李蓉知道，這都是裴文宣的耳目，裴文宣立身之本，就在於他收集消息的能力。

李蓉看著街上的行人，看著他們皺眉奔走。她突然想起裴文宣和李川都提過的北方，她轉過頭去，看向一旁坐著的趙重九：「重九。」

「殿下。」

趙重九以為她有什麼吩咐，立刻出聲，李蓉想了想：「我記得，你是西北人。」

「是。」趙重九恭敬道，「西北宿州人。」

「你看西北的百姓，在開戰之前，和華京這裡的人一樣嗎？」

李蓉端詳著街上的百姓，趙重九笑了起來，李蓉回頭，頗有些疑惑：「你笑什麼？」

「殿下。」趙重九低頭，「北方軍隊擅突襲和騎兵，開戰之前，百姓是不會知道的。都是在入夜時突然攻城，要麼攻不下來大家都跑了，要麼就攻下來，根本來不及想很多。」

趙重九挑起簾子，看著街上往城門口去的行人，這些人都是因為護城軍的異動得了消息的一些警覺百姓，趙重九打量著他們：「您看他們，還有個人通風報信。西北沒有的，一覺醒來或許腦袋就不在了，這算好的，運氣不好遇到拚死抵抗又被攻破、守將沒來得及組織撤離的城池，那才是最慘的。」

怎樣的淒慘，李蓉已經不敢問了。

她坐在馬車上，頭一次低頭去看周邊芸芸眾生。

馬車從南城城門離開，那裡是裴家守軍所在，李蓉出城時，她回過頭，看著那歷經風雨的城牆矗立在原地，似如人一般目送著她的遠走。

她即將離開這裡。

離開這個她活了五十年的地方。

離開她熱衷的權力，她為之奮鬥一生的朝堂。

她有種恍惚升騰起來，也不知為何，便忽地明白，英雄折劍，美人遲暮的傷懷。

她根本不能想去青州之後的生活，馬車每一步往前，她都覺得有一根繩子牽扯在她的心上。

她突然升騰起掙扎，她突然很想試一試。

她可不可以做得好一點。

她想要感情，也想要權力，她都想要，有沒有一個上位者，能懷以普通人之心，立於不敗之地？

她看著「華京」二字越來越模糊，就是這時，華京之內，驟然傳來砍殺之聲。

聲勢震天，而後整個華京彷彿是驟然沸騰的水，尖叫聲、高喝聲，急急傳來。

李蓉手扣在馬車邊緣，她死死盯緊那個屬於她五十年的戰場。

華京宮城之中，士兵廝殺在一起，李川抱劍站在宮門前，看著宮門緩緩打開，他冷漠看著宮門後一路延伸到頭的大殿，高喝出聲：「妖妃蕭氏，媚惑君主，禍亂朝綱，混淆皇室血脈，論罪當誅。今挾持聖上，孤受陛下之請，入宮清君側，以保聖駕安危。」

「阻攔者，」李川抬手拔劍，立於宮門前，「當斬之！」

說完之後，士兵入潮如水而入，李川提劍，疾步入宮。

李蓉聽著遠處的動靜，她不敢再看，正要放下簾子，就看一個少女駕馬從城中疾馳而出，朝著她一路狂奔而來。

「停下！」上官雅不敢喊李蓉的名字，就大喊著前面的馬車，「停下！」

李蓉看見上官雅的聲音，立刻叫住馬車：「停！」

馬車剛剛停下，上官雅便停在了李蓉面前，她喘著粗氣，李蓉看她的神色便知不好：

「怎麼了？」

「蘇容華方才來找我，他說，蘇容卿反了。他拿到了蘇家的掌控權，蘇氏和其他世家與柔妃聯手，又從天守關調了一萬精兵。」

「那他現在動手了嗎？」

李蓉立刻急問，上官雅搖頭，「沒有。」

現在還不動手，那蘇容卿就是在等李川。

一旦李川真的動手殺了李明，那蘇容卿就可以名正言順殺了李川。

如果城內世家和他聯手，那光是華京城中，蘇容卿就接近上萬人馬，今夜從華京周邊調兵，王氏、蘇氏能在明日抵達華京的兵馬就有兩萬。

李川殺了李明，僅憑他們手中一萬人馬，必輸無疑。

李川不殺李明，那就只剩下一條路，答應李明平上官一族，然後和李明聯手，還有勝算。

「殿下，」上官雅看著李蓉，「現下如何，請殿下決斷。」

決斷？如何決斷。

蘇容卿不動，就是以為他們還不清楚他的盤算，否則蘇容卿現在就從後伏擊李川，和李明裡應外合，李川必敗無疑，而參與兵變的裴文宣，也絕無生還可能。

她若現在離開，還能回到青州，或許蘇容卿會按照約定，給她一條生路。

她若現在回去，也不過就是看他們死。

當死字劃過她的腦海，她腦海中驀地想起裴文宣問她那個問題。

『如果我死在今日，殿下會怎樣？』

她以為這是絕不會發生的事，可這一刻，她清楚意識到，這並不是不會發生。

如果裴文宣死了……

如果裴文宣死了……

會怎樣？

李蓉閉上眼睛。

「回去。」她啞聲開口：「我去宮中將太子殿下接出來，不要驚動任何人，我會在宮中坐鎮，繼續指揮攻城。重九你去告訴裴文宣，說我在路上出事了，讓他去救我，然後把上官氏和裴氏的人能送多少出城送多少。阿雅，妳也出華京，」李蓉抬眼，看向上官雅，「保全實力，只要太子不死，等荀川過來，你們立刻攻城。」

上官雅看著李蓉，好久後，她問：「那妳呢？」

「我得留在宮裡。」李蓉看著她，「沒有人指揮，蘇容卿很快就會發現川兒走了，而且我在，就算被發現了，也能拖住蘇容卿一段時間。」

上官雅不說話，李蓉推她一把：「趕緊吧，立刻走。」

上官雅深吸一口氣，點頭道：「是。」

說完之後，上官雅駕馬離開，李蓉坐回位置上，她閉上眼，冷靜道：「回吧。」

他們出來得不遠，馬車帶著李蓉入城。

出來的時候，她茫然無措。

可此刻馬車駛回華京，帶著她奔赴戰場，她卻有了一種出奇的平靜。

她的馬車穿過已經徹底混亂的長街，來到宮門，同趙重九分別之時，她將在馬車上的信交給趙重九：「把駙馬帶到遠處，再將信給他。」

趙重九領命，便趕緊退了下去。

裴文宣領著裴氏和督查司的人守在宮城外，趙重九尋著人找到裴文宣，裴文宣見到趙重九，便有些驚了：「你怎麼在這裡？殿下呢？」

「殿下出事了，」趙重九壓低語調，顯得十分著急，「在城外客棧裡，駙馬，殿下讓您立刻過去。」

趙重九說完，便出示了李蓉的權杖。

裴文宣見到權杖，一時就有些慌了。他看了看宮城，又看了看手中權杖。

趙重九立刻道：「大人，快下決斷，若是晚了……」

「裴明！」

裴文宣喚了裴明，裴明上前來，「大公子。」

「你先守在這裡，我出城一趟，很快回來。」

裴文宣說完，清點了一批頂尖高手，領著人便跟著趙重九出了城。

裴文宣朝著城外急趕，李蓉披著狐裘，抱著暖爐，一步一步往宮中走去。

而寢宮之內，李明躺在榻上，看著抱劍站在他身前的李川。

「朕本來想著給你選擇，」李明面上有些虛弱，「不想你卻連選擇都不想要，直接給了朕結果。李川，你知道殺了朕，青史之上，你要背什麼罵名嗎？」

「我無所謂罵名不罵名。」

李川神色很淡，李明嘲諷出聲：「罵名都不怕，看來你當真是個不忠不義的狗雜種。你想這個皇位想瘋了吧？哦，不對，」李明似乎是突然想到了什麼，「不是你想瘋了，是你母后，你姐姐，上官家。」李明抬手擊掌，好似猜對了什麼，抬手指他：「他們想瘋了。」

「父皇，」李川聽著李明的話，似是有些難過，「我不明白。」

「不明白什麼？」

「您為什麼……就是不能接受我呢？」

「都什麼時候了，」李明似覺可笑，「你竟然還問朕這種問題。川兒，」李明嘆了口氣，「誰教會你這種天真的？朕不是不接受你，你是朕的孩子，朕一手把你抱到大，朕不接受的，是你母親。」

兩人說話時，上官玥推門而入。

李明抬眼看見走入房中的女人，他話語沒停，聽著上官玥：「他們上官氏，索求無度，他們把我李氏當做傀儡，企圖用婚姻與我李氏共治天下。他們心中沒有感情，你以為你母親愛你嗎？上官氏將你當親人嗎？不、李川，」李明笑起來，「你就是上官氏的一顆棋子，一個他們用來統治大夏的工具。」

上官玥聽著李明的話，一步一步走到李川身後。

她神色很平靜，她看著床榻上的男人。

他老了。

腐敗的氣息在他周身盤旋，根本看不出半點舊日陪她放風箏、修北燕塔的少年郎君模樣。

她悲憫看著他，這樣的眼神激怒了李明，他大喝出聲：「妳看什麼！」

「看你最後一眼，李明，」上官玥語調很平靜，「你老了。」

上官玥說完，轉眼看向李川：「還等什麼，動手吧。」

李川抱著劍沒動，上官玥皺起眉頭：「李川！外面多少人等著你，你少一刻登基都會生變，快！」

李川低著頭，上官玥從旁邊拿了軟枕，遞到李川手中：「快，刀劍不能用，太明顯了，去搗死他。」

李川抬起頭，看著面前的上官玥：「母后……」

「上官玥，他是我兒子！」李明看見李川和上官玥的對峙，高興起來，「妳以為弑父這麼簡單嗎？我沒對他好過嗎？我抱過他，我教寫字，他餓了，我半夜帶他去開小灶。妳罰他寫字，我幫他抄……」

李明說著李川年少時的舊事。

那時候他和上官氏的矛盾還沒有這麼尖銳，他和上官玥還是恩愛夫妻，北燕塔還沒修好，他還是個大孩子，會拉著李川，讓李蓉坐在肩上玩耍。

他本是想說來刺激上官玥和李川，可說著說著，他聲音就啞了。

寢宮一時寂靜無聲，上官玥紅著眼：「你不動手是不是？」

說著，上官玥驟然拔劍：「我來！」

「母后！」李川見上官玥提劍奔去，一把抱住了上官玥：「等等……再等等……」

「等什麼！」上官玥回頭一耳光搧在李川臉上：「你這麼優柔寡斷，怎麼做太子，怎麼成帝王！殺了他呀！」

上官玥將劍放在李川手裡：「殺了他！他平時怎麼對你的你忘了嗎？他對李誠這麼好，對你就那麼一點點好，你都不想殺了他嗎？」

上官玥說著，拉著李川上前。

李川的劍一直在抖，上官玥逼著他。

「殺了他。」上官玥流著淚，彷彿將一生的癲狂都付諸此處：「殺了他，一切都結束了。你就是皇帝，天下都是你的。」

「你是太子，不要這麼軟弱，殺一個人而已，殺一個對你一點都不好的父親，你猶豫什麼！」

劍尖一點一點向床上老者靠近，而宮門之外，李蓉一步一步走上臺階。

在劍尖抵在李明脖頸上時，李蓉推門而入。

寒風灌入房內，三人一起回頭，便看見李蓉身著玄色金線長袍，外披純白色狐裘，手中抱著一個暖爐，站在門口，靜靜看著他們。

李川不可置信看著她，眼裡迅速浮現起淚光。

李蓉看著李川，有那麼一刻，她感覺自己彷彿是回到了很多年的時光。

站在命運的節點上，她有了修正的機會。

「把劍放下，」她聲音很輕，「川兒，過來。」

第一百六十七章　跪下

聽到李蓉喚他，李川慌忙扔了劍，朝著李蓉就奔了過去。

「阿姐，」李川眼裡滿是急切，又帶著激動，「妳怎麼在這裡？」

「蓉兒？」上官玥也是茫然：「妳怎麼……」

「蘇容卿帶兵在城外候著，就等川兒弒君。」李蓉聲音平靜，「母后，妳和川兒趕緊出宮吧，我在這裡。」

「蘇容卿在城外？」上官玥不能理解：「他……他摻和這麼多做什麼？」

「這個妳別管了。母后，趕緊走吧。」

「那妳呢？」上官玥快速反應過來，「妳一個人在這宮裡？」

「這不行。」李川果斷否決。

「那就一起走吧。」

李蓉笑了笑，聽到這話，李川才算同意，他高興起來：「好，一起走。」

說著，他就去拉李蓉。

他拉著李蓉的手一直在抖，李蓉靜靜看著他。

他其實已經比她高許多了，可在她面前，他好似一直是個孩子。

他拉著李蓉走出寢宮，出門前，李明叫住他：「李川。」

李川頓住步子，李明聲音很冷：「朕給你的機會，還算數。只要你願意滅了上官氏，朕可以把御林軍給你。」

李明說著，輕咳起來。

他看上去狀態很是不好，但他還是盯著李川：「蘇容卿若是聯合世家，他們手裡的兵力，你贏不了。你既然不願意殺朕，朕可以還把你當兒子，你回來，」李明伸出手，「朕把江山給你。」

上官玥聽到這話，眼裡閃過一絲恐懼，李蓉抬眼看著李川，她等著他的決定。

李川看著宮門外的世界，他想了許久，輕聲開口：「不了。」

「李川！」李明一時急了，他急促咳嗽起來：「你瘋了！」

「父皇，我不想殺你，也不想為了自己生死交出姐姐和母后。」

李川說得有些艱難，李蓉站在他身邊，她沒有刻意壓制自己的情緒，她抬頭看著李川，看著自己的弟弟。

過去她會將李川這樣的不計得失，當成婦人之仁，可當她拋卻了那些刻意的算計，她以一個姐姐的身分注視著李川時，她突然覺得，自己的弟弟，是一個很好、很好的人。

他只是還年少，他還不明白，什麼是對，什麼是錯。

李蓉伸出手，拉住李川，在拉住他的那一瞬間，李川突然愣住了，他轉頭看著李蓉，李蓉笑起來：「繼續說。」

「我……」李川艱澀的出聲，「我可能，不會是一個合格的太子，也不會是一個合格的君王。」

他看著李蓉的眼睛，他忍不住紅了眼眶。

「可是，我不想成為你們。」

「我想……」李川深吸一口氣，「我想好好當個人，我想保護好我的家人，我想找一個喜歡的在一起，我想做我喜歡的事情，我希望不傷害任何人的生活。」

「我想優柔寡斷，我想天真，我想善良，我想不計得失。」

「李川你個蠢貨！」

李明高聲喝罵，李川深吸一口氣：「你罵吧，無所謂了，反正你也從沒喜歡過。但不管你喜不喜歡我，父皇，」李川最後看他那一眼，「我都不想殺你，髒了我的心。」

李川說完，便拉著李蓉。

他感覺自己像是一隻被人解開繩子的鳥。

明明奔赴的是生死，卻從未有過的歡暢。

他死死拉著李蓉，依靠著她，一路往外走去。

等走出寢宮長廊，李蓉頓住步子。

這裡到處都是士兵，挨得最近的，便是李蓉的影衛。

李蓉停下步子，李川便覺得有些疑惑：「阿姐？」

「川兒，」李蓉看著他，「你願意把天下給我嗎？」

「阿姐？」李川不明白她說什麼。

李蓉雙手攏在袖間，面上帶笑，「我不喜歡為他人做嫁衣，如果這一次，我為你守住了華京，這天下，可不可以給我？」

「阿姐，」李川看著李蓉，笑了起來，「我知道妳信不過我，可是我還是得說。」

「我當太子，是為了母后、阿姐，阿姐若想要這天下，我雙手奉上。我本就不適合這裡，在這個地方，我會毀了我自己，也許還會害了他人。」

「那麼，」李蓉注視著他，「若有一日，我為君，你為臣，可以嗎？」

「有何不可呢？」

李川似覺好笑，上官玥皺起眉頭，「你們還在說什麼，趕緊走吧。」

「對，」李川這才想起來，「阿姐，我護著妳和母后……」

話沒說完，侍衛從後面一個手刀，便將李川敲暈過去。

侍衛扶住李川，上官玥面露駭色，急道：「妳做什麼！」

「母后，我不能走。」李蓉聲音平靜：「我要裝成川兒，在宮中坐鎮，不能引起蘇容卿懷疑。妳帶川兒出去。」

「可是妳一個女孩子……」

「我可以。」李蓉打斷她，她定定看著上官玥，「若再不走，誰都走不了，母后，走吧。」

上官玥死死盯著李蓉，她沒回話，李蓉卻已經知道了她的答案。

李蓉轉過身去，一路行往寢宮，等推門入殿，她就看見在龍榻上喘息著的李明。

他似乎難受極了，整個人低喘著，李蓉彎下腰，提了劍，李明看著李蓉提劍，眼裡露出驚慌來，李蓉提著劍靠近李明，李明捏緊了拳頭，故作鎮定。

李蓉抬劍指在李明臉上，她端詳著他。

片刻後，她有些奇怪：「你在怕我。」

「朕沒有。」

「你不怕川兒，你怕我，為什麼？」李蓉看著他，她從他蒼老的眼裡看出恐懼，她低頭笑了笑，收了劍，扔到了一邊。

「你覺得我會殺你，他不會。」

「難道不是嗎？」李明冷著聲，「妳和他不一樣。」

李蓉坐在床邊，李蓉不說話，李明緩了一會兒，他似乎是好了些，李蓉起身，去旁邊端了水，遞給李明。

李明不敢喝，李蓉便知他的意思，她安撫他：「放心吧，我現下殺你很容易，不必下毒費事。」

李明得了話，僵硬片刻，李蓉坐下來，給他餵水。

李明喝了水，好了許多，李蓉扶著他躺下，給他蓋了被子。

「妳到底要做什麼？」

李明盯著她，李蓉想了想，「也沒什麼吧，最後的時間了，我不想和你爭執。我從來沒照顧過你，最後照顧一下，你別太感激。」

李明不說話，他看著給他蓋好被子的李蓉，李蓉想了想：「柔妃呢？」

「朕讓她和肅王逃了。」

李蓉點點頭，倒也沒動怒，她坐在臺階下，李明躺在榻上。

好久後，他低聲道：「妳不是出宮了嗎，回來做什麼，替李川送死？」

「倒也不算送死吧，我還是挺聰明的，我在這兒，活著機會比他大。」

「妳不殺我，是怕蘇容卿用弒君為理由害妳嗎？」

「攻打皇城和弒君區別很大嗎？」李蓉覺得此刻的李明有些無聊，她靠著床，過了一會兒，她漫無邊際聊天，「其實我是不明白，你到底在爭什麼。」

「你想打壓世家，打壓上官氏，可你看不出川兒和你是一個意思嗎？拚了命的廢他，有什麼意義？而且，柔妃現在手裡那個李誠就是假的，把皇位傳給一個假貨，你也樂意？」

「妳不必汙蔑誠兒，」李明冷著臉，「我不會信妳。」

「就知道你不會信，要是我死了，這次你出去，自己去驗吧。」

李蓉說完，覺得地上有些冷，便起身去找了個凳子，搬過來，坐在李明旁邊，又搬了個小桌，放上茶水，抱著暖爐，安逸坐下。

李明看著她忙活，等她坐下了，李蓉接著道：「方才我問的，你還沒回答我呢。」

「他是上官氏的孩子，」李明冷著聲，「不可能真正脫離你們。他現在連對你們動手都做不到，等以後，朕不在了，還指望他動手嗎？」

聽到這話，李蓉忍不住笑了。

李川豈止是動手？他可比李明狠多了。

李明說到這些，似乎氣急了：「朕兩個兒子，李川好好的，就是給你們養廢了。還有妳，朕這麼疼妳，你卻……」

「我卻如何呢？」李蓉轉頭看他，「我這樣敬愛您，」李蓉看著他，「你卻一心想著給我嫁最差的夫婿，讓我不要干涉你的利益，凡事都讓我靠邊。」

「華樂你疼在心尖尖上，可我呢？」

「朕對妳的疼愛還少嗎！」李明怒喝。

「那我對你的敬愛比華樂少一分嗎？」

她從未如此質問過李明。

像一個再普通不過的女兒。

李明不由得愣了。

李蓉看著他：「我是上官氏的女兒，就不是你的女兒了嗎？」

李明沒有說話，這樣的問話似讓他覺得難堪。

李蓉緩了片刻，笑起來：「算了，不同你說這些不開心的，我們聊點開心的吧。反正明日要壓我死，要壓……」李蓉沒說下去，她聳聳肩：「也不重要了。父皇，」她抬手放在自己腹間，似乎想到了什麼高興的事，「我有孩子了，您馬上要當外公了。」

聽到這話，那句「混帳」差點出口，然而看著李蓉高興的表情，他又止在唇間。

他定定看著李蓉，李蓉笑著看著他：「父親，這是我五十多年來，第一個孩子。」

「五十年？」李明皺起眉頭：「妳在胡說八道什麼？」

李蓉笑笑：「我告訴你一個祕密，其實，我活過兩輩子了。」

「瘋了妳！」

李明露出驚駭神色，李蓉倒也不奇怪，她聲音很緩：「知道你不信，我就隨口和你說幾句。我說你糊塗，就是你根本不瞭解川兒。你以為他懦弱嗎？他不想掃平世家嗎？不，他後來可比你狠多了。」

李蓉從容說著李川做過的一切，李明靜靜聽著。

一開始他面露厭惡，覺得是李蓉騙他，但說著說著，他竟也開始詢問起來，細節都在，毫無破綻。

兩人一問一答，宮中燈火也都點了起來。

裴文宣跟著趙重九疾馳在郊外，沒過多久，他就意識到不對。

他給旁邊人使了個眼色，侍衛突然加快了馬速，攔在趙重九前方。

趙重九有些驚訝：「大人？」

裴文宣在他身後拉著韁繩，冷著聲：「你要騙我到哪裡去？」

趙重九一驚，沒想到裴文宣竟然反應得這麼快。

裴文宣心繫李蓉，高喝出聲：「殿下呢！」

趙重九抿緊唇，好久後，他才出聲：「在宮城。」

「她回去做什麼？」

裴文宣愣了，趙重九翻身下馬，雙手奉上一封信。

「蘇容卿前後可能共有三萬兵馬埋伏在華京，殿下在宮中拖延時間，將太子殿下送出來。怕您也身陷囹圄，讓屬下將您哄出來。」

裴文宣聽到這話，捏緊了韁繩，盯著趙重九手上的信：「這是什麼？」

「殿下說，到了客棧，再給您的信。」

裴文宣得話，取了信來打開，便看見李蓉的字。

她的字裡帶著他的字的骨架，因他們成婚後，她臨了他一年的字。

這一世來，她好似又撿起了這個習慣。

上面只是很短的一行字，和李蓉平時習慣一樣，言簡意賅。

只是這次她沒有和他說謀劃，說戰況。

在最後這最重要的一封信裡，她只給了他一句話。

郎君愛我逾性命，我亦如此，甘之若飴

留字　李蓉

裴文宣拿著信，一瞬之間，覺得有水氣直逼眼眶。

他低下頭，似是不知如何調整情緒，趙重九小心翼翼道：「大人，殿下也是為大局著想……」

「蘇容卿聯繫了哪些人？」

裴文宣將紙頁折好放入袖中，趙重九愣了愣，隨後報了名字。

蘇容華的消息遞給上官雅後，上官雅便已全部轉達了他，裴文宣點點頭，他叫了一聲旁邊人：「童業。」

「公子。」

「找這幾家人的家人，如果出城的，直接追捕。在華京府邸的，就把人布置在他們府周，明日天亮，他們會帶兵圍宮城，府邸布防士兵數量會減少，帶人把人抓來。」

「王氏和蘇氏能首當其衝，其他的，找到多少算多少，全都抓起來。」

「不是，公子，」一聽到這話，童業有些急了，「您這樣做，日後要背罵名的。」

「照做。」裴文宣說著，便直接打馬回去。

李蓉的信還在懷裡，像一塊炭火，灼燒在他胸口。

她人生很少表達感情，幾乎不曾同他說過什麼，他患得患失，他總忐忑不安。

可當她將感情交在他面前時，他卻恨不得她永遠高高在上。

他不需要她說這些。

因為別人說愛，是情話。

只有這個傻姑娘，若說愛你逾生命，便是真的可以用命去換你的命。

裴文宣駕馬一路狂奔到了城內。

華京城內已經徹底亂了，百姓朝著城外瘋狂奔逃，裴文宣根本沒法駕馬進去，他只能擠在人群中，奮力衝進去。

他擠著人群往裡入內時，便看見上官雅化妝成了一個農婦，和蘇容華一起擠著出城。他們身邊還有一個青年，背著一個已經昏迷的女子，領著自己的「母親」奮力往外擠著。

上官雅、蘇容華、藺飛白、李川、上官玥，人都在這裡了，獨獨沒有李蓉。

他們在空中對視了一眼，便似乎將一切交託。

上官雅和人群擠出華京，裴文宣奮力進入華京，兩人交錯後不久，華京大門緩緩關上，裴文宣就聽百姓哭嚎之聲震天響起，他走在長街上，仰頭看著漆黑的天。

雪花從天上飄落而下，裴文宣抬頭看向遠處的北燕塔，抬手捣上自己心口，深吸了口氣，然後狂奔向公主府。

擠出城後，蘇容華立刻擦了臉上的灰，急道：「我這就去攔我堂兄告知情況，妳別擔心也別逞能。」

「我知道。」上官雅點頭：「勞煩。」

蘇容華應了一聲，他本還想說些什麼，就看見站在上官雅背後的藺飛白。

他一時頓住，片刻後，他笑了笑，抬手道：「保重。」

說完之後，也不等上官雅回應，他便急急轉身，翻身上馬離開。

上官雅看著蘇容華遠走，藺飛白走到她身後。

「捨不得？」

「嗯？」上官雅聞聲回頭，忙道：「先安置太子，讓人聯繫荀川，看荀川到哪裡了。清點外面的兵力，我不能陪著殿下，」上官雅冷靜開口，「但我得救她。」

華京亂成一鍋粥時，李蓉和李明卻閒適聊著天。

侍從時不時敲門向李蓉彙報情況，李蓉就調度著軍隊。

她將所有可用的守城軍都調入宮城，李明聽她的舉動，倒也明白她的意思：「看來妳是打算在宮裡決一死戰了。」

「倒也不是。」李蓉笑笑：「要是必輸的話，投降算了。」

「女人家，沒有骨氣。」

李明嘲諷，李蓉滿不在意：「我們方才說到哪兒了？哦，世家改制失敗，為何，地方豪強太多，解決一個蘇氏容易，上官氏容易，解決地方上的鄉紳，比他們難太多。他們太小，又多，打，不划算，不打，你拿他們怎麼辦？所以川兒政令，不僅太急，而且很難執行。」

「他想拔根，」李明思索著，「可世家盤踞這麼多年，他想在這麼短時間裡拔出他們，只是自取滅亡。不過，若大夏被他折騰亡了，多打幾年仗，把世家屠殺個乾淨，說不定下一個朝代，就不一樣了。」

李蓉低笑：「總覺得太過殘忍。」

「殘忍？」李明冷笑，「怕是怕死吧。妳我誰都不想大夏覆滅，這就是人心。」

「父皇說得是。」李蓉想著，又問，「不過，我一直不明白，什麼是人心？」

這話落下，李明也沉默了。

李蓉說起那個人，面上不由得帶了笑：「裴文宣總同我說，權勢之後，本是人心。說我不懂人心，懂了，會是一個好的上位者。」

「妳的確不懂。」李明眼裡帶了些蒼涼。

「若前世當真如妳所說，妳若懂人心，妳就不會這麼逼著川兒，也不會這麼逼著自己。這宮廷啊，就是把一個人逼成鬼，鬼就覺得這個世界就是這樣，再去逼別人。」

「其實當年你們有兩條路的，要麼和川兒一起爭，爭得人多了，規則就可以改了。可這條路太難，所以你們不選，都寧願自己沉在沼澤裡，然後把沒有進去的人拉進去。」

「蓉蓉，普通人遵守規則，無論原因，只看結果。」

「但上位者，他的規則不是用來的守的，是用來用的。」

「所以，他既要看結果，也要看原因。作為上位者，只有知道犯錯之人為何犯錯，妳才能透過工具去約束他們。就像裴文宣和川兒早年北伐，」李明笑起來，「若制定酷刑就能讓人不貪，那他們當年北伐也就不會失敗。只有明白一個人什麼情況下會貪銀子，什麼情況下會當一個好人，妳才會有有效的規則。」

「裴文宣說得沒錯，權勢之後，」李明低笑，「便是人心。朕啊，」李明嘆了口氣，「就是懂太晚了。」

李蓉靜靜看著李明，外面傳來侍從提醒：「殿下，快早朝了。」

李蓉聽到這話，點了點頭。

李明看她：「妳做戲真打算做全套？要替他上朝？」

「我從未坐過那把金鑾椅，」李蓉笑了笑，「坐一次，也是一種體驗。」

李蓉說著，站起身來：「您先睡會兒吧，我先走了。」

李明不說話，李蓉轉過身，往外走去。

李明注視著她的背影，在她出門前一瞬，他突然問：「妳怎麼知李誠是假的？」

「蘇容卿告訴我的，」李蓉坦率回答，「而且，替他看診的大夫，父皇再見過嗎？柔妃聯繫蘇容卿等世家，若李誠是真的，她這麼急做什麼？那些世家，哪個不是豺狼虎豹，不許以重利能使喚他們嗎？」

李明沉默，李蓉走出寢宮，去了自己原來的宮殿。

她焚香沐浴，穿上祭祀才穿的正紅色金邊禮服，梳上高髻，而後走向正殿。

此時天還未亮，福來給她掌著宮燈，領著她走到大殿當中。

大殿空蕩蕩的一片，李蓉從未見它如此空曠過，她仰頭看著前方的高座，福來給她恭敬奉上一道聖旨：「殿下，這是方才陛下所寫，交給殿下的。」

李蓉回過頭，她看著面前的聖旨，她拿過聖旨打開上面的內容。

「監國長公主」五個字落入她眼中，她定定看著上面的內容，許久後，她低頭一笑：「他這是做什麼？他信我的話了？」

「若是平日，自然是不信的。」福來笑了笑，「但今日的殿下，陛下或許願意信一信。況且，如今陛下的生死都在您手裡，您也犯不著騙他。」

李蓉得話，她打量了福來一眼：「你到底是誰的人？」

「老奴，自然是效忠大公子的。」福來倒也不避諱：「但有些話，若說了對殿下好，那自然也會說。」

李蓉不言，她想了想，拿著聖旨，溫和道：「回去好好照看他，我一個人在這裡坐一會兒吧。」

福來恭敬行禮，然後退了下去。

大殿裡只剩下李蓉一個人，她仰頭看著金座，慢慢走上去。

她走過御道，踩在軟墊之上，抬手撫摸過金座光滑的扶手。

那扶手冰涼如玉，讓人有種難言的留戀。

而後她轉過身，輕輕坐了下來。

她第一次坐這裡，然後她發現。

這裡，真高，真冷。

早朝的時辰快到了，裴文宣也將人手布置在了王家和顧家門口。

外面的情況他不知道，如今他只清楚華京內的情況了。李蓉提前撤走了城門的守兵，蘇容華就接管了城樓，關閉華京。

蘇氏已經全部撤離出去，王家和顧家覺得華京更為安全沒有撤走，就留了人看守。

但華京已經關了，他們揣摩著李川的人都在宮城之中，對自家的守衛反而鬆懈下來。

蘇容卿一夜未眠，眾人也同他熬著。

「堂兄天亮會到。」蘇容卿聲音平靜，「加上各位大人的人，我們手中一共三萬可用。如今內宮一直封鎖，但消息一直傳出來，早朝還未取消，李川怕是要在早朝上宣布登基之事，若他敢宣，陛下差不多就……」蘇容卿看了眾人一眼：「我等也是名正言順，算不得謀反。」

「不過，我堂兄和王大人調的守軍來到之前，城中也不過一萬多軍力，還望各位不要藏私，否則皇城難攻。我們去上早朝，怕反受轄制。」

「放心，」顧子淳立刻道，「我等既然同蘇大人結盟，便不會藏私，此事事關生死，不會有事。」

眾人接連應下，蘇容卿點點頭。

差不多到了早朝時間，眾人便一起往皇宮行去，裴文宣看著他們將家兵調走，便揮了揮手：「上。」

卯時，宮中燈火通明，大臣身著黑色紅邊朝服一一進宮，同平日似乎沒有兩樣。

夜裡下了雪，他們踩在雪上，發出嘎吱的聲音，顯得宮裡格外寂靜，而這些大臣也失去了平日交語的習慣，讓這些雪被踩得四分五裂的聲音越發明顯。

他們站定在大殿門口，聽著風雪簌簌之聲。

今日皇帝沒有從內宮出來，他似乎早早等在了大殿，而群臣也沒有任何奇怪。

隨著太監高昂的「入殿——」響徹廣場，大殿宮門一層一層打開。

蘇容卿站在群臣首位，手持笏板，隨著宮門嘎吱聲響，緩慢抬頭。

而後他就看見，宮門之後，朱雀銜珠青銅立式宮燈兩排往大殿高處而去，大殿盡頭的金座上，女子身著正紅色金邊華服，高髻金釵，面色平靜看著他。

他們隔著整個大殿靜靜對視，許久後，李蓉朱唇微張，冷漠又高傲吐出兩個字。

「跪下。」

第一百六十八章　赴死

蘇容卿不言，他仰頭看著高座上的女子，身後人見他異樣，都趕了上來，隨後就見到金座上的李蓉。

跟在後面的華樂最先反應過來，她見李蓉坐在高座，不由得疾呼：「李蓉妳做什麼？那是父皇的位置，妳瘋了！」

「父皇病重，太子受傷未癒，特命本宮監國，福來。」她抬手：「宣讀聖旨。」

福來應了一聲：「是。」

他將聖旨鋪開，在一片震驚中，穩穩當當宣讀了上面冊封李蓉為監國長公主的內容。

他宣讀聖旨時，外面廝殺聲越近。

蘇容卿一直看著上方的李蓉，李蓉毫不示弱，平靜注視著他。

聖旨讀完之後，福來笑著看著眾人：「諸位大臣，聖意已達，入殿吧。」

沒有人動，華樂環顧四周，想上前，又不知為何，有那麼幾分怯意，只能慫恿著其他人：「你們待在這兒做什麼？還不上去把她拿下！」

「蘇容卿。」李蓉見其他人久不做聲，她喚了蘇容卿的名字：「入殿。」

蘇容卿得李蓉的話，他一掀衣擺，提步走入大殿。

華樂正要說話，旁邊顧子道便提醒道：「殿下，稍安勿躁。」
顧子道是禮部尚書，這裡的元老，就算無知如華樂，也知要尊敬幾分。
所有人都在審視目前的情況，有些搞不明白，為什麼李蓉會在這裡。
他們看著蘇容卿走入大殿，停在臺階前不足三丈的位置，李蓉見他立身不跪，微抬下巴：「入殿不跪，爾乃亂臣賊子乎？」
「昨夜宮變，未見天子，臣不敢跪。」
「為何不敢？」
「怕跪錯叛賊，有辱天尊。」
「你陳兵在外，你不為賊，還有誰敢稱賊？」
「太子李川。」蘇容卿穩穩回聲，「殿下，昨夜太子攻城，蒙蔽殿下，劫持聖上。微臣為救聖駕而來，還請殿下勿憂。來人，」蘇容卿抬手一揮，「平樂殿下受驚，將殿下帶下去休養。」
「放肆！」李蓉厲喝，大殿之中，密密麻麻士兵瞬間陳列在前，指著朝臣。
李蓉盯著眾人：「太子昨夜根本未曾入宮，陛下如今聖駕安好，爾等強行攻城，乃謀逆之罪，還不退下領罪！」
李蓉一番話說出來，眾人臉色巨變。
蕭乾轉頭看了柔妃一眼，柔妃皺起眉頭。
蘇容卿抓住關鍵，只問：「太子未在宮中？」

「太子昨夜出城養傷，」李蓉看著有些慌亂的眾人，聲調平穩，「故而，本宮代理監國。諸位大臣，謀害聖上乃抄家滅族的死罪，此罪今日不問，總有一日也會問，再不濟，史官筆下遺臭萬年，想必各位大人，也不想如此。」

李蓉的話讓眾人有些遲疑，他們本是以為李川如今已經把李明殺了，這樣一來，他們便可以名正言順殺了李川。

可如今李川不在宮中，皇帝甚至還活著，他們攻城的行徑，便顯出幾分荒唐可笑來。謀殺天子，這樣的罪，權勢滔天時尚會有人質疑，若有一日權勢不及，便是抄家滅族的禍根。

天子於這些百年世家心中或許算不得個東西，卻也不敢如此明目張膽伐害。

華樂見這些人遲疑，一時有些慌了，她不由得拉了柔妃的袖子，柔妃低頭沉思著。

眾人遲疑之間，蘇容卿聲音響了起來：「我欲與平樂殿下一談，不知眾位可否行個方便？」

蘇容卿突然的提議讓眾人有些詫異，柔妃抬起頭來，目露冷光，在眾人猶豫之時，柔妃開口輕笑：「既然蘇大人有事和平樂商談，我等也不打攪了。諸位，」柔妃轉頭看向眾人，「我們一起在外恭候吧。」

說著，柔妃便拉著「李誠」主動提步，領著蕭乾等人一起出去。

其他人面面相覷片刻，也跟著出了大殿。

李蓉看著蘇容卿的人都退出殿外，蘇容卿仰頭看著她：「殿下？」

「殿下，」福來轉頭看向李蓉，「蘇容卿畢竟是男子，萬一對殿下存謀害之心……」

「退下吧。」

李蓉出聲，福來頓了頓，猶豫片刻後，終於還是領著人從大殿中離開。

臨走之前，福來帶著人按著蘇容卿的吩咐，在大殿中布下茶桌茶具，最後一個個退開。

所有人出了大殿，便都散開，各自站在一邊，低低私語。

蕭乾站在柔妃身後，壓低了聲：「二姐，太子沒有動手，如今這些老不修怕是有了異心。」

「不會。」柔妃看著宮門前正在不斷進來的士兵，「入了宮，現下誰都跑不了。蘇容卿在裡面，便是給咱們拖著時間好做事。」

柔妃剛說完這句，一旁和大臣商議著的顧子道似乎和其他人做了什麼決定，他同王厚敏點了點頭，迎上前來，朝著柔妃行了一禮：「娘娘。」

「顧尚書。」

柔妃趕忙還禮，顧子道看了一眼大殿，笑著道：「娘娘，看來……如今有些誤會。陛下既然沒有出事，看來太子殿下或許也不是謀反，我等方才商議，要不……」顧子道打量著柔妃的神色，「大家還是散了吧？」

「若當真是誤會，那自然是要退下向陛下請罪的。」顧子道的話並不出柔妃所料，她明白顧子道的意思。

她帶著人謀反，如今出了岔子，弒君這件事，總得有人做。

她轉頭看向內宮，「如今陛下還沒見著，誰知道李蓉說的話是真，還是假呢？如今我等也已經在宮中，不如讓妾身入內宮一探，看看，陛下到底是活著，還是……已遇不測。」

得了柔妃的話，顧子道盯著柔妃許久，柔妃笑了一聲：「顧大人覺得呢？」

「確認陛下安危，當然是必要的。」

顧子道似乎很滿意柔妃的答案，他行了一禮：「我等會傾力協助娘娘入內宮。」

「那，謝過顧大人。」

「來人，」柔妃轉過頭，抬手指了一旁的福來，「將這投靠亂臣賊子的老賊拿下！其他人隨我入宮面聖！」

「阿乾，」柔妃轉頭，看著蕭乾，囑咐得別有深意，「去宮門守著，以免閒雜人等，隨意進出。」

蕭乾聽明白柔妃的暗話。

這些世家都是牆頭草，為了利益來，就可能為了利益走。

他們如今要把這些世家綁起來，幫在一起，蕭氏若出不了宮，誰都別想出。

柔妃說完之後，便領著人朝著內宮走去。

華樂跟在柔妃身後，壓低了聲：「母親，要是父皇還活著怎麼辦？」

「他不會活著。」柔妃果斷開口：「只要我們見到他，他一定已經死在李川手裡了。」

華樂聽到這話，震驚抬頭，她看見柔妃有些發白的臉色，一時之間，她竟然什麼話都說不出來了。

皇宮剛剛淪陷時，公主府內，蘇氏、顧氏的親眷被關了幾個屋。

哭啼求救之聲不斷傳來，裴文宣站在庭院之中，童業擦了一把臉上的血，走到裴文宣身後，低聲道：「公子，蘇家和顧家的家眷都在這裡了。」

「王家呢？」

「還沒攻下來。」

「有放跑人嗎？」

「沒有。」童業搖頭，「王家閉門不出，沒有人出來。」

「宮裡呢？」

「宮門已經破了，蘇氏旗已經立在城頭，蘇容卿帶著柔妃、王厚敏、顧子道等人進去，據說早朝並未取消。」

「宮門花了多長時間破的？」

「半個時辰不到。」

裴文宣聽到這話，閉上眼睛。

半個時辰不到攻破皇宮，可見李蓉幾乎沒有在宮城外布防，她將所有兵力收歸了內宮。而早朝正常進行，也就是她在外宮。

這樣的舉動，以李蓉的性子，只預示著一件事——李明未死。

李明不死，李川的罪名就無法坐實，那些世家始終心存猶豫。她收歸兵馬在內宮，就是希望保全剩下的軍力，一旦李川找到機會反撲攻城，這些軍力就可以裡應外合。

在這種情況，她在外宮，無非是為了，拖延時間。

以她的生死，拖延時間。

她知道，從她留在宮中那一刻，她幾乎就沒有生還可能。

無論李川是輸是贏，只要攻城，她就是人質。

「公子？」童業見裴文宣閉眼久久不言，不由有些擔心：「接下來該怎麼辦？」

「蘇容華既然給上官雅通風報信，可見蘇氏本身並不想參與這些，蘇容華會攔住天守關過來的蘇氏軍隊。很快荀川的軍隊也就到了，到時候，外城就是荀川的軍隊對王氏帶來的一萬軍，如果她來得早，甚至可以提前攻城，和城內軍隊匯合，伏擊王氏。」

「華京之內，昨夜羽林衛、裴家、上官家的軍隊還剩下八千人，其中六千被殿下收歸宮中，還有兩千在咱們這裡。」

「蘇氏等世家約有一萬家兵，陛下那邊御林軍加寧王的人，約莫還有七千。」

「那我們還有勝算嗎？那些想咱們死的世家有兩萬人，我們這邊不到兩萬，陛下那兒也不知道是個什麼意思……」

「能贏。」裴文宣睜開眼睛：「必須贏。」

話音剛落，外面便傳來了鼓聲。

「咚。」

「咚咚。」

隨著鼓聲而來的，是趙重九提劍急入，他站在門口，克制住激動：「駙馬，荀川軍隊已到，攻城了！」

裴文宣沒有什麼表情變化，他聽著外面的戰鼓聲，停頓片刻後，立刻吩咐：「趙重九，你即刻帶一千人去城樓同荀川裡應外合打開城門，速度要快。」

「告知裴曉，將王氏家眷帶入公主府後，守住公主府，聽我命令。」

「童業，吩咐人將府中還有的孔明燈都升上去，太子會明白我的意思。再讓人焚香備水，準備馬車，我要進宮。」

「公子？」

童業有些不明白，低頭，面上露出幾分溫柔：「我得去接殿下。」

他不能讓她一個人在宮裡。

是生是死，他都得陪著她。

鼓聲響起來的時候，寒風捲得城外玄色金鳳旗幟翻飛作響。

李川領著藺飛白、荀川騎在馬上，他們身後是士兵列隊而站，在尚未澈底亮起來的清晨之中，略顯疲憊。

「現在就要進城嗎？」

藺飛白看著前方，皺起眉頭，這些士兵跋涉千里而來，明顯已是極為疲憊。

「現下不進城。」上官雅站在戰車之上，眺望前方高牆，「等到天亮，王家軍隊帶人進來，再想攻城就難了。不如此時取下城池，以守代攻。」

「攻城不易，」藺飛白頗為不安，「士兵又疲倦厭戰，如何攻城？」

「很快了。」李川看著華京，神色帶著冷。

荀川看了一眼旁邊的李川，他穿著太子玄服，披著純白色狐裘，玉冠高束，顯出幾分難言的清貴。

他長高了許多，帶著幾分文臣式的清瘦，枯冷的眼神，全然不見當初活潑少年的模樣。

「裴文宣和阿姐在裡面。」李川察覺荀川的眼神，以為她有疑惑，轉過頭來看她，只道：「勿憂。」

話音剛落，華京城內，便升騰起一盞孔明燈。

孔明燈在尚未亮起的天空裡，頓時吸引了許多人的主意。

第一盞孔明燈亮起來後，李川從腰間拔劍，淡漠出聲：「備戰。」

聽得此話，上官雅雙手在前，恭敬行了個禮，而後轉過頭來，看向眾將士。

「諸君，」上官雅揚聲開口，「可知此為何處？」

戰鼓聲不徐不疾，將士看著上官雅，並不言語，上官雅抬手指了「華京」二字，提高了聲：「此處便是華京，是諸君在沙場守護之處。華京之中，有雲羅綢緞，有妖嬈美人，有金銀珠寶，有權勢無雙。可這些都不曾屬於過諸位，諸位在西北拚殺，苦寒之地，糧衣具短，命似草芥，一生如泥在他人腳下，子子孫孫，皆為如此，甘心嗎？」

眾人不敢說話。

可人性趨利，話不說，不等於不存在。不過是因強權折腰，不敢言語。

「可今日不同。今日，諸君入城，」上官雅展袖指向華京，提高了聲音，「贏，封侯拜將！輸，也不過馬革裹屍，並無不同！」

「今日上至太子，下至罪民，皇城之前，皆為利刃向前，隨我卸下糧草，聽太子號令，非贏則死，不勝不歸！」

說罷，上官雅拔劍斬斷戰車上攜帶的糧草，糧食砸落在地，散落一地。

荀川隨之舉劍，乾脆俐落劃過馬上繫著糧草的袋子，糧食墜落到地上，她的劍穩穩指著華京。

「以平樂殿下之名，」她聲音很平穩，和平日訓練他們時沒有區別，但最後八個字，依舊加重了語調，「非贏則死，不勝不歸。」

「非贏則死，不勝不歸！」

有了荀川領頭，所有人紛紛解下糧草，大喝出聲。

這是他們一生最寶貴的機會。

從西北到華京，他們攀過雪山，奔赴千里，像是從沼澤泥地裡，撥開荊棘遮掩著的禁忌，一層一層爬到了他們從未想過之處。

在那子子孫孫無盡的絕望裡，終於得了一絲翻身的希望。

不過瞬息之間，士氣高漲。

李川轉頭看向旁邊的荀川，荀川迎向他的目光。

許久，李川只問了一句：「會贏嗎？」

荀川神色平靜，只答：「殿下不會輸。」

他口中的殿下只有一位。

從她救他，從她給了他與秦真真完全不同的生活那一刻開始，她便已被他供上神壇。

他的姐妹，他的朋友，他的君主——李蓉。

李川得言便笑了起來。

旁邊藺飛白看著站在戰車之上的上官雅，他苦笑起來：「我可被你們害死了。」

上官雅握起旁邊的鼓槌，藺飛白打量著她，有些疑惑：「我以為妳現在會走。」

「你現在還能回頭。」

「大家都在這裡，」上官雅坦然一笑，「我也就不走了。」

藺飛白沉默下來，他想了想，低頭一笑。

也就是這時，號角聲響起，李川拔劍指前。

上官雅顫抖著將鼓槌重重砸在鼓面上，巨響之間，漫天孔明燈下，士兵朝著城牆奔湧而去。

殺聲震天。

戰鼓沒響之前，宮城之中，福來剛剛關上大門。

大殿之門一關，整個大殿便暗了下來，只有綽綽燭火躍動，讓大殿有了些光亮。

蘇容卿和李蓉相對入座，蘇容卿看著對面李蓉，過了許久後，他帶了幾分懷念：「容卿許久未曾為殿下煮茶，今日殿下愛喝的銀尖不在，頗為可惜。」

「你特意摒開眾人，就是來同我敘舊的嗎？」

李蓉看著蘇容卿用旁邊盆中溫水淨手，似覺好笑，蘇容卿神色平和，如當年還在公主府中閒適姿態：「自然是有些問題想問殿下。」

「殿下，」蘇容卿取了茶葉，放入茶壺之中，聲音平和，「金鑾椅上，可還舒適？」

李蓉聽他的問話，便知他的意思，但她還是明知故問：「你什麼意思？」

「殿下應當知道，我只想阻攔李川。」蘇容卿將茶葉放到一邊，正跪在李蓉對面，雙手垂放在身前：「殿下如今既然已是監國長公主，那李川是不是太子，還有必要嗎？」

李蓉不言，蘇容卿身子微微前傾：「殿下，」他放輕聲，「微臣並非為報仇而來，李川，可以活著。」

可以活著，但不能是太子，不能以自己的名字活。

李蓉為監國長公主，李誠登基，李川謀逆賜死，再換一個身分活。

「我明白你的意思。」李蓉看出蘇容卿的讓步，她搖頭：「但我不能騙你。」

「殿下什麼意思？」蘇容卿面上帶笑，眼裡卻有些冷。

「你不願意李川登基，是因為李川意在削弱世家，你想阻止此事。可我監國，還是會和李川做出一樣的選擇，只是手段不同而已。」

聽到這話，蘇容卿笑容慢慢收了起來。

「殿下，」他認真開口，「上一世，還不夠嗎？」

李蓉聽著蘇容卿的話，她想了許久。

她本想爭論，可當她一抬眼，她看見蘇容卿那雙已經帶了幾分偏執的眼，她忽地想起李明的話來。

上位者，不僅要看結果，還得看源頭。

她看著蘇容卿，好久，才緩慢出聲：「上一世，你覺得李川哪裡做得不好？」

「殿下還需要問我嗎？」蘇容卿似是有些惱怒，「上一世，殿下怎麼說的，您忘了？您說他不該北伐，不該改制，他搞得上下動盪，民不聊生，他作為君王，為了一個女人……」

「容卿，」李蓉打斷他的話，「你真這麼想嗎？」

「殿下，」蘇容卿唇不自覺的輕顫，「您什麼意思？」

「我記得第一次見你，是在御書房。」李蓉看著蘇容卿，面上帶了幾分懷念。

「那時候你跟著蘇相跪在御書房門口，勸阻父皇北伐，你告訴我，蘇家之人，為百姓生，為社稷死。」

蘇容卿聽到這話，眼中神色微動，好似一顆石子扔入湖心，泛起層層漣漪。

李蓉抬眼看他：「可你告訴我，世家如今存在於世，對於百姓，到底是好，還是不好？」

「你我心裡都清楚。當年北伐的確很急，但如果沒有世家阻攔貪汙，當年的軍餉，其實足夠北伐。」

「當年南方水患，的確是因北伐導致國庫無銀，但如果不是世家繁盛又不必上稅，地方許多人依靠世家逃避稅收，國庫也不至空虛至此。」

「你說他作為君王，不該獨寵於一個女人，可蘇容卿，你若愛我，你和其他人在一起，不會痛苦嗎？你是如此，川兒就不是嗎？」

「可他是君王，苦痛都得忍得。」蘇容卿固執開口。

「那也須忍得有意義。」李蓉輕笑：「君王的婚姻，與朝堂有何干係？君主主江山社稷，他勤政，他愛民，那他愛誰，他娶一個女人，還是娶幾個女人，與天下有何干係？之所以有干係，難道不是因為世家黨爭，將爭執放在了後宮嗎？他的忍耐討好的是世家，不是百姓，有何意義？」

「按照殿下所說，」蘇容卿嘲諷開口，「都是世家的錯，是嗎？可貪汙腐敗者，世家有，他寒族就沒有嗎？黨爭者，世家有，寒族就沒有嗎？這本就是人性趨之，與世家有何關係？」

「你們都說世家是錯，可這麼多年，災荒之時，蘇氏賑災；戰亂之時，蘇氏子弟齊上戰場。蘇氏心向百姓，做錯什麼了？妳說後宮黨爭，李川無錯，那上官雅就錯了嗎？我大哥就錯了嗎？他們一生都被毀了送入宮中，李川為了一己之私這麼對待他們，憑什麼李川能任性，他們就只能一輩子絕望過活，就因為他們不是天子嗎？若世家是罪，」蘇容卿盯緊李蓉，「皇族天家，就不是罪過了嗎？」

「那，誰送上官雅入宮的？」李蓉看著蘇容卿，蘇容卿不答話，李蓉低頭笑了笑，「容卿，其實許多事你心裡清楚。你只是沒有辦法承認，你我生來為罪。」

「哪有什麼生來為罪！是善是惡，是罪是罰，當是那個人做了什麼。我蘇氏，百年名門……」

「就是這個百年名門，」李蓉打斷他，「是基於什麼之上？」

蘇容卿頓聲，李蓉有些悲憫看著他。

「容卿，我明白你的偏執。」

「心繫光明，卻身為黑暗，你承認不了自己的身分，只能顛倒黑白。你年少無知還能遮掩，越是清醒明白越是自厭。」

「殿下！」蘇容卿提聲打斷她，他彷彿是別人觸及了心中最痛苦之處，他身子微微前傾，似是抓著衣衫，他看著李蓉的模樣，眼神裡全是祈求。

不能說，不能再說。

他引以為傲的出身，他從小所受的讚美，他的堅守，他的信仰。

「世人好狐裘，」李蓉沒有聽他的勸告，在蘇容卿的注視下，她緩慢出聲，「可狐狸是不會喜歡的。若給狐狸一點吃食，便自詡為牠著想，那是謊言。」

「你蘇氏若當真為百姓、為社稷，你若當真想改變上一世的結局，你要做的，不是殺了李川，阻止李川登基，而是和他站在一起，對抗本來錯的東西。」

「但世族龐大，若是貿然變革……」

「那就一直不動嗎？」李蓉笑起來：「你我不必自欺欺人，若是錯的事，永遠會有人抗爭。世族再龐大，但它是錯的，就會有無數個李川、裴文宣、秦臨前仆後繼與之為戰。它終有一日會消失，而吾輩在此世，不可妄動，亦不可不動。」

「李川可以不是太子，但也我不會騙你說，我若上位，會許諾世家多少好處。我之一生，」李蓉的眼睛倒映著燭火，光影綽綽，「獻於我的道義。」

「我願君尋初心，」李蓉注視著他，「永為蘇郎。」

蘇容卿愣愣看著李蓉，水沸騰起來，發出尖銳的聲響。

「殿下，」蘇容卿慌忙回神，沙啞開口，「我回不了頭了。」

他早已帶著所有人上了謀逆這條船，無論是進是退，誰都走不了。

「我已經什麼都沒有了。」蘇容卿苦笑起來，「我不能回頭。」

他已經為此拋付一切，再讓他認錯，他情何以堪？

李蓉想了想，低頭輕笑：「那就不說這些了。最後喝一次茶，我為你泡一次吧。」

李蓉說著，取了火爐上的水壺，將水沖泡入壺。

她低垂著眉眼，眼中是他從未見過的溫柔平和。像是歲月打磨的一塊璞玉，在陽光下流淌著清潤的光芒。

大殿內，沏茶之聲涓涓，大殿外，砍殺之聲震天。

升騰起的水氣之後，女子似是永不變色的畫卷。

十二歲初見時的羞澀，每年考校時遠遠張望的心動，聽聞她定親時的悲傷，在她成親那日跟隨在人群中跋涉一路的痛苦。

鼓足一生勇氣為她撐的那一次傘，絕境之下朝她屈膝跪下的一輩子。

站在她身後可望不可求的隱忍，這一生遙望不敢觸碰的相遇。

她貫穿他生命的始終，又在最後一刻朝著他指向來路。

茶葉過水又棄，再得茶湯，落入白瓷杯中，呈出映底的清透。

李蓉將茶推到他身前。

這是她第一次為他斟茶，可他卻始終生不出捧起它的勇氣。

好久之後，他顫抖著手，舉起杯子，茶還未到口中，大殿之門突然就被人撞開：「不好了！」

蘇容卿手上一顫，茶湯灑了出來，蘇知竹喘著粗氣，驚慌看著蘇容卿：「公子，太子帶人攻城了。」

蘇容卿靜靜看著門口的蘇知竹，李蓉轉過頭去，就看見黑夜之中，孔明燈似如明星，升騰在空中。

大臣吵吵嚷嚷衝進來，王厚敏進了殿內，急道：「容卿，內宮還沒攻下來，李川的人已經在門口了。怎麼辦？」

王厚敏看見了一旁的李蓉，他忙道：「快，先把李蓉綁起來，吊到城門上去！」

「王大人！」蘇容卿厲喝出聲：「這是殿下。」

「殿下？」王厚敏愣了愣，片刻後，他瞬間暴怒起來：「蘇容卿，什麼時候了你還在和女人搞這種風花雪月的事情，你且記得，是你讓我們和柔妃合作的，此番要是輸了，你我都是抄家滅族的罪，你莫昏了頭！」

王厚敏這麼一罵，蘇容卿臉色白了白。

李蓉怡然坐在殿中，輕聲一笑：「王大人不必憤怒，本宮隨你去城樓就是了。」說著，李蓉便站起身來。

蘇容卿一把抓住李蓉的衣角，他抬起頭來，咬牙出聲：「殿下，別出去。」

李蓉靜靜看著蘇容卿，蘇容卿眼裡帶了幾分克制不住的惶恐：「沒有人會救妳的。」

李川不能在這時候放棄攻城。

他沒有多少兵力，等不了王家的軍隊趕到。

李川若不放棄攻城，李蓉作為人質，只能是死。

李蓉聽到這話，她沉吟很久後，低低開口：「謝謝，但是……」她抬眼，「我不想欠你。」

死也不欠他。

蘇容卿臉色一白，李蓉拂開他抓著她袖子的手，轉身往外走去。

她每一步都走得很穩，看上去似乎很平靜，沒有絲毫畏懼，那個背影高傲如鶴，同他記憶中走在前方的殿下沒有區別。

然而李蓉自己知道，沒有人可以面對死亡毫無恐懼。

她死過一次。

她深知死亡意味著什麼，意味著遺憾再無法挽回，愛的人再不能相守，夢想再無歸處，期盼再無可能。

她以前或許還沒有那麼畏懼死亡，可是她現在害怕。

因為她心裡有一個人。

李蓉不由自主抬手放在自己腹間，她踩著光可鑑人的黑色大理石地面，一步一步朝著光亮行去。

她腦海裡浮現出一個人的身影。

她知道這個人不可能出現，他已經在華京之外，他應該很安全，他或許還會同李川一起在城樓下等著他。

她想上城樓去，想在最後一刻，好好看看他，再好好感謝他。

感謝他教會她，原來這世界有這麼美好的感情，也感謝他打開這個世界，讓她從黑暗中走出來，得見光明。

而在此之後，只要李川贏了，他就能活下來，然後像上一世一樣，成為名臣良相，百姓敬仰，千古流芳。

李蓉含笑往前，也就是這個時候，皇城宮門前，一位青年白衣玉冠，佩劍而立。

士兵紛紛湧上前來，用長矛圍著這俊雅公子。

然而公子從容不迫，抬眼看大殿方向，隱約出現的那個女子身影。

他面上帶笑，目光不移：「煩請通報，裴氏文宣，求見平樂殿下。如若不允，還請問問蘇侍郎、顧尚書、王侍郎三位，可還想念家中族人？」

聽得這話，眾人面上一驚，裴文宣不管不顧，徑直入城。

宮門已經被撞城柱撞破，所有人都愣愣看著他，而李蓉剛剛踏出大殿，就看見一個白衣身影從宮門方向，緩步而來。

她不由得定住腳步，愣愣看著他。

昨夜積雪未除，白雪覆蓋著昨夜的血色和狼狽，彷彿一張白紙畫卷，鋪在平地之上。

而公子白衣玉冠，獨身行於茫茫雪地，好似雪神臨世，乾淨中帶了幾分肅殺之意。

周邊無數士兵引弓而立，準備著隨時射殺此人，然而公子彷彿閒庭漫步，從容風流。

華京之外，無數士兵搭著雲梯攀牆而上，城內士兵殺成一片，趙重九砍殺了旁邊守著城門開關的士兵，一劍狠狠斬在繩子上。

城門瞬間倒下，落在護城河對面，士兵前仆後繼衝殺而入，聲音震天。

而內宮之中，柔妃看著眼前不過十丈的寢宮，和密密麻麻的士兵，緊緊捏著拳頭。

旁邊華樂拚命高吼：「衝啊！殺過去！快殺過去！」

李明坐在床上，抬頭看著床頭繡著的龍紋，聽著女兒在外面的嘶吼，嘲諷笑開，緩緩閉上眼睛。

這些鮮血、荒唐、哀號、嘲諷，都不染雪地公子半分，他一路疾行到大殿前，提步上了臺階。

他目光一直在李蓉身上，沒有移開片刻。

李蓉不由自主挺直腰背，她雙手護在腹間，也不知道為什麼，當那個人越來越近，她的眼睛卻越來越模糊。

她感覺自己的心像是被什麼一點一點填滿。

像是上天將她一直失去的什麼，突然一股腦塞進了她的心裡。

她沒有被放棄。

她不是一個人。

從此以後，她的一生，都會有一個人，無論生死，都同她在一起。

眼淚盈滿時，他已來到她面前，他帶著笑，抬手在身前，單膝跪下，仰頭看著她。

「臣，裴文宣，拜見平樂殿下。」

李蓉聽他說話，就忍不住笑了。

她的眼睛彎起來，一彎，眼淚就掉了。

「你來做什麼？」

「陪妳赴死，」裴文宣答得坦坦蕩蕩，「或是帶妳回家。」

第一百六十九章　結局

「裴文宣？」王厚敏最先反應過來，厲喝出聲：「你竟還敢來！」

「作亂賊人都敢入宮，」李蓉冷眼掃過去，「他為何不敢？」

「嘴硬得很，兩個人一起抓了送城樓上去！」

「慢著！」裴文宣抬起手來，護在李蓉身前，止住衝上來的士兵，「王大人，在下孤身入城，自然是有事相商，大人不妨聽在下一言。」

「你這豎子巧舌如簧，怕是不安好心……」顧子淳從王厚敏身後站出來，正要說話，就聽裴文宣從袖中拿出一只髮簪，「顧大人，顧老夫人問您，何日歸家呀？」

看見這髮簪，顧子淳面色巨變，顧子道也失了姿態，急道：「你把我夫人怎麼了！」

「顧尚書不必驚慌。」裴文宣悠悠收起髮簪，溫和一笑，「現下王夫人、蘇家主，都帶著各位家中親眷在公主府做客，我已吩咐好屬下好好招待，當然禮尚往來，各位大人如何招待我和殿下，公主府的人就如何招待他們，想必諸位都是守禮之人，不會太為怠慢。」

「我爹在你那裡。」蘇容卿盯著裴文宣，冷聲開口。

裴文宣笑了笑，聲音溫柔：「你全家都在我這裡。」說完，他便拉著李蓉，大搖大擺走向被綁在牆角的福來，抬手一劍斬了福來身上的繩子，扶著他站了起來。

扶他起來時，低聲吩咐了句：「若蕭乾與大臣起衝突，讓人殺一個。」

他說得很快，聲音很小，從他扶著福來的角度，誰都沒意識到這短暫的交談。

福來面色不動，裴文宣把人扶起後，語調中帶了些歉意：「公公受累。」

福來微微一笑，面上不驚不懼：「大公子客氣。」

「諸位，」裴文宣扶起福來後，轉頭看向眾人，「殿外風寒雪冷，不如入殿一談？」

「裴文宣你少廢話，」王厚敏急聲，「有話就說，少在這裡拖延時間。」

外面攻城聲是懸在眾人心上的刀，它搖搖欲墜，似乎隨時都會落下來。

眾人心中都有些不穩，進退都拿不定主意，叱喝裴文宣，也不過就是在給自己一個時間，想清楚到底要如何。

裴文宣輕輕一笑，吩咐福來去給李蓉找個凳子，福來應了一聲，便退了下去。

旁人想攔，裴文宣提了聲：「看來諸位是不打算好好對待我和殿下呀？殿下如今有孕，你們還讓她這麼站著，是不想談是嗎？」

眾人一時僵住，福來便退了下去。

等福來離開，裴文宣轉過頭，看向王厚敏：「其實我此番前來，並非與諸位為敵，相反，我是來給諸位幫忙的。」

「幫忙？」顧子道皺起眉頭，「裴大人此話何解？」

「諸位如今腦袋都在斷頭臺上，」裴文宣抬手往脖子上一割，「我來給諸位大人送個主意，至少留個全屍。」

「裴文宣！」

王厚敏一時大怒，裴文宣瞬間冷了臉色，高聲大罵：「一群亂臣賊子、國之蛀蟲，對上愧於君、對下愧於民，如今太子殿下大軍入城，爾等若束手就擒，還有一線生機，否則爾等九族夷平，也難消其罪！」

「將他拿下。」

蘇容卿抬手冷聲，士兵往前湧上，裴文宣從胸前猛地抽出一只煙花，指著眾人大喝：「我看誰敢！」

「以此為信，若我與殿下今日葬身此處……」裴文宣冷眼看著眾人，「爾等三族，為我陪葬。」

在場三族臉色十分難看，但早早出城的其他世家卻顧不得這些，崔彬提步上前，急道：「各位大人，如今太子殿下已經攻城，當斷則斷，若是婦人之仁，是誰都保不住的！趕緊將兩人綁了，找到陛下，拿到遺詔，速速出宮才是！到時留得青山在、不愁沒柴燒，我等各家齊聚，再舉事不遲！」

說話間，一個侍衛趕了回來，低頭和蘇容卿說了幾句。蘇容卿聽聞，眉心舒展開來，轉頭看向崔彬：「崔大人不必擔憂，太子攻城並非有大軍救援，不過就是一群疲倦之軍，不到一萬人馬，強弩之末罷了。」

眾人面面相覷，蘇容卿抬眼看向裴文宣：「裴文宣，勿作無用之功，束手就擒吧。」

「蘇容卿，」裴文宣盯著他，「你可真是冥頑不靈。明明有路你不選，非要往死路上走。」

「選？」蘇容卿聽到這話，低聲笑開，「我何曾有過路可以選？我生來就是蘇家少家主，我生來就走在這條路上，你讓我怎麼選！」

「那我給你選。」裴文宣平靜開口，他轉頭看向眾人，「諸位，打開天窗說亮話，今日太子之所以會提前離宮，我之所以埋伏在城中綁了諸位族人，其實都是因為有人通風報信，將各位計畫提前告知。」

「誰？」

王厚敏皺起眉頭，裴文宣笑了笑，抬起手來，指向蘇容卿，「就是他蘇氏的大公子，蘇容華。各位，蘇氏根本不想參與此事，蘇氏何等清貴之族，幾百年從未參與過皇室之爭，諸位以為蘇容卿代表的是蘇家的立場嗎？不，從來不是！」

「將他拿下！」

蘇容卿大喝出聲，然而這一次，卻是王厚敏攔住：「慢著！」

說著，王厚敏盯著裴文宣：「你繼續說。」

「蘇容卿毒害蘇相拿到家主令，蘇大公子連夜出逃，早已經趕往天守關，說服了蘇將軍協助太子清理亂賊，以表忠心。今日叛變，各位跟著蘇容卿一路走到黑又有什麼用？蘇氏只有他蘇容卿一個人叛變，各位聽他的話搭上全族有用嗎？倒不如聽在下一句，此時投誠，還來得及。」

「投誠？」顧子道聽得這話，不由得反問了一句：「如何投誠？退出宮城嗎？」

「諸位謀逆，若僅是退出宮城就免受處罰，天下豈不紛紛效仿？」

「那你是要？」

顧子道皺起眉頭，裴文宣輕輕一笑，「交稅。」

「柔妃娘娘之前提出政令，實為陛下之心願，諸位不妨順著陛下的意思，交稅納貢，改推舉制為科舉制，討陛下一個歡心，也算給陛下一個臺階，不予處置各位，這樣一來，豈不是皆大歡喜？」

在場人都不說話，片刻後，王厚敏笑出聲來，轉頭看向一旁的蘇容卿：「蘇侍郎，之前你一直說，柔妃娘娘是被太子和裴文宣下套哄騙，老朽心中始終懷有疑慮，如今來看，蘇侍郎還是眼光毒辣，深謀遠慮。」

「我世家立身千百年，」王厚敏盯著裴文宣，「裴文宣，我怕你是忘了，李氏，」王厚敏壓低了聲，「原不是天子。」

「那王大人的意思是，」裴文宣笑了笑，「這條路，你們不選囉？」

「若是選，」顧子道抬手撫上鬍鬚，「我等就不會在這裡了。不過，裴大人有一點說的是，」顧子道轉頭看向蘇容卿，「蘇大人，蘇氏到底是什麼立場，還望蘇大人，表個態？」

蘇容卿聽顧子道的話，便明白他們的意思。

他們面上堅定，也不過只是做個樣子給裴文宣看，裴文宣的話，始終落在他們心底的。

誰都不傻，李川跑得這麼合適，李明至今未死，這個局勢，若是蘇家的軍隊沒來，那就是死。

最後不過是拿個遺詔，留一個人和留一批人並無差別，他們需要的是蘇容卿的表態。

蘇容卿低頭笑了笑：「各位大人先出宮城看看情況吧，我留在這裡，等拿到遺詔，再和大家見面。」

「那再好不過了。」其他人聽得此話，便放下心來。

他們先出宮，無論後續發生什麼，至少有一條活路。

說完之後，眾人便急切跑出去。

蘇容卿轉過頭來，看著站在李蓉身前的裴文宣，兩人靜靜對視片刻，蘇容卿聲音平靜：「我知道你不會點手裡的煙花。」

「哦？」

「你不是這種人。」

「那你就看錯了，」裴文宣眸色帶著冷，「我為了殿下，什麼都做得出來。你有家人，我也有。」

蘇容卿沒有說話，他看著裴文宣的神色裡，帶了些許羨慕，些許苦澀。

「希望你說話算話。」

「那你大可試試，來人，將他們拿下！」

蘇容卿下令，侍衛再無顧忌，朝著兩人就衝了過去。

裴文宣得見情況，急忙將煙花交到李蓉手中，在旁人將劍砍下的前一刻，一把將她推入大殿。

李蓉尚未反應過來，就看大門轟然關上，隨即就聽劍砍在大門上和裴文宣高喝「關好門」的聲音。

李蓉急急拍打大門，大聲叱喝：「蘇容卿，停手！你蘇家的兵馬不會來了，僅憑現在內宮一萬人馬和王家的一萬人你們贏不了！蘇家的軍隊能不能來，他們不知道，你還不知道嗎？你現下停手，我保你一命。」

「殿下，」蘇容卿看著守在宮門前，帶著少數兵馬和人廝殺著的裴文宣，聲音很淡，「只要妳改制，這天下就會有千千萬萬個容卿。我只要拿到遺詔，便可再組世家之盟。殿下好好待著，別捲入紛爭，傷著自己。」

說完之後，蘇容卿便要離開，李蓉聽他的話，忍不住嘶吼出聲：「你阻撓改制是為了穩定江山以免戰亂！你今日把遺詔帶出去，大夏戰亂就不會停了！」

聽到這話，蘇容卿頓住步子，他背對著李蓉，神情有些恍惚：「那殿下還要改制嗎？」

李蓉愣了愣，蘇容卿在一片殺伐之聲中，聲音異常清晰：「殿下，只要妳不改制，遺詔永不會顯世。」說完，蘇容卿便提步往前。

李蓉忍不住大吼出聲：「蘇容卿你還清楚你在做什麼嗎！你才是大夏百姓禍亂之根本，你才是這世上的大惡！你不承認是因為你沒辦法面對，但是你可以回頭啊！」

「過往是過往，新生是新生，蘇容卿你為什麼要一直活在過去走不出來！」

「現在是新的世界了，我是新的李蓉……」李蓉聲音裡帶了些茫然，「你為什麼不能當新的蘇容卿呢？」

拋卻世家教誨。

拋卻過往認知。

拋卻信仰與堅守。

當一個嶄新的蘇容卿，為什麼不可以呢？

李蓉不明白。

而蘇容卿走在長廊上，他聽著李蓉每一句話，他身上肌肉微微發顫，可他逼著自己，不要回頭。

他沒有路，他不能回頭。

砍殺聲還在繼續，李蓉坐在黑色大理石地板上，聽著外面廝殺的聲音。

她抬手摀在自己肚子上，她用這生命的力量，汲取著冷靜和堅韌。

再等一等。

裴文宣不會有事。

他會活著，會好好活著。

李蓉的手一直在抖，她第一次意識到這麼深刻的無力和惶恐，她不害怕死亡，不害怕失去，唯一這麼讓她害怕過的，竟然是另一個人生命的終結。

她聽著刀劍揮砍，聽著外面的砍殺，她彷彿是被人按在水裡，往無盡深淵而去。

而這時王厚敏等人也到了宮門前，蕭乾見他們一起出來，不由得皺起眉頭：「諸位大人是打算去做什麼？」

「蕭將軍，」王厚敏等人笑了笑，「現下就剩遺詔未取，我等先回府看看家人情況，等蘇大人取了遺詔，我們再做匯合。」

蕭乾聽得王厚敏的話，他盯著他，外面是攻城的震天喊聲，蕭乾目光帶冷：「你們怕不是捨了我二姐跑了吧？」

聽到這話，王厚敏臉色頓時有些難看：「你這是什麼話？我等為柔妃娘娘鞠躬盡瘁，還不夠誠心嗎？」

「若是誠心，當與我蕭氏同生共死才是。」

「蕭大人的意思，」顧子道冷著聲，「是打算把我等都囚禁於宮中，與柔妃娘娘綁在一塊了？」

「正是。」蕭乾點了點頭，毫不遮掩。

大臣身後的侍衛瞬間拔劍，蕭乾的人也拔劍相對，兩方劍拔弩張，蕭乾乾脆道：「今日，你們要出去只有兩個辦法，跟著我蕭氏活著出去，或者躺著抬出去。還望各位大人不要不識抬舉。」

蕭氏本為寒族，世家之人哪裡容得他們如此羞辱？王厚敏冷笑一聲，抬手道：「闖！我就不信，他當真敢殺了誰！」

「你敢！」蕭乾聽到王厚敏這樣嘲諷，瞬間拔劍，「你再上前試試！」

王厚敏不管不顧，領著人徑直上前，也就是這時，後方傳來一聲尖叫，也不知是誰先動手，便見血濺滿地。

「殺人了！」有人受驚，大喝出聲，蕭乾面色巨變，其他人也在短暫驚愣之後，瞬間反應過來。

「殺出去！」王厚敏驚慌大喝，一時之間，眾人不知為何，突然交戰起來。

「喂，」裴文宣看著遠處亂起來，他朝著面前和他廝殺得士兵大喊了一聲：「你們主子出事了，還不去幫忙！」

裴文宣這一喝驚住一批人，除了蘇氏原本的士兵外，其他人短暫猶豫後，都轉身朝著宮門衝了過去。

宮門前殺成一片時，華京終於被徹底攻破，李川領著人一路往前，上官雅站在城外，一面擊鼓，一面看著李川兵馬消失在視線盡頭。

這時，一面繡著「王」字旗的軍隊從遠方而來。

對方來的人不少，從山坡而下，帶來轟隆之聲。

看見旗幟，侍衛急急勸阻上官雅：「上官大人，王家的援軍到了，我們先趕緊撤吧。」

「不行。」上官雅目光不動，看著那遙遙本來的軍隊，她站在戰車之上，終於放下手中戰鼓，抬手拔出長劍，看著軍隊奔來的方向，高喝出聲：「退者當斬，迎戰！」

上官雅不退，早已經斬了糧草沒有退路的士兵也不敢退。

上萬士兵朝著城門前的兩千人疾馳而來，在清晨中，塵煙飛揚，地面顫動，上官雅心跳得飛快，眼看著軍隊越來越近，她的手忍不住顫抖起來。

她一貫被教導為家族而生，她人生頭一次，覺得命運在自己手中。

哪怕她選擇的，是赴死，而非向生。

但就算到了這一刻，她都沒有覺得有所後悔。

甚至有種難以言喻的酣暢，這世間，有自由與尊嚴，遠高於生命。

她呼吸越發急促，在兩兵相交僅只有不足十丈時，她突然聽見人群中傳來一聲高呼：「還有！還有軍隊！」

上官雅驟然回頭，便看見身後山頭，「蘇」字旗飛揚而起，青年一身玉色華服，手提長劍，馬懸彎弓，攏著晨光，朝著戰場一路而來！

上官雅忍不住笑起來，也就是這一刻，旁人傳來一聲：「小心！」

話音剛落，她便被人一把推開，兩軍瞬間相交，上官雅滾落在地，她拚了命揮砍長劍，朝著駕馬而來的青年奔去。

而對方也明顯看見了她，一路穿過人群，朝著她衝來。

上官雅從未有一刻覺得這麼清醒，她在人群中大喊著對方的名字：「蘇容華！」

她髮髻為了躲過兵刃被削散開去，她在殺伐環繞之中，一路衝得毫無遲疑。

眼見著那人越來越近，越來越近，直到最後一刻，他朝她伸出手來。

她仰望著馬上青年，也急急伸手。

他握住她那一瞬間，彷彿是傳承了兩世的夙願，終於在那一刻達成。

蘇容華將她一把拉到馬上，上官雅還未說話，就聽他一面駕馬往華京城疾衝，一面安撫著她：「別擔心，我已和堂兄說清楚，我帶兵過來增援，他去通知家裡，給秦臨放行。」

「你們……」上官雅一開口，就帶了顫音，她緩了片刻，才鎮定下來，「決定好了？」

蘇容華沒說話，他攬著她，帶著兵衝進華京，駕馬奔馳在御道之上時，他看著這個熟悉的華京，緩聲道：「好了。」

「我會向殿下請旨，帶著蘇氏退回家鄉，所有土地人口同常人一般繳納稅賦，以換容卿一條性命。」

上官雅聽得這話，也不奇怪，她在他懷裡仰頭看著他，青年帶著少有的認真，讓他整個人有了幾分過往未曾有的堅毅。

「到現在了，」上官雅聲音很輕，「你還要救蘇容卿麼？不救他，你們蘇氏也算功臣。」

「這世上所有人都可以放棄容卿，」蘇容華聽到這話，聲音很平靜，「獨我不能。功臣不功臣也無所謂，唯一可惜的是——」

蘇容華頓了頓，好久後，他似乎才調整了情緒，故作無所謂笑起來：「以這樣的身分，怕是不能和上官小姐提親了。」

上官雅沒說話，她只是注視著蘇容華。

笑意再不到眼底。

華京那位只問風月的貴公子，終究是不見了。

等待是人生最漫長的事。

尤其是無力的等待。

李蓉也不知道自己等了多久，終於聽見門口傳來巨大的喊殺之聲，而後又是許久，外面聲音突然都安靜下來。

大門轟然打開，她看著完好無缺站在門口的裴文宣。

他身後站著李川、荀川和一干援軍，裴文宣見她鎮定站在大殿，不由得笑起來，正要開口，就看李蓉突然朝著他衝了過來，一把死死抱住他。

這是她頭一次在他面前，露出這麼脆弱的姿態。

隨著這個擁抱，感覺有一堵無聲的牆轟然坍塌，裴文宣低頭看著李蓉，他竭力控制情緒，抬手輕輕擁抱住她，輕聲道：「妳先去安全地方休息，我去找蘇容卿。」

「我也去吧。」李蓉知道此刻也不是說話的好時候，其實裴文宣活著，一切也就還好。她放開裴文宣，抬頭看了一眼李川和荀川，不由得道：「藺飛白呢？」

「先帶兵去內宮救駕。」

「秦臨呢？」

李蓉提步直接往內宮趕去，轉頭問向荀川，荀川壓低了聲：「秦將軍受了些傷，但並無大礙，此刻與蘇氏陳軍對陣，特派屬下領一萬兵馬提前攀過雪山而來。」

荀川幾句話將情況說清楚，李蓉點點頭，只道：「辛苦了。」

「為殿下，」荀川抬眼看她，滿眼真誠，「不苦。」

李蓉領著眾人往內宮疾行時，寢宮之內，柔妃將李明按在桌上：「玉璽在哪裡？」

李明不說話，他閉著眼睛，蘇容卿和華樂在屋中到處翻找，蘇容卿一時也有些急了。

他得找到玉璽，他必須找到玉璽。

外面傳來廝殺之聲，蘇容卿瞬間抬起頭來，看向柔妃：「李川人來了，快！」

柔妃得話，咬牙取刀，貼在李明脖頸上：「你不是說要把皇位傳給誠兒嗎？你不是說愛我嗎？玉璽呢？拿出來！」

「朕的位置，」李明神色很淡，「我可以給，妳不能要。」

看著李明的神態，哪怕是到此刻了，他還這麼高高在上的模樣，柔妃忍不住顫抖起手：「在你心裡，我也好，誠兒也好，華樂也好，根本就算不上什麼東西。」

李明抬起渾濁的眼，冷冷看著她。

「我們低賤、卑微，不過就是個費盡心力討你喜歡的玩意兒。你厭惡世家的高高在上，可你打從心裡，愛的也是那份高高在上。」

「妳閉嘴。」李明聽到這話，面上頓時帶了些怒意：「妳做這些事，還想要朕的皇位？妳做夢！」

「做夢？」柔妃笑起來，「是，我做夢，我做夢夢了很多年了。」

柔妃說完，手起刀落，一刀便斬在李明手指上。

李明痛苦嚎叫出聲：「賤人！」

聽見李明的叫聲，柔妃突然有種說不出的暢快，一時之間，竟突然覺得，有沒有玉璽已經無所謂了。

終歸已是窮途末路。

此刻她在乎的是把李明踩在腳下。

九五之尊，眾人俯首之人，被她淩虐。

好似這樣的行徑，就能縫合被他人鄙夷、被他人嘲諷、被他人踩在腳下時的屈辱。

「玉璽。」她抬手削了李明背上一塊肉，李明叫罵，蕭柔一面削，一面又忍不住落淚，反覆叫著：「玉璽，把玉璽給我。」

「誠兒要登基。」

「我要當太后。」

「華樂要當長公主。」

「我蕭氏，要成為這大夏最頂尖的貴族！玉璽！給我玉璽啊！！」

「在那裡。」李明終於不堪忍受，嚎叫著指向地板一個格子：「別再碰我，」他急急喘息著，「玉璽在那裡。」

聽得這話，蘇容卿趕緊上前，按著李明指的方向打開地板，便見一個玉盒放在裡面。

蘇容卿趕緊把玉盒取出來，將玉璽從裡面拿出，將懷中遺詔掏出來印下玉璽。

也就是在印下那一剎，大門轟然打開，李蓉領著眾人疾步而入，蘇容卿一把抓起遺詔，轉頭就朝著窗戶跑去。

裴文宣反應最快，只道：「我去追。」

說完，裴文宣就跟著蘇容卿消失在窗口。

蘇容卿一走，便帶走了一大批人，李蓉抬起頭，就看見李明坐在椅子上，柔妃用利刃抵在李明脖頸上，華樂站在她身邊，身體微微打顫。

「放我們走。」

柔妃冷靜開口，李蓉神色平靜，她揮了揮手，荀川便應了一聲，領著人退了下去。房間裡就留下李蓉和李川，李川拉了凳子，讓李蓉坐下，而後立在她身後不言，李蓉優雅坐在位置上，笑著看著柔妃。

柔妃抓著李明的頭髮，看著這樣的李蓉，不由得帶了幾分恐懼。

李蓉笑了笑，輕輕抬手：「動手啊。」

「李蓉，」柔妃咬牙，「這是妳父親。」

「父親？」李蓉低頭笑起來，「這也是華樂的父親，妳的丈夫，怎麼就獨獨只是我的父親？妳動手，與我何干？」

「打小，他最寵愛的兒子是李誠，最愛的女兒是華樂，真心愛過的女人是妳，如今妳要殺他，和我說這是我父親，讓我放你們走？」李蓉似覺好笑：「妳是覺得我軟弱可欺，還是愚昧無知？」

「妳想動手就快點，妳這裡抹了他脖子，我好趕緊讓川兒登基。沖妳這份功勞，我留一個全屍。」

「母親。」聽到這話，華樂一時有些慌了。

她看了看蕭柔，又看了看李蓉，而後也不知怎的，她突然就跪了下來。

「殿下，」她顫抖著聲，眼裡全是祈求，「求求您看在同為李氏血脈的份上，放過我。我是您的妹妹，您今日放了我，我保證，以後我再也不和您爭執，我永遠是您最忠心、最孝敬、最聽您話的妹妹。」

「以往我錯了，」華樂說著，跪著往李蓉爬過去，「妳原諒我，求求妳，原諒……」話沒說完，劍「噌」的一聲，便落在了華樂面前，華樂愣了愣，她呆呆抬頭，就看李川冷眼看著她：「離我姐遠點兒。」

聽到這話，柔妃突然笑了。

「兒啊。」她喚華樂，「看明白了嗎，求饒是不會有任何結果的，我們這樣的人，一輩子都不能求饒。」說著，她放下李明，朝著華樂走去，她似乎是想去扶華樂，然而她的眼睛，卻一直盯著李蓉。

「妳說得不對，其實妳該在乎他的。」

「他不愛我，也不愛誠兒，更不愛華樂。我們在宮廷裡，就是他眼中的汙點、爛泥。只是他需要我們，利用我們。」

「他從來沒想過我為修北燕塔。」

「他從來沒有給我一點尊重。」

「他從來不在我面前克制脾氣，想打就打，想罵就罵。」

柔妃停在李蓉面前，她看著李蓉，慢慢笑起來：「我忍了他一輩子，等了他一輩子，愛了他一輩子。可是他不在意我，就因為，我出生卑賤，我是個奴才，而妳母親出生高門貴族，她生來就流著上官氏的血，她永遠不會犯錯，她必須得到尊敬。」

「可憑什麼？」柔妃盯著李蓉：「憑什麼，你們生來就是人上人？而我，生來就要被踩在泥裡。這上天公平嗎？」

「不公平。」

李蓉果斷開口，柔妃愣了愣，李蓉聲音很輕：「所以，妳該爭。只是不是有一個合理的理由，就可以肆無忌憚作惡。」

「我同情妳，」李蓉靜靜審視她，「可我不能支持妳。」

「同情我？」柔妃聽到這話，忍不住笑起來，「是了，你們這些人，是該同情我們。我該好好感謝，平樂殿下給的這份……」柔妃說著，抬起眼來，目露冷光，出聲的片刻，她往前一邁，手中匕首急刺而去！

也就是那一刻，羽箭從窗戶猛地射出，瞬間貫穿了柔妃的頭顱！

柔妃的血噴灑在華樂身上，也濺在李蓉臉上。

李蓉面無表情看著柔妃倒在地上，華樂在短暫失神後，突然尖銳的叫出聲來。

她瘋狂大叫，在血泊裡一面叫一面後退，而後瘋瘋癲癲衝到門前，打開大門衝了出去。

片刻後，驚叫聲戛然而止，李蓉看著倒在地上的柔妃，感覺她的血浸潤鞋底。

她看了很久，輕聲開口。

「願來生，妳生在一個更好的世界。」

一個不問出身、不問血統，無論男女，每個人都能得以尊重，能透過努力往上，獲得更好人生的世界。

李蓉說完之後，她抬起眼，看向對面的李明。

他身上的龍袍已經被血染透，父女靜靜對視。

許久之後，李明虛弱開口：「不殺我嗎？」

李蓉想了想，站起身，轉過頭去：「好好休息吧，我叫太醫過來。」

「為什麼不殺了我！」

李明見李蓉似是毫不在意轉身，他忍不住低吼，李川轉頭，看見站在門口的李蓉。

李蓉目光落在倒在雪地裡的華樂身上，她看了很久，輕聲道：「你罪不至死。」

「你不是個很好的父親，也算不上一個好的君主，如果是以前，我想殺了你，但有一個人教會我，記住一個人的好，比記住一個人的壞更重要。總是記住惡，久了，就不記得自己的善了。」說著，李蓉抬眼，深吸一口氣：「況且，你也不需要我動手了吧？」

「父皇，好好休息吧。」李蓉說完，便推門走了出去。

等出門後，她轉頭看向旁邊荀川：「裴文宣呢？」

「據說在未央宮。」

「你守在這裡，陪著川兒，別離他半步。」

李蓉吩咐完，便提步走了出去。

李蓉往未央宮趕去時，裴文宣提劍走在未央宮最裡間的寢室中。

他追著蘇容卿一路趕過來，侍衛都在宮外廝殺，此刻未央宮中，就他和蘇容卿兩個人。

蘇容卿會選擇未央宮逃竄，必然是因為未央宮有著出去的密道，上一世上官雅坐鎮中宮這麼久，蘇容華自由進出宮中，必然是有著什麼特殊的進出方式。

未央宮最裡的房間，光透過紗窗進來，形成一片昏暗之色，輕紗在風中飄揚，繡著山水人物的屏風隔在房間，外面砍殺不斷，房內卻靜得連滴水聲都能聽出來。

蘇容卿就在這裡。

裴文宣知道，但他卻不知他藏匿於哪個位置。

而蘇容卿也是如此。

他們雙方藏在暗處，一面觀察周遭，一面隱藏身形。

燈花突然爆開，裴文宣突然間看見屏風上落出一個身影，他長劍直刺而去，對方也明顯發現了他的存在，兩把劍同時刺過屏風相交，而後一路劃過屏風，橫切上方山水墨畫，一路抵達盡頭之後，裴文宣手腕一壓，劍便直接壓著蘇容卿的劍抵了過去！

然而蘇容卿反應極快，長劍一挑便從旁邊一腳踹去，隨後趁著裴文宣躲擋，旋身一劍直接砍下！

屏風被兩人撞翻在地，兩人的劍狠狠衝撞在一起，面對面相交之時，裴文宣清晰看見對方眼中冰冷的殺意。

裴文宣輕輕一笑：「素聞蘇大人學院考校年年魁首，未有一門不拿第一，傳言果然不假，蘇大人當真劍術非凡。」

「承讓。」蘇容卿沒有多言，抬手一掀便急攻揮砍而下！

房間內輕紗飄舞，兩個打鬥的人影若隱若現，兩人劍術不相上下，一時纏鬥得難捨難分。

兩人都算不上頂尖高手，但於文臣之中，也算格鬥有術，長劍砍殺，相抵，既又分開。招招帶著置人於死地的狠勁，不帶半分忍讓。

「你早想殺了我。」蘇容卿察覺裴文宣的殺意，冷淡開口。

裴文宣聞言冷笑：「你第一次給殿下撐傘時，」長劍再一次撞擊在一起，震得兩人都手臂發麻，「我就想殺了你。」

「巧了。」蘇容卿抬手削冠而過，「你和殿下定親當日，我也這麼想過。」

「那我得感謝，二公子不殺之恩。」

裴文宣直取蘇容卿頸前，蘇容卿急急後退。逼到柱前，蘇容卿猛地閃身，裴文宣來不及收劍刺在柱上，蘇容卿順勢朝著裴文宣手揮砍而下，裴文宣急急起劍，一把抓住蘇容卿的手腕，過肩直接將人砸往地下！

蘇容卿手被逼得放開長劍，用盡力氣將裴文宣帶到地上。

雙方都被逼棄了劍，便在地上赤手空拳對毆起來。

這是他們五十年來第一次正面交手，就是生死之間。他們也不多說其他，裴文宣抓著他的頭髮就按著他的頭往地上瘋狂砸下去，蘇容卿雙手抓住裴文宣手腕一折便踹上他腹間！

他們像兩隻野獸，兩個鄉野村夫，完全沒有任何儀態可言，一拳一腳狠砸在對方身上。

外面人似乎越來越多，蘇容卿明顯有些急了，一把鎖住裴文宣咽喉，就往死裡下手。

裴文宣反手掐著他脖子，也不肯鬆開。

「你……你還掙扎什麼……」裴文宣感覺呼吸開始艱難起來：「你走不了，那個假李誠也不可能有用。殿下心意已決，一個遺詔逼不了她。」

蘇容卿不說話，他也被裴文宣掐得難以呼吸，他喘著粗氣不肯放手，聽著裴文宣開口：「你明明有那麼多路選，你就是不肯走。你既然早早重生，你明明可以提親娶她，是你不敢。」

「你明明可以放下，同她一起輔佐李川，是你不願。」

「你明明知道世家有錯，李川雖錯可改，是你不肯。」

「到頭來，你一無所有，還要說你無路可走，蘇容卿，不可笑嗎？」

「可笑。」蘇容卿一開口，瞬間泄力，裴文宣翻身一滾，一腳將他踹開！

兩人翻滾到兩側，迅速翻身而起，跪在地上急促咳嗽起來。

裴文宣先抬頭看他，就見蘇容卿蹲在地上：「可我怎麼辦……我是蘇氏少家主，我怎能置家族利益於不顧。」蘇容卿咳嗽著，抬起頭來，「我已經失去了殿下，我已經什麼都沒有了，我聯絡世家謀反，我把性命壓在上面，如今你們告訴我我錯了？」

蘇容卿說著，笑出聲來：「那我失去的呢？不是白費了嗎？我本來可以迎娶殿下，我可以像我大哥一樣，任性跪在父親面前苦求，去迎娶殿下，可我沒有。我上一世，看著她嫁給你，她出嫁那天，」蘇容卿聲音哽咽，「我跟著她的花車，一直走到公主府。這一世，我親自勸著你去娶她。我為你迎親，我親手把你交給她，就是因為我選了這條路。」

「我已經放棄了我最寶貴的東西，」蘇容卿盯著裴文宣，「我不可能錯。」

「你記住一件事，」裴文宣聲音平靜，「殿下，不是你放棄的，是我爭取的。無論你選擇爭與不爭，」裴文宣定定看著她，「殿下，都是我的殿下。」

蘇容卿聽到這話，沒有說話。

兩人靜靜對視，裴文宣站起身來，抬手拔了還刺在柱子上的長劍：「你記好。」

「你錯了，就得認。」

「她愛我，你得滾。」

「這輩子，你不管活著死了，都別想接近殿下，」他用劍指他，「一分一毫。」

話音剛落，裴文宣抬手揮砍而去，蘇容卿就地一滾直接取劍反手抵住。

劍與劍相交之聲響徹房間，這一次，兩人都拚盡全力，彷彿是被什麼激怒，不管不顧揮砍向對方。

輕紗被砍得四處飄落，屏風損壞大半，外面聲音越來越少，直到最後，隱約聽見李蓉一聲詢問：「人呢？」

李蓉聲音出現那剎，蘇容卿手上一抖，裴文宣劍直接擦著他的劍貫穿他的胸腔。

鮮血緩慢流出，兩個人都停了動作。

李蓉推門而入，就看見房間之中，裴文宣的劍抵在蘇容卿心口。

李蓉入內，裴文宣迅速抽了劍，蘇容卿直接滑落在地上，靠著柱子，看著走來的李蓉，輕輕喘息。

李蓉看著這個熟悉的人狼狽的模樣，她一時竟不知是該怨恨還是傷懷。

她走到蘇容卿面前，緩緩蹲下身子，蘇容卿一雙眼全落在她身上。

「結束了。」她看著他，聲音很平靜。

蘇容卿聽到這句話，緩慢笑起來：「殿下來了，我很高興。」

「道個別吧。」李蓉看著他，似如看一個舊友，帶了憐憫和悲傷。

蘇容卿看著李蓉的目光，他喘息著，最後，也只問：「殿下，一定要，改制嗎？」

「一定要。」李蓉肯定回答，「我希望，這世間，再也不要有弘德和蕭柔。」

「我也希望，這世間再也不要有上一世的阿雅、蘇容華、你、我、我父皇、母后、謝蘭清……」

「不要用冠冕堂皇的話，遮掩吃人的事實。人是人，所有感情，所有權力，都理應尊重。」

蘇容卿沒說話，他定定盯著李蓉。

李蓉等著他，好久後，他顫抖出聲：「世家最大之爭，在於嫡庶。」

李蓉沒想到最後蘇容卿最後的道別，居然是這個，她愣了愣，隨後就聽蘇容卿看著她，輕聲開口：「殿下，我從未想過害妳，我一直希望，您能過的好。」

「哪怕是和裴文宣在一起，」他笑起來，「都要過得好。」

「我重生回來，沒有求親，不是因為懦弱，是我知道，妳喜歡他，也知道，我害了妳，而且，我要殺李川，妳也不會原諒我。」

「我阻止妳建督查司，是世家強大，我不希望妳受到威脅。」

「北燕塔上求親，」蘇容卿輕輕喘息，他不敢眨眼，他怕每一眼都是最後，他用盡全力，艱難開口，「也是因為，世家欲驅逐殿下出華京，我以為裴文宣死了，殿下與朝廷賭局輸了，唯一能保住殿下的辦法，就是用蘇氏身分為殿下求一個人情，並非，特意冒犯。更非，趁人之危。」

「我知道。」李蓉有些沙啞，垂下眼眸。

蘇容卿笑起來，他看著她，許久，他費盡力氣，從袖中取出一把灑金小扇。

「這是，山崖那夜，殿下落下的。」蘇容卿抬手交到李蓉手中：「我本想，偷偷藏著，最後，還是得交還殿下。」

一如他這份心意。

本想長久的放在心裡，誰都不打擾，誰都別知道。

可到最後一刻，他終究還是個普通人。

李蓉低頭看著手中的小扇，並不出聲，蘇容卿端詳她，好久後，他顫著聲，充滿期盼，又全是絕望：「我心悅殿下。」

李蓉手上一僵。

這是兩輩子，他頭一次說這句話。

「十二歲，御書房前初見，」他眼裡帶了眼淚，「我便心悅殿下。一輩子，兩輩子，獨愛殿下。」

李蓉得這話，她也不知道為什麼，就覺眼眶酸澀。

她點點頭，算做知道。

蘇容卿見她的模樣，溫和笑起來：「殿下，這一世，過得好嗎？」

「好的。」李蓉啞聲開口，「很好。」

「那就好。」蘇容卿點頭，「我也放心了。」

「殿下，」裴文宣走到李蓉身邊，扶起她，「莫要蹲得太久。」

李蓉應了一聲，由裴文宣扶起來。

「走吧。」裴文宣低聲開口，李蓉點頭。

兩人相伴相扶，往外走去，走了沒幾步，李蓉突然頓住腳步，她回過頭來，看向蘇容卿：「容卿，」

她看著他，好似和朋友分享某個喜悅的消息，「我有孩子了。」

蘇容卿愣了愣。

他驟然想起，上一世的李蓉，最大的遺憾。

她常說起孩子，那是他們的痛苦。

也就在這一刻，他終於清楚知道，她真的過得好，和上一世不一樣。

他笑起來，點頭道：「好，容卿，恭喜殿下。」說著，他艱難起身，看向裴文宣：「裴公子，能否勞煩您，」他抬手，指向邊上放著的一把琴，「我想為殿下，奏最後一曲。」

裴文宣點頭，放開李蓉，去為他取了琴。

將琴放在蘇容卿面前時，他又放了兩瓶藥。

「我知道，你一心想死。今日之後，蘇容卿就死了，你也不用再痛苦了。」

「未來你不是蘇少主，你走出去，願你成為貧寒之人，歷經窮困困難，再用你所能造福於世，等死的時候，才算兩清。」

蘇容卿聽得這話，他看著裴文宣，輕笑出聲：「在下牢記。」

裴文宣點點頭，便站了起來，起身之時，彷彿是不注意一般將燭火拂到地上。

火舌舔舐地上的輕紗，裴文宣轉身離開，他走到李蓉身邊，抱著李蓉的肩頭。

李蓉被他攬著，兩人一起往前走。

蘇容卿轉眸看了一眼旁邊升騰起的火焰，好久之後，撥弄了第一聲琴弦。

李蓉聽著身後響起琴聲，她沒有回頭，他們兩個人在一起，一起離開了這份過往。

等他們走出來時，火已經燒起來了。

李蓉背對著未央宮站在庭院，聽著裡面的〈歡相送〉。

一首很短的送別曲，輕快又美好。
他為她彈了很多年琴，這是最後一曲。
失了雜憂掙扎，也算無遺憾。
琴聲和火焰燃燒的劈裡啪啦聲交雜，李蓉靜靜站在門口，直到琴聲停了，她才轉過頭去，看見那已經徹底燃起來的未央宮。
她看了很久，裴文宣就靜靜等著。
等了許久，李蓉回過神來，她提步往前，似是什麼都沒發生過一般，只道：「走吧。」
兩人走了沒幾步，就看蘇容華急急忙忙衝了進來。
一進院，見已經燒起來的未央宮，他愣了愣，慌忙上前，裴文宣一把攔住蘇容華，急道：「蘇兄！裡面危險！」
「容卿是不是在裡面？」蘇容華滿臉驚慌，「是不是？」
「蘇容卿在裡面？」
上官雅追進來，聽到蘇容華的話，趕緊詢問，李蓉點了點頭，只道：「人已經沒了，進去也就是送死，走吧。」說著，李蓉便往外走去，蘇容華聽著李蓉的話，愣愣看著大火，驟然跪在了地上。
寢宮之內，李明被大夫環繞，在眾人慌亂的之中，他慢慢閉上眼睛。
李川站在床榻前，聽御醫顫抖著哭喊出那一句：「殿下，陛下……駕崩了！」
他沒說話，他靜靜看著，好久，他啞著聲，遣退眾人。

眾人出去，合上大門，獨留著荀川，站在李川身後。

他一步一步往前，跪在龍榻前，握住李明蒼老的手，輕輕抵在額間。

他聽清李明最後一句話了。

他說，對不起。

李明駕崩的消息很快傳來，李蓉聽了，也就只是點了點頭。

而後她便轉身，漫無目的往前走。

裴文宣就走在她身側，隨著她一起往前。

他們倆一直沒說話。

已經徹底靜下來的皇宮，宮人陸續出來打掃積雪，他們倆走在一起，肩並著肩，衣袖摩擦。

走著走著，也不知是誰先伸出手，在衣袖之下，悄無聲息拉上對方。

那從手間傳來的力量，無形給予著雙方支撐。

李蓉聽著踏雪之聲，她突然覺得，這條路她能好好走下去。

走得很遠，很好，很長。

李明駕崩之後，李川把自己關在寢宮裡關了很久，李蓉知他傷悲，更知這其實就是李川的表態。

他說過會將天下給她，如今就是在給她鋪路。

李蓉也就沒有推辭，她一手接管了朝堂上大大小小所有事，臨時組織了一個小朝廷，先讓蘇容華、藺飛白和秦臨三面夾擊平了蕭肅的叛亂，之後就讓秦臨直接轉向王氏和顧氏地盤，直接夷平兩族，把兩族的錢抄了出來，充入國庫。

等蘇容華、秦臨、藺飛白領兵回來，李蓉鎮住華京，才開始著手準備李川登基大典之事，她把裴文宣叫過來，才說完登基之事，就聽裴文宣遲疑著道：「蘇容卿今日下葬。」

李蓉愣了愣，裴文宣走到她身後，給她取了披風：「畢竟是多年故人，去送送吧。」

李蓉身子不方便上山，只和裴文宣去了蘇家，給蘇容卿上了柱香。

蘇容卿沒有屍首，在宮裡燒成了灰，蘇容華便給他以衣冠下葬。

李蓉過來，蘇容華親自領著李蓉和裴文宣參觀蘇府，一面走，一面給兩人講著蘇容卿小時候的事。

「小時候我不聽話，父親看在眼裡，知道我養廢了，就對容卿嚴加管教。他每日清晨，都要在祠堂前背一遍家訓。每日都要聽父親強調一遍，他是少家主，當以蘇氏興衰，為人生最重要之事。」

蘇容華領著李蓉和裴文宣走過小橋，來到祠堂。

祠堂前燭影綽綽，蘇家牌位陳列在上方。

最新的那個，便是蘇容卿。

蘇容華停在祠堂面前，他看著祠堂，好久後，低啞出聲：「是我害了他。」

若他年少不逃避，能抗爭到底，蘇閔之就不會這樣苛責於蘇容卿。

若他能多教導一下弟弟，蘇容卿便不至於走此絕路。

他站在祠堂前，好久後，才回過神來，笑了笑，便領著兩人往前，頗感抱歉道：「抱歉，一時傷懷。」

「無妨，」裴文宣拍了拍蘇容華的肩，「畢竟是家裡人，再如何，也是家人。」

蘇容華沒有說話，李蓉站在蘇容卿的牌位前，好久後，她看著蘇容卿的牌位，平靜道：「蘇容卿雖然有錯，蘇氏卻也將功抵罪，算作功臣。如今蘇相身體有恙，不知蘇大公子，日後如何打算？」

蘇容華聽得這話，沉默很久，他跪下身去，恭敬道：「我父年邁，欲告老還鄉，微臣願替父親請辭，改日攜蘇氏全族，離開華京，回歸江南。」

李蓉低著頭，好久後，她應了一聲：「回去吧，回去也好。」

說完，李蓉轉過身，看向外面飄灑的漫天白花，喚了一聲裴文宣：「走吧。」

蘇氏離開華京以後，便是李川的登基大典。

在登基大典第二日，裴文宣便帶著聘禮進宮，給李蓉下聘。

李川正坐著喝茶，慢悠悠道：「有事找我姐，我正在做大事呢，別耽擱我。」

「這事必須找您。」裴文宣跪在地上，從袖子裡掏出了一個禮單，「微臣是來向長公主下聘的，還請陛下應允。」

話音剛落，李川一口茶就噴了出來。

於是新朝開始不過兩個月，就迎來了最大的一樁喜事，那位權傾朝野的長公主殿下，又成親了。

新郎還是上次那個。

這次平樂殿下身分更高，而迎娶之人，也已是這大夏最年輕的丞相。

於是兩人的婚禮，比起第一次，更為隆重。

八抬大轎，十里紅妝，舉國矚目。

這一次，裴文宣親自到了宮門前迎接李蓉，他看著宮門緩緩大開，李蓉身著喜服，手持金色團扇，遮住半張臉，跪坐在金雕玉砌的御輦之上。

輕紗飛舞時，隱約見到她的面容，她一雙眼帶著笑，隔著人群，靜靜注視他。

裴文宣忍不住笑起來，抬手行禮，高揚出聲：「臣，裴氏文宣，恭迎鳳駕！」

植梧桐於樹，終得鳳駕而歸。

李蓉遙遙看著裴文宣，隔了兩輩子，她終於看見裴文宣，像一個真正的新郎，懷揣著喜悅和熱忱，來迎接她。

而她也終於像個普通的女子，懷揣以對婚姻的期許，和隱約的不安，坐在轎輦之上，嫁給了那個人。

裴文宣按著禮儀領著她回去，她從宮裡來到公主府，然後持著扇子，坐在公主府的床上，等著裴文宣的到來。

她等了好久，外面吵吵嚷嚷，而後就聽「砰」的一聲響，好似就是門開了。

李蓉抬眼看過去，就見裴文宣站在前面，後面跟了探頭探腦的一大批人。

上一世成婚沒這陣仗，一時倒把李蓉看愣了。

裴文宣也是有些無奈，解釋道：「他們都要來，我就帶著來了。」

「殿下，」上官雅從裴文宣身後探出頭來，高興道，「您介意嗎？」

李蓉得話，抿唇笑了起來，上官雅抬手一擊掌，高興道：「那就是不介意了。新郎官，快，進去。」

上官雅說著，就推著裴文宣進去，李蓉看著一行人跟在裴文宣後面，上官雅、荀川、李川、藺飛白、秦臨……

一干人等，該來的都來了，聚在屋中，吵嚷著讓裴文宣卻扇親新娘子。

李蓉從未有過這樣熱鬧的時候，也不知道怎麼，在眾人哄笑之中，臉就有些熱起來。

裴文宣本和秦臨、藺飛白推攘著，低低叫著：「別擠，你們別急啊……」

一回頭就看見李蓉手持著扇子擋在臉上，低垂著眉眼，一雙眼像是汪了秋水，他一時不由得愣了。

他聲音戛然而止，周邊也就禁聲了。

片刻後，裴文宣聽著耳邊響起了一個青年悠悠詢問之聲：「裴文宣，殿下美不美呀？」

裴文宣根本沒法思考，下意識就點頭：「美。」

霎時間滿堂哄笑開來，裴文宣驟然反應過來，回頭推了一眼藺飛白，似是有些惱了：「你無不無聊！」

藺飛白笑著給他推了一把，旁邊李川催促：「快快快，作詩，我姐拿這扇子多久了，手不瘦啊？」

裴文宣聽到這話，回過頭來，他靜靜看著李蓉，李蓉抬眼看他，旁人將紙筆交到他手裡，裴文宣握著筆，好久後，才落下筆來。

裴文宣寫得很快，李川第一個湊過去看，結果一看內容，臉色就變了。

他憋了又憋，忍無可忍，終於出聲：「大好的成親日子，你寫這玩意兒，你腦子壞了吧？」說著，李川抓了紙筆：「趕緊，重寫。」

看見李川的反應，李蓉便有些好奇了，她輕聲道：「念念。」

「姐……」李川還想再勸，裴文宣卻已經拿起詩詞，低聲念起來。

還記少年春夢裡，轉眼便白頭。

對鏡獨數華髮生，寢冷意難休。

捧酒回想半生事，指南北，問諸侯，頂天立地，壯志已酬。
唯有佳人不復留，
思悠悠，恨悠悠，
若得來生見，海入河江，山崩成丘，

裴文宣念著，抬起頭來，盯著李蓉：「生死不休。」
聽到這話，眾人面色都有些古怪起來。
誰都沒聽過成親之日寫這種詩詞的，正想勸裴文宣再改改，結果就聽李蓉輕輕一笑，挪開了臉上扇子，露出那張精心描繪後美得有些驚心動魄的面容。
「好。」她輕輕應答。
海入河江，山崩成丘，生死不休。
裴文宣聽明白她的回應，低頭輕笑起來。
上官雅見得這樣的場景，忍不住高喊起來：「親一個！來，親一個！」
裴文宣被眾人推攘著上前去，他服了這些看熱鬧的，只能道：「行了、行了，親親親。」說著，他便彎下腰，朝著李蓉湊過去。
明明是已經連孩子都有的人，但是在裴文宣靠近李蓉時，不知道為什麼，兩人都覺得心跳有些快起來。
裴文宣漸漸靠近，李蓉不敢看他，便垂了眼眸，裴文宣的吻落在她面頰上，像是著了火似的，只是輕輕一碰，便迅速閃開。

裴文宣似覺羞惱，親完就回頭，抬手去推人：「行了、行了，親完了，趕緊走吧！」

「新郎急著要洞房花燭夜了！」

藺飛白調笑著裴文宣，裴文宣被眾人笑紅了臉，罵著把所有人都轟了出去。

等他關上大門，背過身來，就看李蓉笑意盈盈坐在床頭看著他。

他突然就覺得自己好像當真是二十出頭的樣子，忐忑走到床邊，有些拘謹坐下，和李蓉隔著床，各自坐在一邊。

裴文宣緩了緩，終於才鼓足勇氣，他往中間挪了挪，靠近李蓉，李蓉見他過來，扭過臉去，看向窗外，故作鎮定道：「還不休息嗎？」

裴文宣沒說話，他像一個青澀無比的少年，手心裡都是汗。

「殿下，」他輕聲喚她，「妳……要不要……和我去北燕塔？」

李蓉聽到這話，有些意外。

她抬起頭，看向裴文宣，裴文宣有些緊張，好像怕她詢問去了做什麼。

然而她笑起來，只道：「你帶我去哪兒，我都願意去的。」

聽到這話，裴文宣笑起來，他趕忙起身，去找了披風，給李蓉披上之後，便拖著李蓉一起跑了出去。

兩人夜裡折回皇宮，裴文宣領著她上了北燕塔的塔頂。

他們都還穿著喜服，盡量躲著人。

等上了塔頂，李蓉出了些細汗，裴文宣忙替她擦著汗問她：「累了嗎？」

「倒也還好。」李蓉扶著腰，抬手放在自己肚子上：「就感覺，他有些重了。」

裴文宣聽到這話，一時緊張起來：「我不該……」

「但我們今日成婚，」李蓉截斷他，「這日子不一樣，當正式些。你帶我來，是想做什麼？」李蓉說著，轉過頭去。

站在北雁塔塔頂，俯瞰著整個華京。

華京今夜並未宵禁，滿城燈火，裴文宣取了一只小煙花，抬手道：「您等等。」

說完之後，裴文宣抬手將煙花扔出去，就聽「咻」一聲響，煙花升上天空，爆出一個小火苗。

李蓉忍不住笑出聲來：「你大半夜帶我上北燕塔，就是為了看這麼小個……」

話沒說完，李蓉一時頓住了。

她看見原本燈火明亮的華京，在一瞬之間，彷彿是收到了什麼信號，所有燈火全都熄滅，變成了一片黑暗。

在這黑暗之中，星光變得格外璀璨，而後就看一盞一盞燈亮起來，在整個華京，彷彿是燃燒的火，拼成了一個「蓉」字。

夜風吹拂著李蓉鬢角的碎髮，她忍不住上前一步，隨後就聽遠處煙花驟然炸響，大朵大朵煙花升上半空，將整個夜晚炸得絢如白晝。

她仰頭看著那些煙花，聽著身邊人輕聲開口：「我說過，我會回來娶妳。」

「八抬大轎，十里紅妝，滿城煙花。」

「讓你費心了。我本也是不在乎這些……」

「我知道。」裴文宣轉過頭，看向她，他目光落著星光，「這是，裴文宣送給他的妻子李蓉的。」

「等未來，他還想送給她的殿下——」裴文宣看著她，說得異常認真：「太平盛世，千里江山。」

話音剛落，最盛大的一朵煙花炸開在夜空。

等那朵煙花炸完之後，上官雅轉過頭，看向城門口的荀川。

荀川身後站著秦臨和藺飛白，他們三個人都牽著馬，準備離開。

這幾人本來早該離開華京，只是為了等著李蓉的婚禮，一直留到現在。

如今喝完了喜酒，也該走了。

上官雅看了一眼三個人，目光最後落在荀川身上：「你們回來都沒多久，又要走，在華京待著不好嗎？」

「華京不屬於我。」荀川看著上官雅，面上帶笑，「走的路多了，就不願意待在一方城池打轉。不過，」荀川想了想，又笑起來，「以後每年我都會進京敘職，到時候，我再找妳和殿下喝酒。」

「行吧。」上官雅點頭，帶了幾分遺憾，「早點成婚，多帶一個人回來。」

荀川抿唇輕笑，只道：「還說我？妳也是。」

說著，荀川掃了一眼藺飛白和上官雅，猶豫了片刻，終究還是知道：「不過我盡量吧。那……」荀川抬眼，看向眾人，「就此拜別？」

「等一下，殿下讓送你一個東西。」上官雅說著，想起什麼來，從袖中取出一份任命牒文，「殿下打算將你冊封為鎮北將軍，讓我將將任命牒文給你。」她將牒文交給荀川，特意囑咐：「看看吧。」

荀川有些茫然，不明白這種東西有什麼好看的，他打開牒文，終於看見三個字——秦真真。

他一時愣住，秦臨看見那三個名字，眼裡也帶了幾分動容。

「替舍妹，」秦臨聲音沙啞，「謝過長公主殿下。」

「走吧。」上官雅抬手拍了拍她的肩：「殿下說了，以後，妳就是妳，為自己活著。」

荀川……

不，拿回了獨屬於自己名字的秦真真，她抬頭看向遠處的北燕塔。

北燕塔上，身著喜服的兩個人，在夜風之中，靜靜擁抱在一起。

「真真，謝過殿下。」秦真真沙啞開口，行了一禮後，也不再多說，乾脆說了句：「就此拜別。」

秦真真翻身上馬，同秦臨一起，駕馬離開華京。

等秦真真、秦臨走後，上官雅看向一旁等著的藺飛白，有些哭笑不得：「他們走就算了，你走什麼？你走了，咱們婚事怎麼辦？」

藺飛白沒有說話，他低頭笑了笑，從袖子裡取出了一副葉子牌。

上官雅也愣了愣，藺飛白將葉子牌交到上官雅手中。

「我不想娶個心裡有其他人的女人。」藺飛白抬眼看她，「反正，咱們其實也就是萍水相逢，我比不上蘇容華，我看得出來，他能為妳死，我可能不能。」

上官雅聽到這個，低頭笑了笑：「你計較這個做什麼，反正他……和我也不可能了。」

蘇氏謀逆在前，蘇容華不可能敢和作為上官家執掌者的她聯姻。

藺飛白笑起來：「別這麼想，他走的時候我去找過他，他和我說了，他如今得承擔起自己大公子的責任，等他安置好蘇家，培養好下一任繼承人，說不定就回來入贅了呢？」

上官雅愣了愣，藺飛白注視著她：「上官雅，妳努力這麼久，就別將就了。我也有我更好的人生，西南的姑娘，又漂亮、又熱情、身材又好，喜歡我的人多得不得了，妳別惦記了。」

「誰惦記你啊？」上官雅哭笑不得，「你可真不要臉。」

藺飛白笑起來，兩人沉默許久，藺飛白終於開口：「再會。」

「保重。」說完，藺飛白翻身上馬，也往遠方而去。

一夜折騰之後，等到卯時，一切又恢復如常。

宮燈逐一點起，大臣們雲集在宮門前，陸續步入廣場。

李蓉站在最前方，與她並列的是還擔任左相的上官旭，其次便是裴文宣，上官雅、崔玉郎、裴禮明等人一路往下。

春初還帶著些許寒意，清晨比冬日亮得早了許多，在天空隱約有了亮色時，就聽太監場合之聲：「跪！」

所有人分開兩邊，屈膝跪下，李蓉身子不便，便只是輕輕低頭。

按著過去的禮制，在這聲「跪」後，皇帝的轎輦便會入內，然後皇帝會踏過御道，步入大殿，踏上玉砌鋪金的高臺，最後坐在高座之上。

然而跪著等了很久之後，都沒聽到聲音，有人好奇抬頭，才看見遠遠有幾個太監，抬著一張雕刻著鳳凰的金椅小跑著過來。

原本該坐著皇帝的椅子上空無一人，只有一道聖旨放在上面。

眾人面面相覷，連李蓉都忍不住抬頭，看見這種景象，皺起眉頭。

太監端著椅子一路跑入大殿，將椅子放到高臺上方，金座旁側。

而後便由福來取了金座上的聖旨和一封信走下來，福來將信交給李蓉，又將聖旨展開，高念出聲：「奉天承運，皇帝昭曰……」

李蓉沒聽清福來的聲音，她看著上面李川的字跡。

阿姐，見信如晤。

見到信的時候，我應當已經出京了。

不必擔心我的去處，我跟隨了一位熟人，想必會照顧好我。

一生困於宮廷，是我最大的苦難，所幸得阿姐相救，阿姐說自己想要權勢，其實我明白，阿姐心中不僅僅想要權勢，也是希望我能遵循本心，過得更好。

李川生於宮廷，承君王之學，卻無君王之心，手中有劍，卻無揮劍之勇。

生來十八載，未有一日為自己而活，不知為何而生，亦不知死有何懼，心中所繫，唯有北方未平。

願遠行北方，繪製北方疆域地圖，描人文風情，若有一日，李川能回，便是我大夏，北伐復仇之時。

今日將江山交予阿姐，願阿姐為執劍者，掌天下事，不負江山，不負百姓，不負愚弟。

李川

李蓉看著信，覺得喉頭哽咽，她抬起頭來，在人群之中，看向一直注視著她的裴文宣，聽著福來的聲音。

「朕閉關於上清觀，再不問世事，特封平樂公主李蓉為監國長公主，代為攝政，視如君王。擢駙馬裴文宣為左相，上官雅為門下省納言，崔玉郎為禮部尚書，共輔長公主以治天下。朕閉關之日，往眾位愛卿勤政克己，切勿怠慢，欽此。」

此令出後，所有人都沉默著，誰都不敢接旨。

福來合上聖旨，走到李蓉面前，恭敬奉上聖旨：「請殿下接旨上坐。」

李蓉看著聖旨，許久後，她接過聖旨，走上御道，一步一步踏上高臺，最後坐在鳳凰金座之上。

晨光一寸一寸灑滿山河，李蓉就聽太監高唱了一聲：「入殿——」

而後群臣百官魚貫而入，她看見裴文宣，看見上官雅，看見崔玉郎，她仰起頭，似乎能見華京之外，大道之上，駕馬向著北方遠去的秦真真和秦臨，向著西南疾奔的藺飛白，還有領著侍從，抱著行囊，坐在百姓牛車之上，閉上眼睛，第一次聞見這麼乾淨青草香的李川。

李蓉看著百官入殿而跪，聽著百官高呼萬歲之聲，她站起身來，雙手展開，說出了她成為這大夏執掌者以來第一句話。

「眾卿平身。」

隨著這句話出口，一個嶄新的時代，開啟向前。

它或許不是一個最好的時代。

它還有諸多令人詬病的弊端。

可是，它像是一個開關，有人用鮮血和一生，奮力按下了這歷史按鈕。

為命運，為自由，為尊嚴，為生而為人所當擁有的一切，滾滾往前。

——長公主（六）完

番外一　結局之後

康興二十年冬，奸妃蕭氏聯合世家作亂，謀害帝王於宮中，史稱康興宮亂。長公主平樂攜駙馬等人平定叛亂，輔太子李川登基，改年號德旭。

傳位這位新君並無治國之才，喜好玩樂，先帝知兒甚深，臨去之前，特賜平樂公主為監國長公主，輔助監國，原吏部尚書裴文宣，擢為右相。

登基當日，群臣入殿，恭候著皇帝出席，然而等候許久，也只等來了一道聖旨。帝君心不在朝政，登基當日，便宣布由於上清觀修仙問道，以求早日飛升。朝政事務，轉交由長公主處理。

至此之後，朝政由長公主一手接管。

德旭元年冬，李蓉生下第一個孩子，那個孩子是個公主，李川極為喜愛，下詔特賜姓李，取名李曦。

李曦滿月那日，裴文宣給她辦了酒，熱熱鬧鬧亮了個相後，夜裡他抱著李曦，同躺在榻上的李蓉聊著天。

「秦臨給了戰報，說北方又打起來了，還好抄了王家、顧家頂一陣子，但這麼下去也不是回事，得想個法子。」

裴文宣一面說，一面拍著孩子。

李蓉見到了餵奶的時間，把摺子放下來，將孩子擁進懷裡，拍著孩子，聲音很輕：「你又想改制了？那想好怎麼改了嗎？」

裴文宣沉吟片刻，思索著道：「得想辦法讓他們交稅。科舉也不是一日、兩日的事，不收稅，不收地，他們總有錢，有錢就有更多的土地，有更多的土地就有更多的兵馬、錢權，終歸不是辦法。」

「我倒是有個法子，想了許久了。」

裴文宣看著李曦咕嚕咕嚕喝著奶，也忍不住有些渴，他取了茶水，喝著茶冷靜著自己：「什麼法子？」

「嫡子承襲爵位，但財產嫡庶可以均分，只要庶子提出分家，分家之後，依法上稅。」

話音剛落，裴文宣一口水就嗆到了氣管裡。

他急促咳嗽著，但一面咳嗽，一面就明白了李蓉的意思。

世家的根本在於土地財產，土地財產常年以來，一直是嫡長子繼承制，除了蘇容華這種放棄繼承權的情況，一般都是由嫡長子繼承所有財產，而家族中其他人都依附於財產繼承者。這直接導致了世家財產的長期保全，一代比一代更為強盛。

然而庶子均分財產，分割出來的財產依法上稅，那就是在無形切割削弱世家。原來百畝土地不上稅，四個兄弟均分後，就剩下二十五畝不上稅。幾代下來，世家權力，便可從財產根本上削弱。

庶子在家族之中，地位雖低，但人畢竟是人，相處久了，也有感情，地位雖低，但多少還是會有一些權力。就像裴家，裴禮明雖是庶子，但還是在家族幫襯下成為了刑部尚書。一旦給了他們一條法律可依，有能力的庶子，必定會想盡辦法執行。

過往打壓世家，矛盾多在皇族和世家之間，而這個法子，就將矛盾放在嫡庶之間。他們與其推翻李蓉，和李蓉爭執，不如和自家庶子內鬥。

但不管鬥與不鬥，終究是世家自己內部的事。

這一條，配合著科舉制等法子，世家三代之內，怕就再無今日光景。

裴文宣想明白，緩過來，不由得道：「妳怎麼想到這種法子的？」

「你以前常同我說，權勢之後，就是人心。」李蓉說著，見李曦喝完奶，她輕拍著李曦的背，低聲道，「蘇容卿走時，和我說世家的最大弱點，在於嫡庶。他是再正統不過的世家子出身，他所說，自然有他的道理。站在這些人的角度多想想，也就想明白了。」

「這話是我告訴妳的，」裴文宣笑起來，「我自己竟沒想到。」

「你是個好人，又是嫡長子，」李蓉抬頭笑著看了他一眼，「想不明白這些也正常。我以前也想不明白別人，打從……」

李蓉頓了頓，裴文宣便明白過來。

上一世的生死是她的坎，她崩潰後又站起來，那就是她的新生。

裴文宣抬手握住李蓉，低聲道：「我明白。」

李蓉低頭一笑：「打從和川兒吵那事之後，我便也就能多從別人角度想想了。你若覺得這事可行，那就這麼決定吧。」

裴文宣自然是沒意見的，於是隔日，為慶賀李曦的出生，李蓉頒下了一道「平恩令」。平恩令出來，明眼人都看得明白這一條法令的意圖。

朝堂之上，大家爭得厲害，裴文宣是此令推行者，常常親自出面，與其他大臣爭得不可開交。

李蓉帶著孩子上朝，坐在簾後聽他們爭執。

有時他們爭執聲大了，就會嚇到李曦，李曦哇哇大哭，裴文宣聽到孩子大哭，一時就顧不得和他們吵什麼，轉頭就走，直接走到簾後，幫著李蓉將孩子抱起來。

孩子也奇怪，李蓉是哄不好的，裴文宣一抱，便不再哭了。

裴文宣無奈，只能抱著孩子走出來，一面拍著李曦的背，一面繼續和同他爭執的大臣繼續道：「你方才所言簡直荒謬至極，此乃造福世家之幸事，世家當感恩戴德才是，若你不信，不妨讓眾人表個態，看看世家子弟是願，還是不願。」

裴文宣話語雖然嚴厲，但語調柔軟了許多，似乎就怕驚了李曦。

大臣聽他軟和下來的聲音，一時也吵不下去。

如此幾個回合，大家也不想在朝堂上吵下去。

畢竟，所有人心裡都明白，平恩令就是一個明明白白的陽謀，李蓉抓住的是世家七寸，根本抗拒不了。

過往打壓世家的政令，推行都是寒族和世家的人在吵，可如今這條政令，竟然是世家自己吵起來。

從中央到地方，嫡庶之間各顯神通，平恩令下達不到五年，大大小小宗族在全國各地零散分家成風，國庫也充盈起來。

在此之後，李蓉再逐步限制推舉制，提拔寒門，力推科舉制。

南治水患，北抗外敵。

一步一步，為大夏拔毒療傷。

這些年，外界都當李川在上清觀修仙，但李蓉和裴文宣卻明白，李川是去了北方，他們最後一次聯繫，也是他聽說李曦出生，他從北方特意趕回來，下旨賜姓。後來就只有秦真真一封書信，說李川入北地腹地，她過去保護，就再沒了消息。

打那兒以後，李蓉常常一個人坐在李川的宮殿裡，坐上很久之後才離開。

德旭四年，李蓉又添了個男孩，名為裴清運。

德旭七年，李蓉突然收到秦真真回到華京的消息。

她聽見消息那一瞬，從高座上狂奔而出，一路跑到宮門前，就看見宮門前，一對青年男女站在那裡。

青年看上去二十四、五的模樣，面上帶了些鬍渣，看上去風塵僕僕，但笑容肆意張揚。

他旁邊的姑娘黑衣佩劍，好似無聲的守護者，靜靜站在他身邊。

李蓉不敢上前，好久後，聽青年開口，溫和叫了一聲：「阿姐。」

四年時光，李川繪製了整個北方疆域地圖，摸清了北方部落地點與關係，還從北方帶回了新的種子和香料。

除此之外，他還帶回了一個孩子，名為李尋。

他和秦真真在華京沒有待太久，留了北方的地圖後，兩人就帶著李尋離開。

臨走之前，李蓉和李川談了一夜，希望將李尋留下，李川卻只笑了一句：「阿姐，我不留在華京，是怕我們起爭執。把尋兒留在華京，阿姐與尋兒，就不起爭執嗎？」

李蓉一時頓住，李川嘆了口氣：「而且，我不適合這裡，尋兒也不適合，罷了吧。」

拿到北境地圖後，不久，上官旭告老還鄉，裴文宣成為左相，上官雅擢為右相。

作為大夏第一位女丞相，上官雅上任第一日，便上書北伐。

此時大夏修生養息多年，軍強國盛，上官雅提出之後，朝堂上下，無一反對。

李蓉決定領著上官雅親征北方。

她做下決定當晚，裴文宣在她門口走了好久，李蓉見有人在門口走來走去，她「哐」的一下打開門，裴文宣嚇了一跳，李蓉盯著他：「有話就說。」

「我就是想……」裴文宣面色有些勉強，「曦兒和清運都還小，他們依賴母親，要不……要不北伐我替妳去吧？」

李蓉沒說話，她靜靜看著兩個小傢伙跌跌撞撞跑進來，李曦跑在前頭，大喊著裴文宣：「爹爹，爹爹你來和我們玩啊。」說著，兩個孩子就跑到裴文宣面前，一人一隻腿，抱住裴文宣，仰頭看著他。

裴文宣面露苦澀，艱難道：「他們更依賴妳，真的。」

李蓉低頭一笑，她伸出手，抱住裴文宣。

「別擔心，我不上戰場。」

「我就是想看看。」

「想看看大夏的山河，看看百姓的苦難。我不能永遠坐在華京，不是嗎？」

裴文宣沒說話，一大兩小都掛在他身上，李蓉抬眼看他：「而且，我也很依賴你的，我一定會回來的。」

聽到李蓉這麼撒嬌，裴文宣一時無奈，他嘆了口氣，只能抱著李蓉，低聲道：「行吧，去吧。」

他為她準備好所有後勤，李蓉和上官雅便朝著北方過去。

有李蓉親臨，士氣大振，李蓉和上官雅坐鎮前線，由秦臨、秦真真領軍，朝著北方深處腹地而去，立志取下北境皇庭，澈底平了北方。

然而中途出了岔子，上官雅守的一座城被圍困三月，城中無糧，所有人都等著糧食時，就看一個青年，帶著人拖著十幾車糧食和士兵高歌而來。

他突破重圍，衝進城裡，上官雅看見已年近三十的青年，一時就酸了眼睛。

「你來做什麼？」

她沙啞開口，蘇容華雙手攏在袖中，低頭一笑：「我選了宗族子弟，培養了這麼些年，家裡也差不多了，聽說妳在北方缺糧食，我就想，」蘇容華抬頭看著她，笑意盈盈，「來趁火打劫，看看，能不能討價還價，高攀一下上官丞相，入贅上官雅，如何？」

北伐一共打了三年。

三年後，北伐勝利之時，上官雅和蘇容華成親。

不久後，上官雅便有了第一個男孩兒，名為上官燁。

德旭十四年，群臣因儲君問題爭論不休，執意要求李川成婚，若是成婚，就過繼一個宗室子弟為儲。

群臣跪在上清觀，跪了一個月，上清觀裡扔出一道退位聖旨。

缺席早朝十四年的賢文帝李川因病退位，傳位於長公主李蓉。

李蓉成為大夏歷史上第一位女帝，改年號新乾，任公主李曦為儲君。

李曦生於朝堂，如今雖然年僅十四，但已經跟隨李蓉在朝堂待了多年。

對於這個結果，群臣並無意外，只是在私下裡，還是勸阻李蓉：「殿下登基，乃眾望所歸，但公主殿下為儲君，怕是不妥。」

李蓉得了這話，低頭沒有說話，隔了兩個月，李蓉就聽聞，那些不允許李曦成為儲君的官員，都改了口，至於如何改口，她沒問李曦。

裴文宣夜裡同她說起此事，還是頗為憂慮：「妳讓曦兒成為儲君，還是太為冒進。」

「那得看她自己了。」李蓉笑：「你以為不讓她成為儲君，就不是冒進了？」

裴文宣得話，一時愣了愣。

這些年李蓉對人心揣摩越發精準，他一時竟有些拿不準了。

可他還是憂慮，繼續勸著道：「我還是覺得不妥。妳走的已經是非常路了，妳讓曦兒再當儲君，這……」

李蓉聽他的話，一時反應過來，抬頭盯著他：「今日御史臺和我唱反調是不是你慫恿的？」

裴文宣聽到這話就僵了身子，趕緊翻身背對她：「夜深了，不要多想，趕緊睡覺。」

「我說裴文宣，」李蓉見他這態度，突然反應過來，「你膽子大起來了呀？」

「陛下，」裴文宣趕緊翻身，提醒她，「明日還要早朝，很晒的，趕緊睡吧。」

「不行。」李蓉感覺自己遇到了極大的事，「你給我說清楚，今天御史臺那批人是不是你指使的，裴文宣，你是不是不想過了？」

「姑奶奶……」裴文宣聽著李蓉心血來潮的責問，都快哭了，「御史臺和我沒有關係，您趕緊睡覺吧……」

兩個人在夜裡吵吵嚷嚷，本來跑過來想找李蓉和裴文宣的李曦、裴清運站在門口，過了片刻，李曦果斷帶著弟弟轉身：「改天來吧，他們已經睡下了。」

裴清運聽李曦的話，皺起眉頭：「阿姐，我聽見他們在裡面吵架，他們會不會和離啊？」

「不會的。」李曦很淡定，「他們這是培養感情。」

李曦對自己的父母認知很深，他們經常這麼吵架，吵完了又抱在一起，她習慣了。

裴清運還不放心，等第二日李蓉下朝，又去找兩人，結果一過去，就看一本書從屋子裡直接飛出來，李蓉在裡面叫罵：「滾！滾出去！你今日這麼不給我面子，那不過就不過了。」

「妳說話就說話，」裴文宣擋著臉退出來，「動什麼手啊？讓人看到多不好？」

「滾！」李蓉「砰」一下關上大門：「說好了各自得勢就和離的，我這就寫和離書，如了你願！」

裴文宣得話，正想回擊，就突然意識到旁邊有個人。

他扭過頭去，就看裴清運呆呆看著他。

裴文宣一時有些尷尬，挺直了身子，輕咳了一聲：「清運啊，你……」

話沒說完，裴清運掉頭就跑。

裴文宣僵住，他看著李蓉的門，想說點什麼，又覺得好似有些說不出口。

憋屈，沒面子。

他忍了半天，拂袖轉身，便去了自己的書房。

他的書房剛好能看到李蓉的側窗，他就看見李蓉在裡面奮筆疾書。

裴清運一路小跑到李曦的房間，急急拉著李曦：「阿姐，不好了，妳快去看看，爹娘要和離了，他們不要咱們了！」

李曦十分淡定，但還是被裴清運拖著出去，她一面走，一面滿不在意道：「淡定些，走慢點兒，別慌。」

兩個孩子往著御書房趕，裴文宣在屋裡，左右坐不住，終於還是站了起來，到了李蓉門口敲了敲門。

李蓉不說話，裴文宣又敲了敲。

李蓉被他吵得煩，猛地開了門：「還有何事？」

「那個……」裴文宣輕咳了一聲，扭過頭去，有些僵硬道，「就是，我想著，孩子都這麼大了……和離書還是別寫了，將就一下吧？」說著，裴文宣勉強笑起來：「不然，孩子多傷心啊？」

「你說得是。」李蓉板著臉，「為了孩子著想，就將就將就吧。」

裴文宣聽著李蓉口是心非，他忍不住笑起來。

總覺得面前這姑娘，不管多少歲，都像個孩子。

他低頭看她，忍不住將她摟進懷裡：「那今晚我可以睡床了？」

李蓉扭頭不搭理他，裴文宣忍不住低頭就親了她一口，正要說什麼，就聽裴清運大喊了一聲：「啊！」

裴文宣嚇得一把撒手，兩人趕緊散開，故作鎮定緩了緩，才轉頭看向站在門口的兩個孩子。

李曦恭敬行禮：「兒臣與清運閒遊至此處，驚擾父親、母親，還望見諒。兒臣先帶清運告退。」說著，李曦就拉著呆愣的裴清運離開。

兩個孩子踏出宮殿，裴清運才反應過來：「那個，他們還和離嗎？」

「和離？」李曦嘲諷一笑，「打從我出生，他們寫了多少和離書了？放心吧，他們分開不了。」

「就他們倆那樣，你再給他們兩輩子，三輩子，生生世世，他們都分不了。」

有些愛跨越山河，有些愛跨越時光。

而有些愛，跨越生命和信仰，千錘百鍊，永不分離。

李曦走出大門時，仰望著星空。

她想，若有一日，她也想成為她母親那樣的人。

洞察人心，知曉是非，有親人愛護，又朋友相伴，還有一個愛人，相扶相守，共度一生。

番外二　前世

康興十八年三月十七，裴文宣領到了人生第一道聖旨。

那時候他剛從廬州守孝歸來不過一年，剛被從小定親的秦氏退了婚，還在刑部當著一個小官，按理來說，不可能碰到聖旨這種東西，但沒想到，也不知皇帝是看中他哪一點，突然就決定將他的掌上明珠、整個大夏最尊貴的公主——平樂殿下，賜婚於他。

於是一道聖旨驟然落到裴家，他在渾渾噩噩中接了旨，便被定下了命運。

接旨那天晚上，他沒睡著，躺在床上，整個人都有些恍惚，他在夜裡抱著自己，看著月亮，心裡有一種說不出的憋屈和好奇。

他從來沒看清過平樂殿下的長相。

也從未與她有過任何交集。

對她的印象，都來源於別人的傳說，聽說她蠻橫驕縱，動則打人，囂張跋扈，可怕至極。

就這麼一個人，突然就要成為他妻子，而他還沒有任何拒絕的辦法。

他本來還打算再去秦家看看，秦家退了他的親，這事是他二叔一手操辦，他總覺得有那麼些不對，如今卻什麼都不用管。

他的命運，他的婚事，已經被別人決定了。

這種事，令人很不舒服，然而更不舒服的，就是第二天早上，當他打開門時，就看見院子門口，站了滿滿當當一批人。

這批人是宮裡來教他規矩的。

說是學規矩，但其實不止是規矩，這批人過來，第一件事，就是驗身。

他從上到下都被驗了遍，確認沒有問題後，才在這群奴才低笑裡穿上衣服，走出屋裡。

而後他就開始學習駙馬守則，從和公主問安，到與公主行房，都有詳細的規定。

這樣繁瑣的禮儀，讓他還沒見李蓉，便心生厭惡。

心想著，這樣萬千寵愛長大的公主，脾氣得多大、多不好。

可是再如何不好，那都是公主，都是嫁給他的人，他也只能尊著規矩學了。

等到了成婚那日，這種厭惡，又多加了幾分不安。

他父親沒有其他孩子，按照禮制，該由他的兄弟替他來宮門前迎親，可他沒有可以信任的兄弟，這麼大的事，他就只能自己來。

為此他做了一篇文采飛揚的〈引鳳詞〉，企圖遮掩他的狼狽。

可不知道為什麼，當他站在宮門口迎接李蓉時，他還是多了幾分莫名的害怕。

他開始擔心，自己來迎親，不合規矩，李蓉會不會生氣，會不會打他。

李蓉打了一次，以後會不會經常打他、罵他？

其他都可以忍，但若李蓉打他、罵他，他又如何忍？

他心裡幻想著李蓉的可怕，心緒難安，渾渾噩噩等著，就聽有人將宮門緩緩打開，而後他就看見了車輦緩緩而來。女子身著嫁衣，手持金色團扇，擋著自己的臉，跪坐在車簾之後，從宮門中緩緩出現。

沒有傳說中的凶神惡煞，沒有想像中的醜陋非常，坐在車簾後的女子，甚至呈現出了一種超出常人的美，哪怕是只露出一雙眼，都讓裴文宣看得有些呆了。

好在他很快收斂心神，在眾人面前故作鎮定，拉開長卷，為李蓉念了那首〈引鳳詞〉。他文采非凡，念完之後，周邊盡是掌聲，他也不知道為什麼，鬼使神差的，就忍不住抬頭往車輦看了一眼。

於是就恰好看到姑娘也在偷看他，一雙滿是好奇的眼落在他臉上，兩人稍一對視，又故作鎮定挪開。

只有裴文宣心裡知道，自己看上去平靜，心跳卻奇怪的有些快。

〈引鳳詞〉大獲成功，倒也算給這場婚事開了個好頭，他翻身上馬，領著李蓉往公主府去。

等到了公主府，他同李蓉拜天地。

他偷偷抬眼看姑娘的容貌，姑娘的扇子卻擋得很好，終於在彎腰之時，露出一點點模樣，然而也就是那時，他就被公主頭上的髮冠扎了一下，扎得頭皮發疼。

可他不能喊出來，只能生生忍住，同李蓉完成夫妻對拜。李蓉似乎也察覺了他被髮冠扎了的事實，抿著唇，壓著笑，一雙眼裡全是笑意，漂亮非凡。

尚未卻扇已是如此，等到扇子挪開，姑娘坐在床邊，半分羞怯、半分好奇抬頭看他，他便根本說不出話了。

他一時也不記得自己見李蓉之前那些煩悶，和李蓉喝了交杯酒，遣散下人，獨留兩個人在房間後，便什麼都不敢做了。

兩個人各自坐在床頭，李蓉不好意思說話，裴文宣也不敢開口，坐了好久，李蓉才低聲開口：「郎君還不歇息嗎？」

聽到這話，裴文宣心就跳到了嗓子眼兒。

他自然知道歇息是什麼，他站起身來，按照規矩所說，恭敬道：「請容微臣為殿下卸髮。」

李蓉紅著臉點頭，裴文宣便跪到李蓉身後，替她取下髮冠。

他做這些時，手一直控制不住有些抖，李蓉乖巧低著頭，好似完全不知道他的緊張，反而是自己緊緊捏著衣角，看上去緊張得不行。

發現李蓉也緊張，裴文宣倒有些放鬆了，想起李蓉如今年不過十八，算來他還年長兩歲，他當是兄長，好好照顧才是。

心裡這麼想著，他便鎮定下來，等替李蓉卸了頭髮，他又打了水，替李蓉卸妝，等做完這一切，到最後一步，他看著坐在床邊的姑娘，好久後，才跪在地上，啞著聲音，恭敬出聲：「請容微臣為殿下寬衣。」

李蓉完全不敢看他，她扭過頭去，看著窗戶，低低出聲：「嗯。」

這一次他再如何安慰自己，都控制不住手抖。

他一件一件脫了她衣服，而後脫了自己的衣服，放下床帳。

兩個人在床帳裡後，靜靜躺在一起，好久後，李蓉輕輕拉住他，低聲問他：「郎君還不歇息嗎？」

裴文宣心頭一緊，他感覺到他們身下墊著的方巾，也知明日會有很多人等一個結果。

他心裡有些說不出的難受，可是當他轉過身，看見李蓉的眼睛，他突然又覺得，這種難受消失無痕。

他看著李蓉，好久後，認真開口：「殿下願意嗎？」

李蓉聽到這話，似是有些害羞。

「若是郎君，」她聲音很輕，「自是願意的。倒不知……」李蓉抬起眼來，有那麼幾分忐忑，「郎君可是有其他顧慮？」

她的眼睛很明亮，帶了些少女的嬌媚溫柔，像是雨後晴空，看的人心都軟了起來。

裴文宣凝視著她，那一刻，他突然就有了認命的衝動。

李蓉也是被賜婚的人，終歸也是受害者，他既然違抗不了皇命，那也不必辜負這個姑娘，好好在一起一生，也好。

他心中像是被什麼蠱惑，不由得湊了過去。

青澀親吻，而後觸碰。

做的時候他很緊張，就怕弄疼了她，姑娘環著他的脖子，貝齒咬唇，稍稍搖頭，他就覺得心裡發緊。

兩人折騰了一夜，前期算互相折磨，等後面就有了些趣味。

只是李蓉第一次，他不敢做得太過，見有了血染了白巾，他便咬著牙問她還要嗎。

李蓉睜著迷離的眼抬眼看他，他喉間發緊，李蓉瞧著他，只問：「你難受嗎？」

「不難受。」他違心說著假話：「全看殿下。」

李蓉不說話，她瞧著他，好久之後，她伸出手，抱住他，只低聲道：「我沒事，郎君請便。」

就這麼一句話，裴文宣突然就覺得心防全線崩塌，他沒有繼續，只低頭親了親她，溫和道：「我怕殿下疼，殿下好好休息。」

兩人互相體貼，等到了第二日，裴文宣早一步醒來，他一醒，李蓉便醒了，裴文宣按照規矩跪到床邊，行了個大禮：「殿下晨安，千歲萬福。」

李蓉有些迷茫，她一雙眼定定看了裴文宣一會兒，才反應過來，隨後笑道：「又沒人看著，你做這些做什麼？」

「這是規矩。」

「你我是夫妻，」李蓉趴在床上，枕著手臂瞧著他，「又不是君臣，要這麼多規矩做什麼？郎君請起吧。」

裴文宣猶豫了片刻，李蓉輕聲道：「郎君不願？」

「倒也不是。」裴文宣做下決定，她想與他做夫妻，那就做夫妻就是，於是他起身來，照顧她起床。

李蓉並不是他想像中那麼驕橫的人。

甚至於，她還十分溫柔體貼，帶了些小女兒家的嬌氣，又多了幾分常人難有的聰慧。

他們一起在外遊玩，行閨房之樂。

她在家文雅，但骨子裡卻有些瘋鬧。

有一天夜裡，她告訴他，她在宮裡這麼多年，從來沒有逛過花燈節，他聽著就有些心疼，七夕那日，便帶她出了宮。

她在街上跑跑跳跳，像一隻靈動的鳥，甚至還換上了波斯舞姬的衣衫，混在人群中，看得人挪不開目光。

她有動，也有靜。

她喜歡他寫的字，偷偷拿了他的字來臨，他走到她身後，看她臨了半天，始終不得其形，他便忍不住抬起手，握住她的手，輕聲道：「我教妳。」

李蓉手上一頓，便紅了耳根，低頭輕輕應了一聲。

嗯。

那麼小小的一聲，就抓在他心上。

又甜又癢。

其他什麼也沒多想，只覺得這姑娘可愛極了。

那時候正是上官氏如日中天之時，他當了李蓉的駙馬，上官氏是不喜的，畢竟他出身寒門，身分卑微，但既然已經娶了，上官氏也不忍讓李蓉當個九品小官的妻子，於是承蒙上官氏的關照，他從九品直躍六品入御史臺，也不過就是朝夕之事。

可他不傻，他清楚知道，上官氏讓他入御史臺，這個橄欖枝一旦接了，就意味著加入了這朝堂上的奪嫡之爭。

他其實看得明白，李明心屬李誠，李川家族龐大，早晚是要敗的。

所以他被上官旭叫去詢問之後當天，他一直待在書房裡沒睡，想了大半夜，等回到房間，一看見李蓉。

他就覺得，自己白想了。

他終歸是李蓉的丈夫，李蓉拋不下李川，他就不可能拋下李川。

於是等到第二日，他便答應上官旭，進了御史臺。

加入了朝堂上的紛爭，他便不能鬆懈，從進御史臺後，他便十分努力，上下結交權貴，手上的事總是超出預期完成。

為此他早出晚歸，李蓉也沒有半分抱怨。

有次他喝酒喝得多了，怕吵醒李蓉，自己躺在小床上睡。睡到半夜乾嘔不止，最後嘔出血來，等醒過來時，他便感覺有人點了燈，他一回頭，就看見李蓉氣勢洶洶站在他面前，喝了一聲：「回去！」

那天晚上，他才知道，原來李蓉也有脾氣。

脾氣還挺大。

他低聲道歉，李蓉似是有些難過，她打水給他的時候，裴文宣小聲道：「我錯了，日後不喝那麼多。妳別生我氣了。」

「我不是生你氣，」李蓉沙啞著嗓子，「我是氣我自個兒，氣我自個兒沒本事。」

但他知道她不是沒本事，她本事大得去了。

那時候新婚燕爾，感情算不上最好，但也是攜手並進。

直到八月初，宣布了李川成婚的消息，他再一次聽到秦真真的名字。

李蓉當時和他閒聊著，說著皇后上官玥挑選的人選：「母后這次選了五個姑娘，兩個寒門，你別瞧是寒門，手裡握著軍權，給川兒，也是個助力。」

寒門、軍權，裴文宣聽到這話，便覺得有些不安，不由得多問了句：「誰？」

「有一個你可能認識，是你父親故交的女兒，叫秦真真。」李蓉說得漫不經心：「她身分低了些，母后想讓她當側妃，前些時日宣進宮裡來見了，聽說其他都好，就是有點太直。」

裴文宣聽不進去，他明白，秦真真的脾氣，豈止是直？

他心裡一時有些發慌，只道：「她哥呢？」

「還在邊關呢，她家裡做的主。」李蓉只當他關心故人，隨意道：「這事也定下來了，很快就宣布，希望川兒這次婚事順利吧。」

裴文宣沒說話，他發著呆，李蓉轉過頭來，覺得他有些奇怪：「文宣？」

「哦。」裴文宣收回神，只道，「沒事。」

畢竟也與他無關了，算不上什麼事。

秦真真的事在他腦中不過一閃而過，倒也沒有多想，他和李蓉繼續過他的日子，也不覺時光流逝。

就只一路聽聞李川成了婚，偶爾聽說李川後宮有些鬥爭。

他都沒放在心上，直到有一日，他從李川府邸出來，被秦真真的下人攔了去路。

「公子，求求您救救小姐吧，公子。」

裴文宣聽到求救，趕忙去見了秦真真。

她患了風寒，高燒不止，早已經燒迷糊了。

她因救人落水，被反誣推人，被責罰之後生病，沒有藥，也沒有大夫。

見故人如此，裴文宣哪裡放心得下？秦臨不在，他自然就照看著，當即想了辦法，給她弄了藥，找了大夫。

做了一切後，他又覺得有些不妥，不知哪裡來的心虛，讓他囑咐了那個下人：「莫要同你家小姐說我來過，就當是你請的，傳出去，於我於她，都不好。」

下人趕忙應聲，裴文宣安排好一切，從太子府回來。

回來時候，便見李蓉正等著他吃飯，她特意讓人準備了薑湯，說是怕他受寒。

「你今日在川兒那裡待的時間長，」李蓉笑，「他是個火神轉世，一向少置炭火，我怕你冷著。」

裴文宣不知道為什麼，心跳驟然加快，他低了頭，應了一聲：「嗯。」

不知道秦真真的處境，倒也算還好。

如今知道了她的處境，裴文宣便覺有些難以放下。

他們自幼相識，他深知秦真真的脾氣，落到如此地步，他心裡便有些難安，幫了第一把，他咬咬牙，便幫了第二把。

刻意將李川引到了秦真真面前，製造了他們的偶遇，一來二去，秦真真終於入了李川的眼，日子過得好些。

而這些時候，李蓉開始四處問診。

他們在一起已近一年，李蓉肚子始終沒動靜，她不由得有些憂慮。

她不敢告訴裴文宣，而裴文宣慣來不在意這些，也沒察覺她的異樣。只是偶然發現她在喝藥，問了一句，她便答：「是些美容的方子，聽說能長得更好看一些。」

裴文宣聽了就笑，只提醒她：「莫要亂吃這些，讓太醫驗驗，吃壞了就不好。」

李蓉吐吐舌頭，像個孩子似的。

秦真真日子好過起來，裴文宣也就放了心，想著日後就看她造化，也不必管了。

誰曾想，立秋的時候，宮裡為慶賀太后生辰舉辦了宴席，文武百官受邀，李蓉同他一起出席，還在席上，他就得了消息，秦真真被人下了藥，關在了偏殿。

宮裡這些手段，誰不知其中齷齪，裴文宣聽得這話，便知秦真真的處境。

不救，秦真真今日就完了。

救……

裴文宣不知道怎麼的，心裡就有些慌亂。

可事情已經走到這一步，他總是要救人的。

於是他算了時間，藉由出恭的理由退席，而後急急趕往偏殿，想把人先救回來。

李蓉在席間正和人喝著酒，就發現裴文宣不見了蹤影，她心裡莫名有些不安，沒有一會兒，她不由得多問了童業一句：「駙馬呢？」

童業一時有些慌了，這慌亂落在李蓉眼裡，李蓉頓時冷了臉色，她領著童業出了大殿，壓低聲：「駙馬呢！」

童業當即跪了下去，將事情都招了，李蓉聽到這話，深吸了一口氣，提裙就跑。

她一路狂奔到偏殿，一把推開了大門，隨後就見裴文宣站在床邊，床上躺著一男一女兩個人，裴文宣聞聲回頭，見到來人，頓露出震驚之色。

「蓉蓉……」

「閉嘴。」李蓉沒有多說，只道：「你出去。」

「可是……」裴文宣話沒說完，就聽外面得腳步聲，李蓉臉色大變，立刻上去將那男人往下拖。

裴文宣沒反應過來，李蓉低喝了聲：「看著做什麼！快來拖，你狠狠把他打出痕跡來。等一會兒就說你來找我，發現這個登徒子在門口鬼鬼祟祟，你就把他打暈了，知道嗎！」

說完，李蓉就朝著這男人臉上一陣狂踩，而後拿著香爐狠狠一嗅，就倒在了床上。

她剛倒下，門便被人猛地踢開，正是太子側妃之一江氏，帶著李川和上官玥站在門口。

眾人看見屋裡的場景，所有人都愣了，李川最先反應過來，急急衝進去，扶起李蓉：「姐？妳怎麼了姐？」

裴文宣聽到這聲喚，趕緊反應過來，按著李蓉的話說了，上官玥臉色霎時極為難看，宮中什麼事她沒見過，立刻明白是江氏算計秦氏牽連了李蓉，抬手就一巴掌搧在了江氏臉上，隨後迅速吩咐封鎖了消息。

她不會讓李蓉名節受到半點損害。

這出鬧劇隨著李蓉的清醒戛然而止，李蓉似是累了，提前和上官玥告退，便領著裴文宣回去。

回去的路上，裴文宣覺得很慌，他心裡有些怕，又有些酸。

李蓉坐在馬車裡，她面上沒有半點表情，和平日與他玩笑打鬧那個姑娘截然不同，她坐著不說話，帶了幾分公主與生俱來的高貴。

等下了馬車，他先下車接她，可她卻當他不存在一般，徑直就走了過去。

這種被忽視得感覺讓他心裡有些反酸，他想解釋，又沒法解釋。

解釋什麼呢？

救人是他要救的，李蓉也的確被牽連，他有什麼好解釋？

那天晚上的事，他記得很清楚。

她問他，他和秦真真什麼關係。

他說，他放不下她。

不是喜歡，也不是不喜歡，是放不下。

其實在過去那麼多年，誰問他和秦真真什麼關係，他都會答，青梅竹馬，心悅之人。

然而那一次，他面對李蓉，他說不出口。

可李蓉容不得半點沙子，於是他的妻子，他的蓉蓉，他的李蓉，親口和他說了和離。

他不肯，他們就從和離，變成了盟友。

那時他還並沒有真正意思到盟友是什麼，他自己都不知道，他內心深處，李蓉永遠是他的妻子。

他接受了她的提議，當天晚上，他們就開始分床睡。

他睡在小榻上，李蓉睡在床上。

那一晚他心裡梗得疼，他有些想去求和，可他也不知道該求什麼。

他只記得李蓉說的話，反反覆覆迴蕩在他心裡——

『這一場指婚，其實你我都沒選擇，我們都是為了權勢，其實說起來，並沒有什麼男女之情，你心裡有人，我心裡也有人。』

她心裡有人，有誰呢？

她心裡有人，他不當耽誤她，更不該喜歡她。

喜歡她，就代表著他終究還是聽從了皇權，連自己的心都守不住。

喜歡她，她終歸也不喜歡自己，到頭來怕是一片傷心。

喜歡她，自己當年對秦真真的喜歡，又算什麼呢？說過要喜歡一個人喜歡一輩子，說過要照顧秦真真，回頭不過一年就移情別戀，自己算什麼東西？

他滿腦子渾渾噩噩，心裡就憋得發慌。

等第二日醒來，他看李蓉沒事人一樣坐在鏡子前畫眉，他低低出聲：「我幫畫吧。」

「不必了。」李蓉抬頭笑笑，「我不喜歡其他男人為我畫眉。」

其他男人？

他怎麼算其他男人呢？

這一句話讓裴文宣心裡發疼，他知道李蓉是在賭氣，他脾氣也上來，便扭頭出了門。

打從那天開始，兩人便各自睡著一張床。

他有時也想討好她，結果就發現，李蓉其實不止有溫和良善，更有咄咄逼人。

他的示好，要麼換來她的冷漠，要麼就是蔑視，甚至於偶爾她會瞧著他送的東西，輕聲說一句：「噁心。」

縱使是他有錯，可他也是個人，三番兩次下來，便也有了脾氣。

他一開始冷戰，不同她說話。

她也沒事人一樣，該做什麼做什麼。在一起出席的公共場合，她會主動挽著他的手，好似他們感情很好。但人後裡，她又冷著一張臉，什麼都不見。

有一天她出了門，半夜都沒回來。

他找瘋了，等半夜她一個人回來，她失魂落魄，似是哭過。

他有些慌了，不由得問她：「妳怎麼了？」

李蓉抬眼，她盯著他，好久，都沒說話。

等第二天他下朝回來，就發現她搬去了其他房間。

他讓人去查，才知道，李蓉讓人去查他和秦真真了。

他聽這件事，覺得她無理取鬧，又知是自己理虧。他不知該怎麼辦，只能在童業問他怎麼辦事，啞著嗓子道：「隨她。」

李蓉容不下沙子，他的確有沙子，這是他們之間的死結。

他不知道要多久才能打開，他在等，李蓉也在等。

他想，總有一日，應該等到吧？

但並不是。

康興二十年秋。

她和他的關係越來越僵，他們已經在公主府分院而睡，她不願見他，每次他去找，她都讓人關著大門，除了正事，她從不與他私下交談。

那天下了大雨，他聽人從宮裡穿了消息，說李川和李明起衝突，李明拿李蓉撒氣，讓李蓉跪在御書房外。

「跪了多久了？」

「一個時辰。」

「為何不早說？」

「殿下的人沒來通知，是宮裡的人給的消息。」

聽到這話，他便覺得氣結，他沒想到李蓉連這種時候，都不會想到他。

他知道李蓉腿不好，也來不及生氣，趕忙進宮。

等他來時，就看見李蓉跪在地上，蘇容卿為她撐著傘，兩個人站在雨裡，美若畫卷，天作之合。

他內心突然尖銳疼起來，疼時伴隨有那麼幾分惶恐。

他壓著情緒進去，軟硬兼施勸說了李明，終於才等到李明放人。

等他出去時，就看見蘇容卿冰冷的眼。

「為何此時才來？」

蘇容卿開口質問，裴文宣聽到這話，低頭先扶起李蓉，隨後冷眼掃過去，只道：「干卿何事？」

蘇容卿眼裡瞬間爆發了怒意，那種突如其來的憤怒，讓裴文宣愣了愣。

然而他還沒開口，就聽李蓉虛弱出聲：「今日謝過蘇大人。」

「未能幫殿下什麼，」蘇容卿音調沙啞，「殿下不必言謝。」

「蘇大人能在這裡，」李蓉輕笑，那笑容裴文宣已經許久沒見過了，他覺得嫉妒、不安，可他仍舊要秉持風度，聽李蓉道謝，「我已感激不盡。」

兩人簡單寒暄，便道別離開。

說不出錯處，可裴文宣卻始終覺得梗在心頭。

他直覺有什麼發生，又不知是什麼，他送著李蓉回家，等到了馬車上，他終於爆發：

「妳出了事怎麼不讓人來同我說？」

「又不是什麼大事，我的事，為何要事事同你說？」

「李蓉，」裴文宣一時昏了頭，忍不住問她，「妳還記不記得我是妳丈夫？」

李蓉聽到這話，露出詫異眼神：「裴文宣你莫不是昏了頭？你算我哪門子丈夫？你若心裡這麼覺得，那我可先說好，我們還是和離了吧。」

他不知自己是中了什麼邪，聽見「和離」的瞬間，他突然就失去了爭執的勇氣，他扭過頭去，只道：「隨妳，只是還是要給我留幾分面子，莫要隨意招惹別人。」

李蓉聽他的話，只覺有病，自己找了個地方，倒頭就睡。

裴文宣知道她現在莫要說讓他碰她，接近她都覺得煩，他只能坐在一邊，將乾衣服扔向她，自己走了出去。

這場冷戰持久綿長，他們一起輔佐李川登基，而後站在不同的立場，成天朝堂吵，朝堂吵完回家吵，他不同李蓉吵架，李蓉便懶得理他，他見李蓉不理他，更覺煩悶，倒寧願吵架。

德旭三年，秦真真死於毒殺，李蓉搧了李川兩個巴掌，那天晚上，李蓉少有沒和他吵架，他們在庭院裡喝酒，這難得的平和時光，竟讓他覺得有種難言的感動。

他不由得問她：「妳今日脾氣好似很好？」

「我也不是不講道理的人，」李蓉笑了笑，「我知道你難過，便讓讓你。」

這話把裴文宣說得一梗，其實他倒也沒多難過。

這麼幾年過去，秦真真的生死，好似也無所謂了。

個人有個人的命數，他也管不了那麼多。

他連自己都管不了。

只是他不知道為什麼，也沒開口。

他不想讓李蓉知道他不喜歡秦真真了，這讓他覺得有種難言的丟臉。

畢竟……李蓉也不喜歡他。

李蓉喜歡誰呢？

他心裡總有個答案，但他不敢想。

畢竟那個人如今年近三十，那樣高貴的出身，卻始終沒有成婚，為的什麼，他心裡清楚。

他怕這個答案，倒寧願不知道。

他和李蓉那些年，就是一面吵，一面互相依靠。

那些年發生的事情太多，李川和上官家廝殺，上官玥、上官旭接連死去，裴文宣就成了李蓉唯一的依賴。

儘管她幾乎不依賴。

只有上官玥死那天晚上，她哭得不成樣子，裴文宣將她抱在懷裡，一言不發。

那時候，裴文宣有那麼片刻以為，她回來了。

可後來他才明白，有些傷害只要有了傷口，就不會癒合。

德旭七年，蘇氏傾覆。

李蓉為了蘇家，和李川當庭對罵，甚至搬出了上官玥來，說要廢了李川。

李川大怒，當庭杖責李蓉，裴文宣聽到的時候，趕緊趕了過去。趕過去時，就看見李蓉趴在凳子上，滿身是血。

他從未見過這樣的李蓉，看見就慌了，可李蓉抓著他的手，只同他說：「我要保住蘇家。」

他的手在顫抖，李蓉抬起頭，盯著他：「我求你。」

這是她頭一次開口求他，他不能拒絕，也不敢拒絕。

他怕他不幫忙，李蓉能做出更激進的事來。

李川打了李蓉，本就有些歉意，他給了臺階，李川就順著下來，可死罪可免，活罪難逃，蘇氏滿門宮刑，男丁自盡獄中，只有蘇容卿活了下來。

李蓉執意將蘇容卿帶回府中，他得知消息的時候，從宮裡駕馬直接回了公主府，推門就罵：「我聽說妳要留蘇容卿在府裡？我不同意！」

「你同不同意和我有什麼關係？這是公主府，不是裴府。你若不同意，」李蓉抬手，指著大門，「你就滾。」

裴文宣盯著李蓉，靜梅趕緊來，急道：「殿下，不好了，蘇公子醒來又要自盡……」

李蓉聽到這話，便趕緊要出去，裴文宣一把抓住她：「不准走！」

「你發什麼瘋？」李蓉皺起眉頭：「蘇氏一族全死了，就留他一個，現在我不能讓他出事。」

「我不准他留在公主府，妳若留他，」裴文宣盯著她，「我就走。」

李蓉聽到這話，愣了愣，片刻後，她笑了一聲，一把拉開他，只道：「走就走，有病。」說完，李蓉便走了出去。

裴文宣站在大堂。

她不在意。

她不挽留。

他走或不走，她都不關心。

他算什麼？她說得對，他有病，有病才待在公主府，這麼作賤自己。

他不能忍受和蘇容卿再多待一刻，當夜便收拾回了裴府。

他以為自己回到裴府，會放下，會過得好一點，可並沒有。

他會在每夜驚醒，想起李蓉，想李蓉在做什麼，想李蓉是不是和蘇容卿在一起。

他特別慶幸蘇容卿是個閹人，他什麼都做不了，這是他唯一的慶幸。

他試圖離李蓉遠一點，不聽，不見，不想。

就這麼也不知道是過了多久，德旭十年，他三十四歲，那年七夕掛了花燈，十分盛大，他便由童業領著，一起上了街。

他一個人走在街上，看著街上青年人來人往，他就想起二十歲那年的七夕節，他和李蓉兩個人一起走。

他想著想著，便忍不住笑了，一抬頭，就看見李蓉。

李蓉站在人群裡，她一點都不老，比起十八歲的時候，還多了幾分時光給予的溫和柔軟。她仰頭看著臺上異域之人表演雜耍，精彩之處，她便大聲歡呼鼓掌。

裴文宣遙遙看著，那是他離開公主府後，最滿足的一刻。

他發現，自己還是得回去，他終究還是她丈夫。

然而當他提步想要去和李蓉打個招呼，才一往前，就看見蘇容卿提了一盞花燈，出現在李蓉身後。

李蓉轉頭看他，目光落在蘇容卿手上花燈上，突然就亮了眼睛。

她像個小姑娘一樣撲進對方懷裡，蘇容卿一手提著燈，一手攬住姑娘，輕聲說了句：

「殿下小心。」

他和以前並沒有什麼區別，依舊那麼清貴優雅，哪怕已經是個半殘之人，仍舊不損風華。

他們抱在燈下，再美好不過。

他像一個多餘的人，他本就不該存在。

他的心抽搐起來，他不知道自己怎麼了，自虐看著那兩個人，眼都不挪。

他們倆手把手，像他二十歲那年一樣。

他們走過長街，像他二十歲那年一樣。

李蓉笑著掛在他身上撒嬌，像他二十歲那年一樣。

他們在煙火下，李蓉踮起腳尖輕輕吻他。

像他二十歲那年，擁有過的一樣。

他送著他們回到公主府，又折回長街。

他一路猜過燈謎，贏回了滿街花燈。

童業看不下去，低聲開口：「公子，要不回去吧。」

「回哪兒去？」裴文宣有些茫然。

他不知道回哪去。

童業看著裴文宣的模樣，終於勸他：「回公主府吧，您畢竟是駙馬，您回去，誰也不能攔著。蘇容卿是個閹人，他做不了什麼，您回去，和殿下認個錯，好好過就是了。」

認個錯，好好過。

認錯吧，認輸吧。

只要認了，她也許就會回頭了。

他站在長街上，他第一次這麼想回頭，這麼想回去，去找回屬於他的一切。

他反應過來時，一路狂奔，他衝回公主府，敲開了大門。

門房見得他，便愣了愣：「駙馬？」

裴文宣不說話，他推門就要進，門房反應過來，忙道：「駙馬，您稍等奴才去通報。」

「去通報什麼？」裴文宣被這句話激怒，「這是我家，我要回來，找我的妻子，你們還需要通報嗎？都給我站住！」

裴文宣一聲高喝，侍衛都衝進來，攔住了公主府的人。

裴文宣一路急行，他想好了，他和李蓉認錯，他和李蓉服輸，他和李蓉……

然而他所有的幻想都在聽見李蓉的輕喘聲那刻停了下來。

他腳步頓在房門前，他聽著裡面的聲音，那聲音他再熟悉不過了。

只是這次李蓉喚的不是他的名字，她在叫蘇容卿。

她說：「容卿，快點，輕點兒。」

他想進去。

想去殺了蘇容卿。

他從未這麼想殺一個人。

他早該想到的，只是他不敢想。

哪怕是個閹人，只要他們兩情相悅，也總有的是辦法。

可他憑什麼呢？

他拿什麼身分呢？

她也曾好好對待過他，曾愛過他，是他傷害她。

她拚死救蘇容卿時他痛苦，他救秦真真，她何嘗不痛苦？

他站在門口，聽著李蓉和蘇容卿的聲音，好久，他終於回頭。

他彷彿是突然清醒了一般，頹然離開。

他茫然走在路上，走了好久，他清晰意識到，李蓉離開了，離開他們的世界了。

她找到了一個新的人，她真的，澈澈底底的，放下了。

這個認知讓他如鯁在喉，不由得想起今夜有位大臣請宴，他本是拒了的，因為那個地方在青樓，此刻他突然決定過去。

他想，他也該走出來了。

他去了那位大臣的宴會，對方安排了一個第一次的清倌，他和那個人坐在床上，對方年紀看上去也就十八、九歲，坐在床邊，他們一個一邊坐著，他一回頭，就感覺那裡坐的，好像就是李蓉。

十八歲的李蓉，在他們成婚那天晚上，就是這麼坐著。

他滿腦子是她的影子，根本碰不了其他人，於是他讓人帶走了那個姑娘，自己一個人在青樓裡喝得酩酊大醉。

他早年在官場喝得太厲害，胃不好，如今位高權重，很少有人敢給他灌酒，一直養著。可他突然就不想養了，他一杯接一杯喝下去，後來趴在地上吐出血來，等他清醒的時候，已經躺在裴府。

他一睜眼，就看見李蓉在他邊上，正低著頭看書，見他醒了，她抬眼看過來，笑著道：「醒了？去那種地方能喝成這樣，你也夠可以的。」

「妳怎麼在這裡？」

裴文宣沙啞開口，李蓉放下書：「昨夜王大人來找我，說你出事了，你醉成那樣子，倒還一直叫我名字，不忘給我找麻煩。也真是夠可以的。」

裴文宣不說話，他醞釀著，想說點什麼，就聽外面傳來蘇容卿的聲音：「殿下，時辰到了，該回府了。」

「行了。」李蓉聽到蘇容卿的話，站起身來，她同裴文宣打了招呼，「我先回去了。你以後去那種地方，睡個姑娘吧，別老喝。你喝死了……」

「我喝死了怎麼樣？」

裴文宣截斷她，李蓉笑了笑：「你喝死了，再找個和我配合的可不容易，裴大人您還是長命百歲吧。」

「妳為什麼不叫我駙馬？」

裴文宣突然問起稱呼問題，李蓉有些懵，緩了片刻後，她才想起來：「咱們關係都這樣了，再叫這個不好。而且……」李蓉想了想，遲疑著道：「我和容卿在一起了。說來雖然有些抱歉，」李蓉抬頭，笑了笑，「可……也許哪一天，就要拜託你。」

「拜託什麼？」

「我還是想，如果喜歡一個人，就能在一起。」

「在一起？」裴文宣嘲諷開口，「你們還不算在一起嗎？」

「都沒成婚，」李蓉想想，「若可以的話，還是想和他成婚，好好在一起。」

裴文宣說不出話，被子下的他忍不住捏起拳頭。

「他是個閹人。」

李蓉沉默，裴文宣忍不住提醒：「妳是公主，你們若成婚，會讓天下笑話的。」

「我也知道很難。」李蓉低頭笑笑，像個小姑娘一樣。

他很多年沒見她這副模樣，李蓉輕聲道：「我就想想。行了，我也不和你多說了，我還有事呢。」說著，李蓉便站起身，走了出去。

等走出門時，李蓉毫無顧忌朝著蘇容卿伸出手，蘇容卿愣了愣，李蓉便主動拽過他，高興道：「走呀。」

他看著他們遠走，他低下頭去，他感覺害怕。

他好怕。

他開始像個被判處了死刑的人，開始每天數著自己的日子，他在公主府安插了許多人，探聽著蘇容卿和李蓉的消息。

蘇容卿一向不主動，李蓉也似乎很矜持，他們始終沒有提到成婚的問題。

他很欣喜，又覺可悲。

那一年冬天，溫氏終於去了。

他給溫氏守靈那天，李蓉來陪他，他有些詫異，兩個人跪在靈堂前，看著火焰跳動的七星燈，裴文宣忍不住問：「妳來做什麼？」

「我母后走那年，是你陪著我，」李蓉抬眼，看著他笑了一下，「這次我陪你吧。」

有人陪著，是不一樣的。

她陪著他，說著溫氏，就這麼簡單的事，等第二天走她要走，他突然就抓住了她。

他像抓住她這世間最後一根浮木。

他突然覺得一切都不重要了。
有沒有蘇容卿，蘇容卿在不在，都無所謂。
他不想一個人走了，他像這個世界的孤魂野鬼，他一個人走不下去了。
他抓著她的手，沙啞出聲：「別走吧。」
「蓉蓉，我錯了，我們和好，好不好？」
李蓉愣了愣，也就是那一瞬間，靈堂門被人突然推開，像是美夢突然醒來，蘇容卿站在門口，靜靜看著李蓉。
「殿下，」他聲音很輕，「該走了。」
李蓉反應過來，她似覺尷尬，她想推開他的手，裴文宣卻不肯放，他從未這麼狼狽，他死死抓住她。
「我錯了，」他哭著求她，「蓉蓉，我錯了。妳別走，妳留下來。」
可她沒有理會。
她沒有理會他最後一次求救和吶喊，她只當他喪母之痛，於是讓人生生扣開了他的手，讓他們好好照拂他。
好多人壓著他，當他瘋了，不讓他去找她。
他們說他不喜歡她，讓他體面，讓他不必死纏爛打。
他渾渾噩噩不知過了多久，有一天醒來，他看著溫氏的靈位，發現到了溫氏下葬之日。
他抬著溫氏上山，看著漫天飄舞的白花，他知道，無論如何，他的人生還得繼續。

還得繼續，於是他開始了一個又一個謊言。

他愛著秦真真。

他不愛李蓉。

這樣，他永遠沒有對皇權認輸，他永遠不會痛苦，他永遠不會後悔。

他沒有錯，他失去李蓉，他不遺憾，不後悔，沒關係。

他日復一日這麼告知著自己。

最後十年，他和李蓉都越發乖戾。

蘇容卿終於還是拒絕了李蓉，於是李蓉還是和他必須耗下去。

一年，十年。

整整三十年，轉眼即逝，直到最後一刻，李蓉死於毒藥，他死於兵刃。

同赴皇權，又再重生。

重生再見，康興十八年春。

這次她不選他了，他舉辦了宮宴。

而十幾年的否認，否認到他自己都忘了自己的真心。

可真心永遠存在，無論否認多少次，他依舊還是在她選婿的春宴上瘋狂搞事。

誰都別想靠近李蓉。

那是他的妻。

番外三　失憶

【一】

他失憶了。

裴文宣清晨睜開眼時，非常清醒意識到這個問題。

此時天還未亮，外間有窸窣之聲，裴文宣睜開眼睛，扭過頭去，聽著女子壓低了聲在吩咐：「昨日駙馬被花瓶砸了頭，你們好好伺候著，讓他這幾日好好休息，莫再憂心公務。」

「若駙馬不聽勸呢？」

有人頗為憂心，女子冷笑了一聲，威壓十足：「那就讓他跪著等本宮回來，我倒要看看他打算怎麼死。」說完，女子便在眾人簇擁下出去。

裴文宣稍一思量就明白了。

他是個駙馬，昨日被花瓶砸了頭。

他的妻子，應該是個頗有權勢的公主，身為女子還要上早朝，非同一般。

而且，他的妻子似乎十分看不起他，對他毫無半點尊重，可見並無甚感情。

能成為駙馬，想必他身分不低。如今失憶，在這樣的環境中，必然不是偶然，想必是有更多紛爭，他不能暴露出短處，先穩住局勢再說。

裴文宣一面想，一面打量著周遭，在床上緩了一會兒後，他慢慢起身來，喚了一聲：「來人。」

一個青年推門進來，恭敬中帶了幾分歡喜道：「公子，你醒了？這就叫人來伺候了？」

裴文宣故作鎮定點點頭，心裡已經分析出來——這人大約是他來公主府前就帶著的人，所以才叫他公子，相對整個大環境來說，是十分值得信任的，但他還需要再觀察一下。

於是他有著對方扶起來，伺候他洗漱，他一直不說話，對方不由得有些奇怪，勉強笑道：「公子，你今個兒話有些少啊？沒事吧？」

「沒事。」裴文宣取了帕子，擦著手，輕聲道：「今日我在家養傷，你找個說書的來，我休息休息吧。」

「公子今日真是雅致，童業這就去請京中最好的說書先生！」

原來叫童業。

裴文宣心裡暗暗記下。

見對方風風火火出去，他想了想，又道：「還是我同你去吧。」

如今找個澈底陌生的地方，反而安全。

裴文宣起身去，由童業領路，去了一家幽靜的茶樓。

說書先生在下面講著時下最為百姓所喜的《霸道公主》，這個故事中，公主雲汐暗戀京中第一貴公子玉無緣，兩人本來兩情相悅，卻因政治鬥爭被逼嫁給寒門出身的杜雲修，雲汐不喜杜雲修，但為了利益和杜雲修合作，利用杜雲修協助雲汐弟弟登基，杜雲修成為丞相後，卻得知雲汐與玉無緣暗中偷情，憤怒之下殺害玉無緣，至此雲汐恨他入骨，他們一個是手握重權的長公主，一個是權傾朝野的攝政王，名為夫妻，實為怨偶，相愛相殺，糾纏一生……

說書先生說得聲情並茂，臺下女子哭得難以自已，有些哀嘆玉無緣的殞命，有些悲痛杜雲修的深情，恨不得自己成為雲汐，以身代之。

裴文宣漠然聽著這個故事，童業悄悄看了他一眼，緊張道：「公子，這些都是民間亂說的，您別生氣。」

裴文宣手中頓了頓，看童業的反應，他突然意識到，此事與自己有關。

沉默片刻後，他讓童業以領賞之名，將說書先生叫了上來。說書先生上來後，裴文宣將童業支走，他端起茶，緩聲道：「先生可知，這《霸道公主》，故事源於何處？」

一聽這話，說書先生「哐」就跪了，直覺招惹了不得了的人物。

裴文宣笑了笑，放下一塊碎金：「您知道多少說多少，不為罪。」

說書先生知道得很多，和這個先生聊了一個下午，裴文宣大約就知道了，這個故事果然源於他和那位叫「李蓉」的公主，以及當年京中第一貴公子蘇容卿。

裴文宣知道後，第一個反應便是憤怒，李蓉竟然這樣公然給他戴綠帽子，這簡直是奇恥大辱！

他以前竟然會這樣喜歡她？可恥！

還好如今迷途知返，按照這個說書先生所說，他如今與李蓉在朝堂上大約是勢同水火，只是互相下不了手罷了。

裴文宣想明白這一點，看了看天色，起身離開。

李蓉要回府了，他還得裝著點。

裴文宣心中懷揣著心事回到府中，他一面走一面和童業套話，童業腦子簡單，很快裴文宣就將公主府摸得清清楚楚。

等了一會兒後，裴文宣就聽外面傳來喧鬧聲，是李蓉回來了。

李蓉剛回來，就在屋裡發了脾氣：「你看看你手裡那些瘋狗！」

李蓉似乎是在朝堂上受了委屈，罵著他：「一個勁兒盯著崔玉郎參，崔玉郎去巡視並州，先斬後奏了李楠是他不對，但當時他不殺人就回不來了，御史臺能不能給個臺階，一定要把崔玉郎砍了才甘休是吧？」

裴文宣靜靜聽著，明白這肯定是她在和他鬧矛盾。

李蓉心裡來著氣，發了火後，見裴文宣坐在桌邊，似乎是在等她吃飯，她心裡軟了些，就等著裴文宣哄她。

朝堂上他不讓她，但家裡一貫是哄著的，她坐下來，見他不說話，又道：「你聽見沒？明天你去和御史臺說說，也不是什麼大事，給個面子吧。」

「朝廷自有法度規矩，」裴文宣揣摩出了一個最合適的態度，作為貌合神離的福氣，面對李蓉的發火，他必須擺出公正拒絕的姿態——「殿下自己去和御史臺說就是，找我做什麼？」

李蓉聽到這話，睜大了眼：「你說什麼？你竟敢這麼和我說話？」

果然，她十分蠻橫。

裴文宣心中有了定論，他冷冷一笑，站起身來，摔袖離開。

李蓉握著筷子，轉頭看了一眼旁邊的童業，童業頭上冒著冷汗，忙道：「今日公子出去聽書，聽見那個什麼《霸道公主》……」

一聽這個，李蓉臉色就變了，這個故事她有所耳聞。

她抬眼看向屋外，裴文宣已經走遠了。

蘇容卿……

他果然還是介意。

李蓉一時氣短，她也不敢再說裴文宣這突如其來的脾氣。

她吃了幾口飯，去書房冷靜了一會兒，想了想，最後還是決定晚上和裴文宣服個軟。

裴文宣向來脾氣不錯，這麼生氣，想必心裡是悶得慌。

想好之後，她把正事做完，然後就去浴池把自己洗得香噴噴的，舒緩了心神，隨意取了一件薄衫披著進了房間。

裴文宣正在屋中思索著接下來的事，聽見門嘎吱得聲音，抬起頭來，就看李蓉身著一件薄紗，撩著頭髮走了進來。

這衣服很薄，幾乎能透過衣衫看見裡面的肚兜。

這個女人雖然潑辣，但身段倒是一等一的，穿成這個樣子，假裝不經意撩著頭髮進屋，這種又純又欲、不露聲色透出的春情，才最為惹人。

裴文宣覺得有些反應，想起說書先生說的「杜雲修」，頓時有些惱恨。

這女人想必就是藉著這些手段，過去才控制著他。可如今他沒了對她的迷戀，他清醒得很！

李蓉進了屋，見裴文宣冷著臉，她知道他氣得狠了，輕咳了一聲，假作關心道：「那個，還沒睡啊？」

「與殿下無關。」裴文宣低下頭，看著面前的摺子。

李蓉坐到他對面，一雙眼靜靜注視著他。

那眼好看的很，就這麼看著，就讓人心猿意馬。裴文宣覺得自己過去果然被她牢牢控制，至少這身體被她控制得死死的。

這讓他十分惱怒且難堪，他冷著臉不說話，李蓉伸過手，拉住他衣衫，搖了搖：「裴哥哥～」

裴文宣僵住，李蓉撒著嬌：「你看看我，別生氣了嘛。」

人前人後兩張臉，倒真是放得下身段。

裴文宣心中冷笑，他已經知道了對方的意圖，抬起頭來，帶了幾分嘲諷看著她：「想要我幫妳擺平御史臺？」

李蓉趕緊點頭，想著這是裴文宣打算和好的示意。

御史臺也算不上什麼大事，但裴文宣想幫她，這不是和好是什麼？

裴文宣放下手中的筆，往身後椅子上一靠：「既然想勾引我，就得有點誠意。」

李蓉有些茫然。

裴文宣拍了拍自己的腿，眼中全是嘲諷和冷傲：「上來，自己動。」

李蓉臉色很難看，看他的目光一言難盡。

「看來殿下也不過如此嘛。」裴文宣譏諷開口，「我還以為殿下多放得下身段。妳以為過去的事這麼容易一筆勾銷嗎？李蓉，」裴文宣冷笑，「從今天起，別做這種夢了。我再也不是以前的裴文宣，任妳欺負了。」

完了完了完了。

李蓉感覺冷汗出來，想著那個說書先生到底是編排了些什麼，把裴文宣激成這樣。

裴文宣見她臉色發白，見目的達到，起身就要走。

李蓉一看裴文宣起身，趕緊站起來，將他按回去，忙道：「我動，我自己動，你別發脾氣。」

「妳做什麼！」裴文宣見李蓉來扯他衣服，一時緊張起來，李蓉將他按在椅子上，一面扯他衣服，一面跨坐上去。

裴文宣慌了，掙扎著道：「放開！妳別碰我！不知羞恥！李蓉！」

李蓉拉扯著他，他不好推李蓉一個女人，她穿得太少，碰哪兒都不合適，而且隱約有一種不知道哪裡來的阻力，讓他下意識不想弄傷她。

而李蓉見裴文宣這種時候還時時顧忌自己，便知有戲，她趕緊使出各種手段，在裴文宣罵她的聲音裡把事辦了。

「李蓉妳不知廉恥！妳下流！妳別碰我衣服！放開我！別碰我那兒！妳不要……」

事突然成了，裴文宣一下止了聲。

房間裡突然安靜了，李蓉抬手環住他的脖子，自己發著力，笑咪咪問他：「我不要什麼？」

裴文宣說不出話來。

他死死捏著椅子扶手。

他算是明白自己以前怎麼栽的了，這個女人……這個女人！！

真舒服。

裴文宣最終還是短暫屈服於自己的欲望，他想，先把握當下，來日方長。

【二】

裴文宣深刻反省了自己的錯誤。

美色誤人，他終於有了理解。

他也不知道自己是怎麼答應李蓉幫她擺平御史臺的事的，等第二天早朝時候，這已經成了定局。

雖然他和李蓉勢同水火，但答應了就要做到，這點君子風度他還是有的。

他一點一點摸索了自己平時的生活習慣、黨羽，然後將崔玉郎的事吩咐下去。御史臺裡跟著他的人嘆了口氣，只道：「大人還是向殿下低頭了。」

「這是最後一次。」裴文宣一聽這話，立刻發聲，向所有人做出保證：「下不為例，日後，我再不會被這妖婦迷惑了。」

眾位大臣：「？？？」

「放心吧。」裴文宣拍了拍離自己最近的大臣的肩膀，「日後，我不會對她手下留情了。」

您也沒對她手下留情過啊。

眾人憋了半天，很想問問裴文宣，以前都從來不會因為感情的事來讓他們向李蓉讓步，今天居然破了例，看他春光滿面、精神煥發的模樣，想必是夫妻感情更進一分，就這樣，還敢說「以後不會手下留情」？

怕是感情越來越好吧？

但這些話眾人憋著不敢問，裴文宣說什麼，就是什麼。

裴文宣見眾人不說話，有許多話欲言又止，他想，大家大概是還不夠相信他。

沒關係，以後他會向他們證明，他再不是那個為愛情低頭的裴文宣。

男人，怎能為愛情折辱了自己？

裴文宣心中冷笑，走出門去，剛出御史臺，就看見一個俊雅青年站在門口。

他生著一副好皮囊，看著就是個招女人喜歡的，見裴文宣出來，他趕忙打招呼：「裴大人！」

裴文宣停住腳步，看向對方，崔玉郎上前來，恭敬道：「崔某的事，讓裴大人費心了。」

崔玉郎。

裴文宣立刻猜出來，他點點頭：「舉手之勞。」

「幫了忙，我還是要幫忙的。」

崔玉郎笑笑，他從盒子裡取出一盒丹藥：「就上次說的事。」

裴文宣抬眼看他，崔玉郎笑了笑：「此藥溶入水中，無色無味，殿下喝了不會察覺。此事只有天知地知，你知我知，我知最近殿下忙碌，對你們關係有損。用與不用在於你，」崔玉郎將藥盒放入裴文宣手中，「有時候行非常手段，也並非是錯。你也不必太過古板……」

「我明白。」裴文宣打斷崔玉郎勸他的話。

若一開始不明白這個藥丸是什麼意思，現下還有什麼不明白的？

必然是他與李蓉已勢如水火，這個藥便是他向崔玉郎要來毒殺李蓉的。

他已非吳下阿蒙，絕不心軟。

他抬起頭，冷眼看著崔玉郎：「此藥只需放入水中即可？」

「對。」

「多久發作？」

「無須片刻。」

「有解藥嗎？」

「沒有，你放心，此事必成。」

「發作後是何反應？」

「先會感覺呼吸不暢，面紅氣喘，身體發熱，之後……」崔玉郎眼神意味深長，「無須我再說了吧？」

裴文宣明白，死亡，總是不那麼容易說出口。

「可有其他禁忌？」

「這……」崔玉郎見裴文宣苦大仇深的神色，總覺得有些不太對。

一顆春藥，為何要如此嚴肅？

之前裴文宣同他聊天說到李蓉最近過於忙碌，根本無心風月，他才想到這種法子。只是上次一提就被裴文宣罵了回來，如今接受……也是一種重大轉變，嚴肅也是正常。

於是崔玉郎拍了拍裴文宣的肩，安慰道：「也沒什麼，不要有太大心理負擔就是了。」

【三】

說是不要有太大心理負擔，可當裴文宣看見李蓉進屋時，他還是感覺到了猶豫。

大約畢竟是他這麼多年妻子，雖然她騙他、害他，私通他人，恨他入骨，可……

裴文宣看著旁邊已經放好藥的杯子，心裡有些刺痛。

他好似……還是會對她動心。

可不能這樣。

裴文宣冷下臉來，此女心思歹毒，若不除她，日後怕是夜長夢多。既然之前他已和崔玉郎定下刺殺計畫，執行就是。

裴文宣心裡想好，李蓉進屋來，脫了外衣，轉頭看向裴文宣，不由得笑道：「怎麼還不開心？」

「沒什麼，就想著朝上的事。」裴文宣抬起頭來，笑了笑：「昨夜是我不對，我給妳賠個不是吧。」說著，裴文宣端起放好藥的茶杯：「還請殿下飲下這杯茶，算作原諒。」

李蓉聽裴文宣低頭認錯哄她，輕輕笑了笑：「也不是什麼大事，我都沒想到你會幫我去擺平御史臺。」

李蓉說著，端了茶杯，竟然是完全不疑有他，直接喝了下去。

裴文宣愣了愣，他之前準備的一系列說辭都沒用上，她竟然這麼信任他！

裴文宣一時有些不知所措，可他失憶前，既然已經準備殺她，必然是有了決斷，他不能亂。

李蓉看裴文宣發著呆，抬手在他面前晃了晃：「你怎麼了？」

「我們……」裴文宣抬眼看她，眼裡有些悲傷，「聊最後一次吧？」

李蓉茫然：「最後一次？」

「妳要死了。」裴文宣看著她，十分認真。

李蓉皺起眉頭：「為何如此說？」

「妳是否感覺呼吸困難？」

裴文宣說著，李蓉便覺得熱了起來，她呼吸忍不住有些急促，身體開始有了異樣的反應。

她想往後退一步坐下，結果一退腳下就軟了。

裴文宣下意識抱住她，扶著她，就看她抬起頭，露出水光盈盈的眼：「你……給我吃了什麼？」

「毒藥。」

裴文宣讓李蓉坐在椅子上，一雙眼靜靜凝望她，彷彿看一個將死之人。

李蓉捏著扶手，被他氣笑了。

毒藥？她還真第一次見這種毒藥。

但她直覺裴文宣有些不對勁，她不揭穿他，就盯著他，只道：「哦？」

「妳以為我不會殺妳？」裴文宣見她神色中帶了幾分嘲諷，似是不信，他一時惱怒起來，抬手捏住她的下巴，「憑什麼？憑妳這張臉嗎？」

「你、為什麼殺我？」

這藥頗為烈性，李蓉說話都有些不暢了，看著裴文宣在面前，就像饑餓的人看見一塊白花花的肥肉，就想撲上去啃。

只是她慣來自制，於是她還繼續配合著裴文宣，裴文宣聽到這話，冷笑了一聲：「妳還敢問我？妳私通蘇容卿，利用我，如今與我為敵，時時刻刻想著殺我，平日對我百般羞辱，我身為妳丈夫，卻不見半點愛護，我不當殺妳嗎？」

這一連串問把李蓉問懵了，她閉上眼睛，緩了片刻，抬起頭來，盯著裴文宣：「咱們這輩子第一次在哪兒做的？」

「妳以為妳勾引我，我就會放過妳嗎？」裴文宣冷笑：「死心吧，我對妳，早已無感情。」

李蓉聽著裴文宣的話，聯想著近日來裴文宣的舉動，有一個想法浮上來。

她盯著裴文宣：「你是不是把腦子撞壞了？」

「呵。」裴文宣嘲諷，「妳還想套我的話？」

李蓉見裴文宣的模樣，她閉上眼睛。

不能生氣。

不要和腦子有病的人生氣。

過了好久，她一拍扶手，大喊了一聲：「來人，將大夫叫來！」

「死心吧。」裴文宣站起身來，頗為憐憫，「此藥無解。」

「無解？」李蓉出著汗，好似從水中撈出來一般，她死死盯著裴文宣，裴文宣看著她的目光，心裡有些疼，又有些難受。

這時靜梅推了門進來，恭敬道：「殿……」

話沒說完，她就被屋裡的場景驚呆了。
裴文宣站在房間裡，看著李蓉，微揚下巴，傲慢的動作，悲憫又痛苦的眼神。
而李蓉坐在椅子上，死死抓著扶手，身上都是汗，死死盯著裴文宣。
「殿下？」
靜梅有些遲疑，李蓉咬牙切齒：「把駙馬給我綁到床上去，立刻！」
靜梅知道情況不對，立刻出去叫人。
裴文宣嘆了口氣：「何必掙扎呢？反正是要死的。」
李蓉得話冷笑，侍衛衝進來，壓著裴文宣就把他五花大綁到了床上。
等綁好之後，李蓉讓人退下去。
裴文宣皺著眉頭，看著李蓉一面脫衣服一面走過來，他有些不安。
「妳怎麼還不死？」
「死？」李蓉冷笑：「等你腦子清醒了，我看你怎麼死！」

【四】

他死了。
經歷了一番雲雨，他感覺自己幾乎是死在這個女人身上。
這藥怎麼就沒毒死她呢？

裴文宣躺在床上，回味著剛才的感覺，還有些不明白。

李蓉起身穿著衣服，喚了下人進來，讓人去叫了大夫。

「上次花瓶把他腦子撞壞了。」李蓉壓低聲：「讓薛神醫出手吧。」

撞壞了？

裴文宣冷笑，知道他失憶，想用這種辦法騙他？

他又不是三歲小孩。

他們做戲做得很全。

沒一會兒，一個老頭子就進來，給他看診，最後確定，他腦子裡有淤，失去了記憶，有兩種辦法，要麼就是經過外界刺激自然想起來，要麼就需要行針才能恢復記憶。

「但行針十分危險……最好還是能夠自然想起。順著他的想法，陪他一起喚醒記憶吧。」

薛神醫簡單建議後，李蓉下了決定。

她自然是不能讓裴文宣冒險的，所以，她要喚醒他的記憶。

等薛神醫走後，李蓉想了想，組織了語言，艱難開口：「文宣，我是你的妻子……」

「呵。」裴文宣嘲諷開口。

「我們以前相愛。」

「呵呵。」

「我們還有個孩子，她叫李曦，你很喜歡她的。」

「哦。」

「我和蘇容卿是過去了，我現在心裡一心一意只有你。」

「呵呵呵。」

「你要相信我。」

「哈。」裴文宣笑出聲來，「拙劣，」裴文宣嗤之以鼻，「演技太過拙劣。」

李蓉聽到這話，頓時心塞了，她轉過身去，吩咐靜梅：「還是行針吧，扎死就算了。」

【五】

扎死……那自然是不可能的。

李蓉只能耐心和裴文宣訴說過往。

同時去搞清楚，藥是誰給的，裴文宣偷偷幹過什麼。

知道藥來自崔玉郎後，李蓉決定，還是把他逐出京城。

嚇得崔玉郎連夜來公主府，一把鼻涕一把淚求李蓉。

李蓉看著他，只道：「你唯一留下來的機會，就是把裴文宣恢復正常。」

崔玉郎趕緊應聲，滿口答應，然後他就去看了裴文宣。

最近裴文宣覺得自己有生命危險，總是想跑，李蓉不得不把他關起來。

崔玉郎一進屋，就看見裴文宣冷漠坐在案牘之後，崔玉郎硬著頭皮進內，開始對裴文宣講述他和李蓉的美好愛情故事。

裴文宣似乎接受良好，崔玉郎鬆了口氣。

「我明白了，我會好好對公主的。」

裴文宣點頭，崔玉郎和躲在門背後的李蓉都很欣慰。

裴文宣送著崔玉郎出門去，崔玉郎十分高興，等到了門口，裴文宣握住崔玉郎的手，將一張紙交給崔玉郎。

崔玉郎拿到手中紙，就僵了身子，裴文宣認真點點頭，轉過身去。

等裴文宣回去後，崔玉郎打開紙條，就看見上面寫著：「明日卯時，公主經朱雀巷，設伏誅殺」。

看見這幾行字，崔玉郎差點就跪了。

這病誰治得好啊？

【六】

崔玉郎失敗了，但也勉強留在了華京，只是被罰三年不允許去青樓，失去了他愛戀的小姐姐。

崔玉郎不行，只能李蓉自己上。

她帶著裴文宣熟悉他們的環境。

「這是我梳妝的地方，你常常幫我梳妝。」

「這是你看書的地方……」

「這是你最喜歡的一支筆……」

「這是……」

「這是什麼？」裴文宣從床底取出搓衣板，李蓉憋了半天，她不知道這時候同他說這個病情會不會轉好，但也不能騙他，她只能勉強回答，「你犯錯時跪的搓衣板……」

「呵。」

她就知道，不該說的！

李蓉領著裴文宣逛他們生活的地方，越逛越心虛。

整個公主府，都是以她為重心建造的，裴文宣的痕跡並不多，他的生活裡似乎全是她。

他只有一間書房，其他的一切都與她融合，裴文宣看著李蓉給他介紹他們日常起居，他忍不住挑眉：「妳這樣也算愛我？」

扎心了。

李蓉突然意識到，她的確，不夠關心裴文宣。

她其實，也不過是仗著太多年的感情積累，罷了。

她突然很想知道，如果重來一次，裴文宣還會不會喜歡她。

她抬眼看著裴文宣，裴文宣見到她的目光，一時有些害怕：「妳做什麼？」

「算了。」她笑起來：「以前怎樣無所謂了，從今天開始，你重新愛我就好了。」

「妳想得挺美。」

裴文宣立刻回擊，李蓉低頭一笑，倒不甚在意。

【七】

她最好的一點，就是特別有執行力。

從她決定對裴文宣好，她就開始執行。

知道他喜歡什麼，替他籌備一切。

他用的筆墨紙硯都是她精心挑選，他穿的衣服都是她精心打理。

他喜歡書，尤其是孤本，她開始花大價錢找給他。

用他喜歡的熏香，添置他喜歡的東西。

她做得努力，裴文宣也看在心裡。

每天和她一起上朝，一起下朝，聽著所有人說他們曾經十分恩愛，神仙眷侶，他也開始懷疑……他是不是錯了？

這種懷疑隨著他心動的次數日益加深。

他發現自己經常想她，經常掛念她，經常在意她。

他果然被她控制得很深。

裴文宣厭惡這樣的自己，於是從不表現，平時和同僚朋友還算溫文爾雅，唯獨到李蓉面前隨時能把她氣瘋。

兩人常常躺在一張床上吵架。

每次吵架時，李蓉就讓裴文宣滾，下去。

裴文宣就覺得，她讓他滾他就滾，他豈不是很沒有面子？

於是他就霸占著床：「不滾。」

李蓉拿他沒有辦法，起來推他。一來二去，兩個人就推在了一起。

如此行徑，往復循環上演。

李曦被安排著每天去見裴文宣，要向裴文宣訴說她與裴文宣的過往，企圖喚起裴文宣的父愛。

裴文宣見著糯米團子樣的李曦，倒是極為喜歡。但他怕這是李蓉的計謀，也就表現得冷冷淡淡。

李曦看上去並不在意，父女還算相敬如賓。

直到有一天，李曦看見李蓉和崔玉郎站在門口說話，她走上前去，剛好聽見崔玉郎調笑。

「殿下不必太過憂心，要是駙馬實在想不起來就算了，和離了換一個就是。」

聽到這話，李曦轉身就跑，一路奔回內院，抓住裴文宣的手就哭了起來。

「爹，」李曦抽噎著，「漂亮叔叔和娘說，你要是再想不起來，就和你和離，給我找後爹……」

裴文宣一看李曦哭，一聽李曦說的話，頓時大怒。

他還活著呢，竟然就有人這麼覬覦他的妻子，欺負他的女兒！

是可忍孰不可忍。

裴文宣抬手取了牆上的劍，一把拔了出來，扭頭看向李曦：「走，爹帶妳尋仇去！」

話音剛落，一個在架子上被劍戳到搖晃許久的花瓶晃晃悠悠，「啪」的一下砸到了裴文宣頭上。

李曦面露震驚，大喊了一聲：「爹！」

【八】

裴文宣醒了。

他躺在床上。

想起自己做過得一切後，他覺得生無可戀，他完了。

過了許久，他聽見李蓉進入房間得聲音，他頂著被包裹著的頭，艱難爬起來。

等李蓉推門進去時，就看見裴文宣頭頂白布，跪在搓衣板上，直接叩首，真誠疾呼：

「夫人，我錯了！」

高寶書版集團
gobooks.com.tw

YE 010
長公主（六）

作　　者　墨書白
責任編輯　高如玫
校　　對　林子鈺
封面設計　張新御
內頁排版　賴姵均
企　　劃　鍾惠鈞

發 行 人　朱凱蕾
出　　版　英屬維京群島商高寶國際有限公司台灣分公司
　　　　　Global Group Holdings, Ltd.
地　　址　台北市內湖區洲子街88號3樓
網　　址　gobooks.com.tw
電　　話　(02) 27992788
電　　郵　readers@gobooks.com.tw（讀者服務部）
傳　　真　出版部　(02) 27990909　行銷部 (02) 27993088
郵政劃撥　19394552
戶　　名　英屬維京群島商高寶國際有限公司台灣分公司
發　　行　英屬維京群島商高寶國際有限公司台灣分公司
初版日期　2022年5月

本著作物《長公主》，作者：墨書白
由北京晉江原創網絡科技有限公司授權出版。

國家圖書館出版品預行編目(CIP)資料

長公主（六）/墨書白著. -- 初版. -- 臺北市：英屬維京群島商高寶國際有限公司臺灣分公司, 2022.05
冊；　公分. --

ISBN 978-986-506-380-1（第5冊：平裝）
ISBN 978-986-506-381-8（第6冊：平裝）

857.7　　111000191

GOBOOKS
& SITAK
GROUP©